感动系列

美味香口胶

感动小学生寓言全集

◎总 主 编：刘海涛
◎主　　编：刘光全

九 州 出 版 社
JIUZHOUPRESS
全国百佳图书出版单位

图书在版编目(CIP)数据

美味香口胶:感动小学生寓言全集/刘光全主编. —北京:九州出版社,2007.5(2021.8 重印)

(“读·品·悟”感动系列/刘海涛主编)

ISBN 978-7-80195-671-2

Ⅰ.①美… Ⅱ.①刘… Ⅲ.①寓言—作品集—世界 Ⅳ.①I17

中国版本图书馆 CIP 数据核字(2007)第 061585 号

美味香口胶:感动小学生寓言全集

作　　者	刘光全　主编
出版发行	九州出版社
地　　址	北京市西城区阜外大街甲 35 号(100037)
发行电话	(010) 68992190/2/3/5/6
网　　址	www.jiuzhoupress.com
电子信箱	jiuzhou@jiuzhoupress.com
印　　刷	北京一鑫印务有限责任公司
开　　本	710 毫米×1000 毫米　1/16
印　　张	20.5
字　　数	330 千字
版　　次	2007 年 5 月第 1 版
印　　次	2021 年 8 月第 2 次印刷
书　　号	ISBN 978-7-80195-671-2
定　　价	78.00 元

目　录

捧着空花盆的孩子

被同伴驱逐的蝙蝠

错误难免要暴露

砍一颗大树做牙签

决心到海滨旅行的小老鼠

三个孩子和一堆篝火

来自井底之蛙的邀请

我 不 见 了

小乌龟当作家

一颗自命不凡的红枣

全森林唱歌大奖赛

袋鼠妈妈的见闻

感动系列

捧着空花盆的孩子

美味香口胶

起风的日子，
湖水自然会起水波。
一圈一圈荡漾开去，
很令人神往的美丽。
只是，
那是一个迟来的风。
我只想，
保留那份平静。

对待为恶者，即使要救援，我们也要有所保留地找到一个最恰当的方法。

农夫与蛇

●文/[希腊]《伊索寓言》

冬天，农夫发现一条蛇冻僵了，他很可怜它，便把蛇放在自己怀里。蛇温暖后，苏醒了过来，恢复了它的本性，咬了它的恩人一口，使农夫受到了致命的伤害。农夫临死前说："我该死，我怜悯恶人，应该受恶报。"

这个故事说明，即使对恶人仁至义尽，他们的邪恶本性也是不会改变的。

莫让"善云"遮慧眼

赏析／梁盈盈

没错，我和你有同感：农夫真冤！或许你会问，为什么善良的农夫得不到善报？为什么那被救的蛇偏偏要把它的救命恩人置之死地？

尽管我们同意"人性本善"的观点，但"冰冻三尺，非一日之寒"，有着"蛇蝎心肠"的人，可能为恶已久，你不能天真地以为他会一朝醒悟。所有的人，在身处困境之时，便会显得很无助，流露出他们脆弱与可怜的一面。这时候请不要简单地判断：这是一个弱者。更不要毫无辨别地去帮助他，那可能是要付出惨痛代价的。

或许你会反问：善良难道错了吗？不是的，对别人仁慈、善良，这很好，但莫让"善云"遮慧眼，应该擦亮你的眼睛，分清哪些是恶人，哪些是好人，而不能毫无原则地帮助任何人。这样的善良才有价值，才能起到应有的作用。

对待为恶者，即使要救援，我们也要有所保留地找到一个最恰当的方法。而对待像蛇这般本性邪恶的人，我们打击清除尚且来不及，怎么谈得上去挽救它的生命呢？

那些捧着最美丽的花朵的孩子们，个个面红耳赤，因为他们播种下的是另外的花种子。

捧着空花盆的孩子

●文/[朝鲜]民间寓言

很久很久以前，在一个国家里，有一个贤明而受人爱戴的国王。但是，他的年纪已很大了，而且年迈的国王没有一个孩子。这件心事，使他很伤脑筋。有一天，国王想出了一个办法，说："我要亲自在全国挑选一个诚实的孩子，收为我的义子。"他吩咐手下发给每一个孩子一些花种子，并宣布："如果谁能用这些种子培育出最美丽的花朵，那么，那个孩子便是我的继承人。"

所有的孩子都种下了那些花种子，他们从早到晚，浇水、施肥、松土，护理得非常精心。

有个名叫雄日的男孩，他也整天用心培育花种。但是，十天过去了，半个月过去了，一个月过去了……花盆里的种子依然如故，不见发芽。"真奇怪！"雄日有些纳闷。最后，他去问他的母亲："妈妈，为什么我种的花不发芽呢？"母亲同样为此事操心，她说："你把花盆里的土换一换，看行不行。"雄日依照妈妈的意见，在新的土壤里播下了那些种子，但是它们仍然不发芽。

国王决定观花的日子到了。无数个穿着漂亮服装的孩子们涌上街头，他们各自捧着盛开着鲜花的花盆，每个人都想成为继承王位的太子。但是，不知为什么，当国王环视着五颜六色、千姿百态的花朵，从一个个孩子面前走过时，他的脸上却没有一丝高兴的表情。

忽然，在一个店铺旁，国王看见了正在流泪的雄日，这个孩子端着空花盆站在那里。国王把他叫到自己的跟前，问道："你为什么端着空花盆呢？"雄日抽泣着，他把他如何种花，但花种子又长期不萌芽的经过告诉给国王，并说，这可能是报应，因为他曾在别人的果园里偷偷摘过一个苹果。国王听了雄日的回答，高兴地拉着他的双手，大声地说："你就是我的忠实的儿子！""为什么您选择一个端着空花盆的孩子做接班人呢？"孩子们问国王。于是，国王说："子民们，我发给你们的花种子都是煮熟了的种子。"

听了国王这句话，那些捧着最美丽的花朵的孩子们，个个面红耳赤，因为他们播种下的是另外的花种子。

播下诚实的种子

赏析／梁盈盈

这是一个令人深思的故事，国王要挑选一个忠实的孩子作为接班人，为此，他设置了一个小小的考验：他发给孩子们一些花的种子，让他们种出最美丽的花朵。而那些种子却是煮熟了的，不可能长出花朵来。可悲的是，几乎所有的孩子为了成为王子，都撒了谎、做了假，他们端来了一盆盆五颜六色、千姿百态的花，除了一个叫雄日的小男孩。雄日甚至没有抱怨，只是认为"这可能是报应，因为他曾在别人的果园里偷偷摘过一个苹果"。这个勇敢的小男孩培育出了世界上最美丽的花朵——诚实。

现实生活中，欺骗、说谎的人有很多，他们觉得那样能给自己带来好处。所以，有些同学为了掩饰自己成绩的下滑，在成绩表上制造假的分数来欺骗父母。他们以为，诚实的言行很难获取父母的理解。他们也许还不明白，一时的欺骗或许能带来短暂的"风平浪静"，却也会让你一步步走进谎言的深渊，断送前途。

不管时代怎样发展，社会怎么变迁，都不要忘记：诚实是做人的根本！请在你我心中播下诚实的种子。

世间千事万物也是如此，上帝把你通往光明的门关闭了，那就肯定会有一扇窗为你而开。每个问题是可以通过多种方法来解决的，你总可以找到一个最适合的。

聪明伶俐的小羊

●文/佚　名

迷路的小羊被狼抓住了。

小羊虽然吓得发抖，但是它很聪明。小羊说："狼伯伯，求求你，在吃掉我之前，能否吹个笛子给我听呢？"

"什么？吹笛子做什么呢？"

"我想在死之前，配合着笛声，跳一下我最喜欢的舞。"

"该不会打算边跳舞边溜走吧？"

"不会，不会，我绝不会逃走！"

"好吧！我就吹一曲吧！"

狼吹起笛子，小羊配着调子跳舞，跳得很可爱。

牧羊人听到笛声，跑了过来。

"啊！是狼！"

牧羊人愤怒地将狼抓住，救了小羊。

狼非常懊悔。

上当啦！那是小羊向牧羊人求救的信号啊！

什么事都不只有一道门

赏析／林子琨

故事读完以后，很多人都会为小羊的表现拍手叫好。那么，它为什么能逃脱呢?因为它机智勇敢,能找出巧妙的方法来脱离险境。与狼对抗那是不现实的;拼命逃跑嘛,不太可行,羊儿太小了,肯定跑不过凶残健壮的狼。那好吧,哄哄老狼,让它把笛子吹起来,它怎么也不会想到,这是小羊向牧羊人求救的信号。

世间千事万物也是如此,上帝把你通往光明的门关闭了,那就肯定会有一扇窗为你而开。每个问题是可以通过多种方法来解决的,你总可以找到一个最适合的。一个鲜明的例子令我们豁然开朗:在一场篮球赛中,主队领先客队两分,但由于采取了循环小组赛,主队必须再取四分才能出线,而距离比赛结束却只有不到两秒钟了。只见主队球员把球大力扣进自家的篮筐中,比分打平!双方进入加时赛,主队一鼓作气,生擒客队,小组出线!

其实险境就如生活中的种种困难,常规地去克服可能不行,但只要我们转换一下思维,或许能找到更好的办法。

我们无论做任何事,都要珍惜身边的点点滴滴,不要傻傻地以为,用别人的就占了便宜。生活的经验证明:贪小便宜者永远成不了大事。

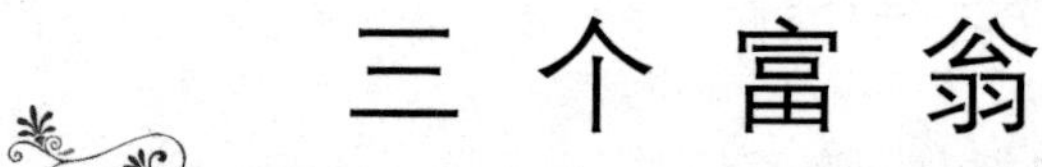

三个富翁

●文/樊发稼

从前,有这么三个富翁。

一天,他们相约一起进城,各自用重金买了一件极为贵重的皮袍。

回来的路上,天气突然变冷,他们便将新买的皮袍穿在身上。

走着走着,眼看就要下雨。

“怎么能让自己新买的皮袍被雨淋湿呢?”三个人同时这么想着,便就近到一座破庙里暂时躲避一下。

他们刚进庙门，果然就大雨滂沱……

他们等了好久，雨还是下个不停。看看天色已晚，可谁也不舍得让自己新买的贵重皮袍被雨淋着，真不知如何是好！

“有了！有了！”一个富翁终于想出了一个绝妙办法，大家欣然同意：“就这么办吧！”

原来，这个办法是：

第一个富翁的皮袍借给第二个富翁穿；

第二个富翁的皮袍借给第三个富翁穿；

第三个富翁的皮袍又借给第一个富翁穿。

这么着，三个富翁便高高兴兴、心安理得地冒雨上路了。

这三个人都这么想：我穿的皮袍反正是别人的，淋坏了也没有关系，一点也不觉得心疼。

贪小便宜吃大亏

赏析／林子琨

读完了故事，我实在是忍俊不禁。三个赶集的富翁各买了一件皮袍，回家路上遇到大雨。富翁们都担心自己新买的贵重皮袍会被淋坏，这时，有一个“聪明人”想出了一个主意：三人互相交换皮袍穿在身上。他们真的这样做了，十分心安理得地走在大雨中：“我穿的皮袍反正是别人的，淋坏了也没有关系，一点也不觉得心疼。”尽管不是穿在自己身上，但结果皮袍还不是淋坏了吗？这种愚笨的做法能不让人捧腹吗？

不过，请先别笑富翁笨，我们的生活中也有不少人像富翁们一样无知。有些人缺少公德心，总喜欢破坏公共设施，认为那不是自己的，弄坏了不心疼。殊不知，所有的公共财物都有你我的一份，无理破坏的话，肯定会给自己造成很大的不便或是损害。比如，有同学拿走或破坏了教室里的公共用品和设施，就会使教学无法正常进行，受害的当然也有贪小便宜者的一份。

总而言之，我们无论做任何事，都要珍惜身边的点点滴滴，不要傻傻地以为，用别人的就占了便宜。生活的经验证明：贪小便宜者永远成不了大事。

“海纳百川，有容乃大；壁立千仞，无欲则刚”。贪婪的人儿是最可耻的，宽容的人儿是最可爱的！

狡猾的狐狸

●文/[希腊]《伊索寓言》

两只猫互相争夺美食。

“这是我发现的，所以是我的！”

“不对，我先发现的，应该是我的！”

“不，是我先发现的，拿来！”

“才不给哩！”

“放手啊！”

“就不放手！”

两只猫互不退让，紧抓着食物不放。

过路的狐狸停住了脚，用两只闪亮的眼睛看了看。然后硬闯入这两只猫中间。

“孩子们，你们吵什么？”

“嗯！狐狸伯伯，请评评理，是他想抢走我发现的食物啊！”

“不对，这是我先发现的！”

“我知道了，知道了！伯伯会好好地把食物分成两半的，不要再吵了，去拿秤来！”

狐狸将食物分成两半，并且用秤称了起来。

“咦，右边比较重哦！”

狐狸说着就把右边的一半咬下了一小口。

“啊！这次变成左边比较重啦！”

接着狐狸又咬了一口左边的食物。

“这样左边又太轻了！”

于是再咬下一口右边的。

两只猫眼睁睁地看着秤上的食物，变成了豆粒般大小。

"实在没办法啦！就让伯伯吃光吧！"

结果狐狸把食物吃得一干二净，还说："啊！真好吃！嗨！再见了！"多么狡猾的狐狸呀！

"我们两个如果不吵架，好好地把那食物分开来吃该多好啊！"两只猫垂头丧气，以后再也不敢吵架了。

退一步，海阔天空

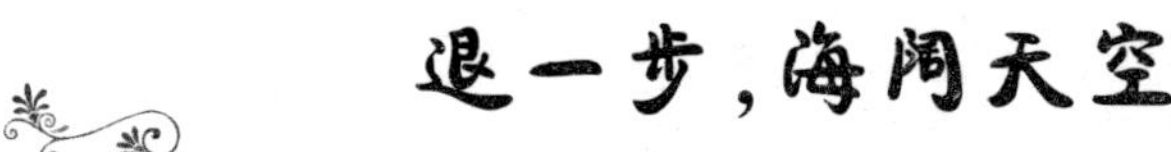

赏析／许安怡

虽然寓言的结局是不美满的，但告诉了我们一个做人处世的道理：退一步，海阔天空。

在现实生活中，每个人都在计算着分毫的得失，他们容不得自己吃亏，容不得别人比自己好。每个人都用那狭隘的眼光去观察世界，所以他们的眼中装不下更多美好的东西——比如谦让、比如分享，到了最后才发现争斗只会令双方都得不偿失，徒增许多的后悔和懊恼。就如故事中两只猫，最后醒悟过来了，可是食物早已被狡猾的狐狸吞食光了。当我们面对得失时，是否也应该考虑一下对方，以宽容大度的心退让一步，也许就是一个双赢的结果。

可能忍让会使我们得到的比别人少，但无休止的争执却一定会令我们失去很多。吃点亏又何妨，我们为什么不洒脱地当一回好汉，起码能保持住我们的风度。

"海纳百川，有容乃大；壁立千仞，无欲则刚。"贪婪的人儿是最可耻的，宽容的人儿是最可爱的！

团结的力量是伟大的，纵使我们自身有再多再大的才华，我们也需要别人的帮助，过分计较能分享多少成果的人，注定是只能遥望他人的成功。

三个和尚

●文/佚　名

山上有座小庙，庙里有个小和尚。他每天挑水、念经、敲木鱼，给观音菩萨案桌上的净水瓶添水，夜里不让老鼠来偷东西，生活过得安稳自在。

不久，来了个瘦和尚。他一到庙里，就把半缸水喝光了。小和尚叫他去挑水，瘦和尚心想一个人去挑水太吃亏了，便要小和尚和他一起去抬水，两个人只能抬一只水桶，而且水桶必须放在扁担的中央，两人才心安理得。这样总算还有水喝。

后来，又来了个胖和尚。他也想喝水，但缸里没水。小和尚和瘦和尚叫他自己去挑，胖和尚挑来一担水，立刻独自喝光了。从此谁也不挑水了，三个和尚就都没水喝。大家各念各的经，各敲各的木鱼，观音菩萨面前的净水瓶也没人添水，花草枯萎了。夜里老鼠出来偷东西，谁也不管。结果老鼠猖獗，打翻烛台，燃起大火。三个和尚这才一起奋力救火，大火扑灭了，他们也觉醒了。从此三个和尚齐心协力，水自然就更多了。

团结就是力量

赏析／许安怡

故事的最后，总算让人松了一口气：寺庙没有因为三个和尚的斤斤计较而变成废墟。最大的欣慰是，三个和尚都明白了，只有齐心协力，才会事半功倍,而且协作比单干要轻松快活得多。不是说“三个臭皮匠,顶个诸葛亮”吗?

人与人之间就应该团结一致,一份开心与别人分享后就会变成两份,一份伤心与别人分担后便减少了一半,这样不是很好吗?如果总是患得患失,就会错失很多机会;如果过于算计,便会失去所有的朋友。当不同个性的人们的能力合理相加时,就能产生最大的力量。

团结的力量是伟大的,纵使我们自身有再多再大的才华,我们也需要别人的帮助,过分计较能分享多少成果的人,注定是只能遥望他人的成功。

只有学会协作,我们才能创造出更大的空间,更好的未来。

每个人都有梦想吧!虽然有些梦想看来是那么的遥不可及。但只要你勇于进取,奇迹便会发生。

种子和岩石

●文/仇春霖

一粒种子被压在一块岩石下面。

“请你让开一点!”种子要求岩石说。但是高傲的岩石没有理会它。

“再不让开我会把你掀翻掉!”种子又对岩石说。岩石听了种子的话,不禁鄙视地大笑起来:“那我就等着被你掀翻掉吧!”

岩石看不起小种子。可是岩石忘记了,种子虽小,却有着旺盛的生命力。它紧紧地依偎在大地的怀抱中,吸吮着大地的水分和养料,渐渐地伸出了幼芽,慢慢地、慢慢地从岩石的一丝隙缝中钻了出来,在温暖的阳光照耀下,长成了一株茁壮的大树。它那结实有力的根,终于把岩石崩得粉碎。

有梦就要追

赏析／邢淑桦

在别人看来，一颗小小的种子怎么会把岩石崩得粉碎呢？因为种子有它的梦想——把岩石推开，长成参天大树！

每个人都有梦想吧！虽然有些梦想看来是那么的遥不可及。但只要你勇于进取，奇迹便会发生。种子看来渺小，但是它有一颗伟大的心：有梦就去追，永不言弃。

埃里克·韦亨迈，美国一名出色的登山队员，他心里就萌发着一颗可以推开的“岩石”的“种子”：他在三十三岁时得了罕见的视网膜疾病，视力逐渐消失。在此之前，他曾经立下誓言——登上珠穆朗玛峰。病痛并没有令他放弃梦想，凭着惊人的毅力，他最终登上了珠峰。

在梦就要去追。有了梦想，森林才显得那么青翠，山峰才会如此峻峭，天空才拥有蔚蓝。因为有飞翔的梦想，莱特兄弟发明了飞机；因为有了光明的梦想，爱迪生发明了电灯；因为有了探索宇宙的梦想，加加林成为第一个从太空看地球的人。

让我们带着梦想上路，做一颗“种子”，勇敢地推开阻碍生命成长的“岩石”！

外面的世界是精彩的，作为一个人，如果不思进取，就好比是一只井底蛙，永远停留在现状，无法得到新的生活。

坐井观天

●文／中国民间寓言

有一只黄莺栖息在井边，偶然看到井底的蛤蟆，便说：“喂！井底的朋友,生活得好吗?”蛤蟆扬起头,带着自豪的语气说:“谢谢你,我生活得不错。我的天地自由而宽阔,比起你那帽子般大小的一块地方,舒服得多。”黄莺忍不住笑起来:“不对,朋友!你在夸奖一个潮湿而阴暗的角落。告诉你,地面上才有着自由而宽阔的世界,出来看看吧,大地多么美好!”“得了吧,快闭住你的嘴!除了我这儿,还会有什么世界?”蛤蟆生气地潜入水底。黄莺也只好怏怏地飞走了。

一天,一群干渴的旅人来到井边打水,蛤蟆不小心被打了上来。等它醒来以后,发现自己趴在柔软的草地上。周围是清新而芳香的空气,远处有白云缭绕的山峰,湛蓝的天空中鸟儿在自由地翱翔歌唱。蛤蟆惊奇得说不出话来,禁不住好奇地到处游览。果园里各种鲜美丰硕的果实,使它眼花缭乱。正在这时,黄莺在枝头出现,打趣地问道:“喂,老朋友!你觉得怎么样?”蛤蟆羞愧得低头不语。

外面的世界更精彩

赏析/钟良鸿

可怜的青蛙在井里待了大半辈子,却一直认为自己所能看到的“那帽子般的”地方就是整个世界,它的视野是多么“广阔”。事实验证了它的自大,幸运的是,它最后逃离了那“狭窄的世界”,获得了新生。

可在现实生活中,仍旧有许多人活在自己的世界里,凡事不愿与别人沟通,坠进了自高自大的深渊,从而无法自拔。

外面的世界是精彩的,作为一个人,如果不思进取,就好比是一只井底蛙,永远停留在现状,无法得到新的生活。他们总是以自我为中心,认为自己是唯一的,没有人比自己更完美、更出色。无论人们多么厌恶他,他也依然认为自己是很受欢迎的。

活在“井底”的人们啊,别睡昏了头脑,睁大你们的眼睛,看清楚这个世界吧!天是多么的高,路是多么的宽,人群是那么的拥挤,要清楚自己眼中的空间是无法与外面的天地相比拟的。

请敞开胸怀,迎接这个美好的世界吧。要知道,成功只属于敢于追求的人们,世界会因你的探索而更加精彩。

机会，只喜爱勇于尝试的人。对于那些只会空谈，偶尔做做表面功夫，却连尝试一下的勇气都没有的人，你看到了吗？机会从他面前一滑而过，露出轻蔑的笑容。

叶公好龙

●文/中国民间寓言

楚国有个贵族，名叫叶公子高。他很喜欢画画，尤其喜欢画龙。每天画画时，他不仅要先画上许多条各式各样的龙，而且还在家中可以雕刻的地方都用钩刀、凿子刻上龙，房屋墙壁上都刻着龙的花纹。

每一个到他家来做客的人看到到处都是画的、刻的龙的精美图画和图案，无不惊叹。

这事一传十，十传百，后来传到天上。

天上的真龙听说后，就下降到叶公家里，把头伸进窗户来探看。龙的尾巴很长，从门前，一直拖到厅堂上。叶公看到这条真龙，掉头就跑，吓得失魂落魄，脸色都变了，好几天才恢复原样。

原来，叶公并不是真喜欢龙，他喜欢的是那种像龙而又不是龙的假龙。

机会，偏爱勇于尝试的人

赏析／赵拓坤

叶公是可怜又可笑的人——可怜的是他看见真龙被吓得“失魂落魄、脸色都变了”；可笑的是他爱假怕真，表面功夫做到十足，却经不起真相一丁点儿的考验。

这个故事，非常辛辣地讽刺了像叶公这种心高气短、附庸风雅的人。他们总是大言不惭，立下很大的志向，许下很大的诺言，做出一副跃跃欲试的样子。可是，当机会来临的时候，当困难出现的时候，他们却退缩了、害怕了。

许多人很想成功，经常把成功挂在嘴边，失败了就埋怨环境不好，机会不多。其实机会早已悄悄来过，就在他们喋喋不休的抱怨中溜走了。或者，机会凑到他眼前，对他说：我来了，抓住我吧。可是他们又害怕了，害怕那未知的困难与挫折，害怕失败的可能……甚至只是因为机会与想像中的不同而害怕，就像“好龙”的叶公一样。

机会，只喜爱勇于尝试的人。对于那些只会空谈，偶尔做做表面功夫，却连尝试一下的勇气都没有的人，你看到了吗？机会正从他面前一滑而过，露出轻蔑的笑容。

不管理想中规划出的未来是多么的美好，都要先把握好现在。

兄弟争雁

●文/刘元卿

从前，有一只大雁从远方飞来，兄弟两人决定把它射下来美餐一顿。

哥哥拉开弓，口中说道：“打下这只雁便煮了吃。”

弟弟听了争执说：“停下来不飞的雁可以煮着吃，飞雁应该烤着吃。这只雁是飞雁，应该烤着吃。”哥哥不悦，放下弓说：“不行，要煮着吃。”弟弟不依：“不行，要烤着吃。”

弟兄俩争论不休，只得找社伯评理。

社伯说：“这好办，你们将雁剖开，一半煮，一半烤，不就行了。”

等他们再回来射雁的时候，雁早已远走高飞了。

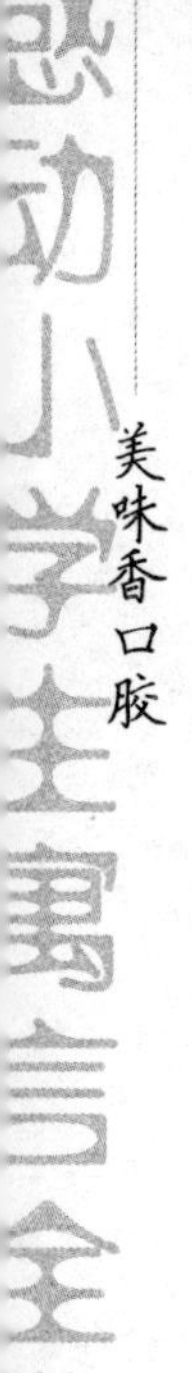

为明天做好准备

赏析／赵拓坤

这个故事告诉我们:做事情要有先后主次之分,特别是对于要分阶段分步骤做的事情,更是如此。先做最重要的,再做次要的;先完成紧急的任务,再解决下一个步骤的内容。

看过故事的你,可能会觉得文中的兄弟俩不太聪明,如果先把雁射下来再去争论那就没事了。是啊,这是一个很简单的道理。但是细细一琢磨,我们会发现这是人生的一种大哲学,是经过生活检验了的真理。

不管理想中规划出的未来是多么的美好,都要先把握好现在。如果还不懂得勤奋好学,就去讨论将来是当科学家还是作家,那是非常没有意义的。就像建高楼大厦必须要打好地基一样,要走向美好的明天,就必须做好一个个今天,这是生命中不可逾越的过程。

过分的善良,只会成为邪恶滋长的沃土。

东郭先生和狼

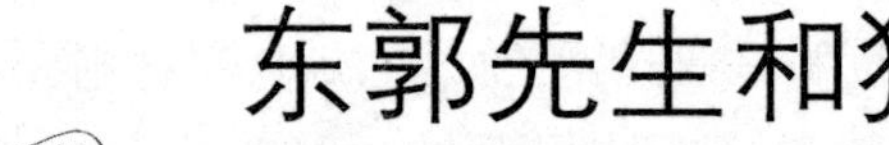

●文/中国民间寓言

东郭先生是个读书人。一天,他骑着毛驴,驮着一大口袋书在路上行走。突然,大路前面号角声呜,鼓声隆隆,东郭先生心中一惊,心想莫非前面的树林里有人在打猎?

他往前面看了看,只见树林中旌旗招展、尘土飞扬,果然有许多人在围猎。

不多一会儿,只见一只狼迎面跑来,狼很惊慌,它跑到东郭先生跟前

时，突然不跑了，哀求道：“好心的善人，我虽然是一只狼，但我却从来不害人，可是现在猎人打伤了我，而且还在后面追赶我，要将我抓住，这多么残酷呀，您发点慈悲吧，救我一命。”

东郭先生说：“我是一个读书人，猎人打猎要打狼，这不关我的事。”

说罢，东郭先生叫毛驴前行。

狼哀求道：“您眉清目慈，一脸和气，一看就是大善人，请救我一命，我一定永生不忘您的恩情。我家里有老母，我还有两个孩子，猎人把我捕杀了，我的老母和孩子们怎样生活呢？呜……呜……呜……”

狼说到这儿竟呜咽起来。

东郭先生的确是个心软的人，看不得悲惨的样子，禁不住老狼一番悲戚的话，东郭先生仰天长叹一声说道：“唉，看它可怜的样子，救它一命吧。”

说罢，东郭先生从毛驴上下来，卸下口袋，倒出所有的书，让狼钻进口袋里。

狼太长，尾巴还有一截露在外面，东郭先生说：“你尾巴这么长，装不进去怎么办？”

老狼着急地说：“请你拿根绳把我的脚和尾巴捆起来，塞进来，然后用绳扎住口就行了。”

东郭先生照办了，果然把狼装进了口袋。

一切办妥后，东郭先生拿起一本书，坐在毛驴身边装着看起书来。

这时，一群猎人追了过来。其中一个猎人提着刀问东郭先生：“请问先生，您刚才有没有看见一只老狼从这里经过？”

东郭先生赶紧说：“没有、没有，哦，刚才好像有一只像狼一样的动物往那边跑了。”

东郭先生朝身后一条小路指了指。

猎人们说：“多谢指点。”然后，众猎人急匆匆地往小路追去。

猎人们走远了，东郭先生起身，松开布口袋，把狼放了出来。

老狼从口袋中出来，四下看了看，抖了抖身子，伸伸爪子对东郭先生说：“您真是个好人，这样吧，您今天帮忙就帮到底吧。”

东郭先生不明白这话什么意思，疑惑地看着狼。老狼接着说：“我现在肚子饿了，把您吃掉，正好填饱肚子，您看如何？”

东郭先生一听这话，十分气愤地说：“我已经救了你一命。不求你回报，这就不错了，你竟还要吃我，这不是恩将仇报吗？”

老狼不管这一套，恶狠狠地说：“帮忙帮到底才对，况且你刚才扎伤了我的腿，还把我在口袋中憋得够呛，不吃你吃谁？”

说罢，老狼扑了过来。

东郭先生吓得一边躲闪，一边说：“你不能恩将仇报，你不能忘恩负义。”

老狼步步紧逼，东郭先生边挡边围着毛驴转圈。眼看就要被老狼逮住了。

这时，来了一个肩扛锄头的老农。东郭先生对恶狼说：“如果你要吃我，那也要讲个道理，我们先问一问老农，请他评评理再吃我也不迟。”

老狼同意了。

于是，老狼对老农说了一遍自己如何被捆扎得难受，如何在口袋中憋得难受等等，老农听了老狼的叙述后，斥责东郭先生为什么使这么大的劲伤害狼呢。老农斥责完东郭先生后，又转身问老狼：“这么小的口袋怎么装得进一只狼呢？”

老狼说：“装得下，装得下。”

老农摇头说不相信。

老狼急了，忙说：“我再装一遍，让您看看。”

说罢，狼要东郭先生重新捆住自己四条腿，钻进口袋，还要东郭先生扎上口袋。

老狼在口袋里得意扬扬地说：“你看，这不是钻进来了吗？”

这时，老农大声对东郭先生说：“还愣着干什么？对待忘恩负义的坏蛋，不打死它，还留着干什么？”

东郭先生这才醒悟，拿过农夫的锄头，把狼打死了。

别让善良成为邪恶滋长的沃土

赏析／黄冠文

社会上存在着极少数这样的人，他们或者是狡猾如狐狸的，或者是凶残如狼的。他们是邪恶的，危害着他人，危害着社会。如果善良的力量足够强大，他们就会变弱直至消失。可是如果善良者不辨是非、滥施同情的话，那么善良便会被邪恶利用，危害更大。正如文中的东郭先生，他奢望本性残暴的狼会感恩戴德，这是十分可笑的。他的无知使自己差点丢掉性命。退一步来说，如果狼没有恩将仇报，只是走掉了，可是日后它伤害了他人性命，那么，狼是凶手，东郭先生便是帮凶！过分的善良，只会成为邪恶滋长的沃土。

现在，“东郭先生”和“中山狼”已经成为汉语中的固定词语，“东郭先生”专指那些不辨是非而滥施同情心的人；而“子系中山狼，得志便猖狂”这一句话，便是用来指责那些恩将仇报的人。

这则寓言告诉我们，为了让树苗长成参天大树，我们要坚决清除树上的害虫与枯枝败叶；为了让这个世界更加美好，每个人都要勇于与邪恶势力作斗争，丝毫不应该怜惜像狼一样的恶人。

这颗小核桃，它当时口口声声发誓赌咒要人家相信它的余生将过得平静如水、卑贱似草，现在看来这只不过是一种骗取信任的手段而已。

核桃与钟楼

●文/［意大利］达·芬奇

乌鸦不知从哪儿弄到一颗核桃，它打心底感到自己运气不错，喜滋滋地向钟楼飞去。它在楼顶上停稳，就用一只爪子紧紧按住核桃，它的嘴“笃、笃、笃”狠劲儿啄那圆不溜秋的硬家伙，想要把硬壳啄开，吃里头那美味儿的果仁。可不知是用力过猛呢，还是它没啄对头，反正是核桃哧溜一下从它爪下滑开，滚了下去，落进一条墙缝里不见了。

“啊，好心的墙啊！你生来就是保护他人的！”被乌鸦的嘴啄得魂飞魄散的核桃可怜巴巴地对墙说，“你别让它把我啄破，别让它把我吃了，求

你可怜可怜我！你这样的坚实牢固，这样的雄伟壮观，你有这么一座漂亮的钟楼。请别赶走我！”

从大钟沉洪的声音中，已经可以听出它的主张：墙不宜将核桃收留在自己怀中。它劝告高墙：别信这核桃，因为它对高墙是一种危险。

“请别赶走一个危难中的孤儿，请别赶走我！”核桃大声哀求，它的声音大得想要盖过大钟气恼的轰鸣，“我原本打算离开生我养我的树枝，落到一块潮湿的土地上去发芽生长的，却万不料撞上了乌鸦这个恶魔。一落进乌鸦贪婪的嘴里，我就许愿说：要是我能免于一死，我今后决不奢望什么，随便落进个土坑我就心满意足，平平静静地度过我的余生。”

核桃的这番话确实催人泪下，这堵墙差不多难过得要哭了。墙置大钟响亮的警告于不顾，满怀热忱地将核桃收留在缝隙里。

时间一天一天过去，核桃摆脱了惊恐，清醒了，回复了平静。它就往下扎根，开始，根须往热情好客的墙缝里抠。不久，核桃的第一批幼芽齐心协力往上长，并且在内部积蓄力量，把自己的枝叶高傲地耸到了钟楼之上。

核桃根须的伸张，首当其冲遭罪的是墙壁。根须能抓会抠，能攀会缠，日日夜夜，一刻不停地扎到所有它们能扎进的地方，渐渐地，核桃的根须撼动了古老的墙砖，并且损坏了它们，毫不留情地把它们一块块挤了出去。

当墙壁明白过来，原来这看着不起眼的、可怜巴巴的小核桃是多么阴险奸诈时，一切都已经太晚。这颗小核桃，它当时口口声声发誓赌咒要人家相信它的余生将过得平静如水、卑贱似草，现在看来这只不过是一种骗取信任的手段而已。此时此刻的墙壁只能怪自己当时轻信了它，痛悔当初不该不听有先见之明的大钟的劝告。

忠告是闪亮的金子

赏析／陆韵遥

读《核桃与钟楼》后使我们明白这样一个道理：他人的忠告是良言，它能使我们擦亮眼睛，看清事物的本质和真相，更好地明辨是非，少犯错误。

有时候,人的判断力是有限的,往往是因为别人的哀求或威胁,就对人和事物的真假、对错产生了误判,从而造成严重的后果,甚至抱憾终生。打个比方,现在有不少的学生喜欢到网吧去玩游戏,如果老师或家长发现这种不良现象一定会对这个学生给予批评。批评的逆耳忠告就应该使你提高警惕,若还是执迷不悟,沉溺在网络中不能自拔,那样就会误了自己的学业,毁了美好的人生。

其实人生就是这样,我们以后的路十分长远,也会碰到一件又一件令我们不知所措或是十分迷惑的事,那么他人的忠告就会提醒你该做什么,不该做什么。这就是所谓的"当局者迷,旁观者清",别人站在不同的角度,对事物有新的认识,会提出宝贵意见,所以,他人的忠告更容易让你认清实质,找准方向。

忠告是闪亮的金子,是人与人之间最忠诚的语言,我们不仅要多听忠告,还要对别人提出真诚的忠告,及时指出别人错误,这样才能构成人与人之间和谐相处的社会。

世界是美好的,但并不是完美的。在享受生活温情的同时,我们也要学会识别邪恶,保护自己。

会摇尾巴的狼

●文/严文井

一只狼掉到陷阱里去了,怎么跳也跳不出来。后来,一只老山羊慢慢走过来了,狼连忙向老山羊打招呼:"好朋友!为了友情的缘故,帮帮忙吧!"

老山羊问:"你是谁?为什么跑到猎人设下的陷阱里去了?"

狼立刻装出一副又老实又可怜的模样,说:"我,你不认识吗?一只又忠诚又驯良的狗啊！为了援救一只掉到陷阱里的小鸡，我不顾一切，牺牲自己，一下跳了进来，就再也出不去了。唉！可怜可怜我这只善良的老狗吧！”

老山羊看了它几眼，有些不相信，说：“你真的是狗吗？为什么你那么像狼，为什么你用狼一样的眼神看着我？”

狼连忙半闭了眼睛说：“我是狼狗，所以有些像狼。但是，请你相信，我的的确确是狗。我的性情很温和。我还会摇尾巴，不信你瞧，我的尾巴摇得多好。”

狼为了证明自己的话，就拖着那条硬尾巴来摇了几下“扑，扑，扑”！他把陷阱里的一些土块都敲打下来了。

老山羊慌忙后退了一步说：“是的，你会摇尾巴。可是会摇尾巴的不一定都是狗。你说，你真的是一只狼狗吗？”

狼有些不耐烦了：“没错，没错！我可以赌咒。快点吧，快点吧！为了友情的缘故，只要你伸下一条腿来，我马上就可以得救了。我一出来马上就报答你。比方，我可以给你舔舔毛，帮你咬咬虱子。真的，我是非常喜欢羊，特别是老山羊的。”

老山羊还是有点犹豫，又往后退了一步：“不成，我得考虑考虑。”

这时候，狼忍耐不住了，突然爆发起来。他咧开嘴，露出牙齿，对老山羊咆哮：“你这老家伙！不快一点过来，你要干吗？”

老山羊冷静地看了它一眼，慢吞吞地回答说：“什么也不干。因为你是狼。我看见你的尖牙齿了。去年冬天你咬了我一口，差点没把我咬死。我一辈子也忘不了。你再会摇尾巴也骗不了我了，再见吧！”

为聪明的老山羊鼓掌

赏析／赵拓坤

世界是美好的，但并不是完美的。在享受生活温情的同时，我们也要学会识别邪恶，保护自己。

有些东西不是一时就能改变的，比如你不能让一只狼改吃青草，因为它有着凶残的天性。文中这只会摇尾巴的狼，还兼有狐狸的狡诈。不慎跌入陷阱的它,为了活命,为了取得老山羊的同情,先是伪装成“善良的老狗”,做出一副“忠诚又驯良”的模样,然后编了一个动听的故事“为了援救一只掉到陷阱里的小鸡”“不顾一切,牺牲自己”,后来甚至摇起了它僵硬的尾巴。可恶的老狼,它卑躬屈膝、苦苦哀求,想用这种假象骗得老山羊的信任。但老山羊是睿智的,认真观察,仔细辨别,最后看穿了狼滑稽的把戏。在老山羊谨慎的询问和不断增加的疑虑中,狼终于露出它的爪牙。看来,坏人的伪装也只是一时的,只要你拥有一双明亮的眼睛,遇事能三思而后行,便能识别真假,明辨是非。

当别人有困难的时候我们当然要伸出援手,不过在这之前,要先弄清楚他是不是一只狡猾的“会摇尾巴的狼”。

让我们为聪明的老山羊鼓鼓掌吧,因为它心里很明白:狼始终是狼,它一旦得救,必定会恩将仇报,把善良的救援者吞了填肚子。

做人啊,还是应该脚踏实地吧!像聪明的马一样,透过那虚伪的赞歌看穿狐狸的把戏,坚持本色,方能保护自己。

不轻信陌生人

●文/佚　名

有只狐狸,虽年纪轻轻,却学得老奸巨猾。它生平第一次看到了一匹马。有一只狼,刚刚出道,狐狸走上前去对它说:“你去看看吧,有只动物在我们的草地上吃草呢!它高高的个子,长得英俊潇洒,看到它,我心里现在还美滋滋的呢。”

“它难道比我们还健壮?”狼笑着问道,“你给我讲讲它到底是个啥模样。”

“假如我是个画家或大学生,”狐狸说道,“我将会先描绘出你见到它以后的喜悦之情。不过你还是赶紧跟我来吧,天知道呢,也许这份猎物命中注定是属于我们的呢！”于是，它俩一起朝草地上跑去。

这匹马对两位不速之客可没有多大的兴趣，它想拔腿就走。这时狐狸赶忙走上前来对马说：“老爷，您卑贱的仆人很想知道大家是如何称呼您的？”

这匹马可不是等闲之辈，它回答说：“先生们，你们可以看到我的名字，我的鞋匠把它打在了我的掌子上。”

狐狸赶紧推说自己文化低，还说：“我的父母没有让我受一丁点儿教育，我穷得丁当响，所有的家当就是一口土窑。而狼的父母则都是知名人士，它们让狼受到了良好的教育。”

狼听到这番恭维话马上走上前来，想看看打在马掌上的名字，它的虚荣心让它付出了四颗牙的代价。这匹马把蹄子扬得高高的，照着狼的下巴踢了一脚，这只狼可是吃了大亏，流了血，受了伤，浑身十分难受。狐狸这时假装同情地对狼说：“兄弟，这件事算是验证了聪明人对我说过的那句话，今儿这匹马又把它写在了你受伤的下巴颏上，那就是：对一切陌生人都不要随便相信才是聪明人。”

虚荣埋葬了它

赏析／钟良鸿

老奸巨猾的狐狸，爱慕虚荣的狼与聪明机智的马走到了一块，形成了这个意味深长的寓言故事。

话说为什么狼会掉了四颗牙呢？这要“归功于”它的虚荣心。虚荣心使它坠进了一个无比欢乐、充满甜言蜜语的虚幻之中。它在享受着那虚幻，而对自己将来凄惨的命运浑然不知。

社会上许多人也是这样啊！他们在生活里总是听着顺耳的赞美，从不审视自己的错误！虚荣使他们越陷越深，变得贪婪，变得可恶，他们努力地寻找着高高在上的感觉，不想哪一天可能会从高处跌下来。

虚荣心令许多人陷入了迷惘，摔进了大牢，当他们后悔时，已经迟了，虚荣心在他们头上欢快地跳着，唱着，这是它们想要的结果。

做人啊，还是应该脚踏实地吧！像聪明的马一样，透过那虚伪的赞歌看穿狐狸的把戏，坚持本色，方能保护自己。把那虚荣心抛之脑后吧，不然会付出惨痛的代价！

原来，看上去平平常常的，多是有本领的人；而最爱装模作样的，倒很少有什么本领。

平常的人和可怕的神像

●文/湛　卢

有一只饿得发慌的狼，大白天跑去抢吃农民的羊。羊的主人正拿着斧头在羊群附近工作，狼虽然看见了，却不在意，仍然冒冒失失地冲了过去。它觉得这么平平常常的一个人，也没有什么了不起，至少，他是没办法阻挡它的。哪知道，当它刚走近羊群，还没有来得及伸出爪子，它的尾巴就被砍去了半截。它只得忍痛逃跑了。

又一次，这只狼跑到一座庙里去，看见一尊可怕的神像，手里拿着武器，两眼紧盯着它，好像要扑到它身上来似的，狼吓得赶快逃跑了。

不久以后，它又悄悄地跑回去，发觉神像还是原来的姿态。它胆怯地退后两步，神像仍然没有动。而且，当它转到神像的背后时，神像一点不动。于是，狼猛然从背后扑了过去。轰隆一声，神像倒在地上，跌成了泥块。

狼惊奇地望了一会儿，恍然大悟地说："原来，看上去平平常常的，多是有本领的人；而最爱装模作样的，倒很少有什么本领。"

不要被表象混淆视听

赏析／陈俊光

读罢寓言，感受最深的便是狼的"一叶障目，不见泰山"了。它不假思索地相信自己所见，可事实却和它想像的恰恰相反，以致尾巴被砍去了半截。"原来，看上去平平常常的，多是有本领的人；而最爱装模作样的，倒很少有什么本领"，这就是狼吃尽苦头后悟出的道理。

由此看来，我们不能只凭外表就去判断事物的好坏优劣，因为眼睛看到的只是事物的一部分，是外在表现，这不能完全反映它的本质。就像与人相处一样，肉眼是不能深入人的性情的，正所谓“人不可貌相”。也许相貌平平的人却拥有一颗善良的心，常常无私地帮助别人；也许平时沉默寡言的人却见多识广，在关键时刻往往一鸣惊人。如果我们以外在表现为唯一标准衡量他人，那么我们将和事实本质失之交臂，甚至谬以千里。除了眼睛，我们更要用心灵，才能认识庐山真面目，把握事物的本质。

因此，我们要对所见所闻进行思考和判断，切不可一见表面现象便妄下定论。

要做好一件事情，与其花费大量的时间去猜测、计划，倒不如用行动去实践，往往能够取得预想不到的效果。

小猴躲雨

●文/薛贤荣

有三个猴子耐不住林中的寂寞，相约下山一游。大概是贪恋于田野的景色，竟忘了时辰已到黄昏，天气阴晦欲雨。等它们意识到这点，豆大的雨点已劈头盖脸地打了下来。恰巧，路旁有一座看青人搭的小木屋，三个猴子便决定进去躲雨。

第一个猴子一步跨到门口，却失望地咂咂嘴，转身对两个伙伴说：“倒霉!这门是关着的。”

第二个猴子绕小屋转了一圈，垂头丧气地告诉大家，窗子也都关着，进不去。

第三个猴子嚷道：“别浪费时间了，我们快来想想办法吧！”

于是，三个猴子围成一团，冒雨开起了讨论会。它们设计了一个又一个开门方案，又一个接一个地否定掉。最后，它们都认为这木屋是无法进去了，只有冒雨回到树林中去。

正在它们欲走未走的当儿，一阵风把门吹开了。三个猴子又惊又喜：啊，原来门是掩着的，压根儿没锁！惊喜之余，它们想，花那么长的时间去开会研究，真还不如亲自动手推一推哩。

实干总比空想好

赏析／岑　侃

三只小猴子想进入小木屋去躲雨，它们绞尽脑汁想了一个又一个的开门方案，可还是不成功。最后却因为风，它们发现门竟是虚掩的，只需用手轻轻一推，便可免去淋雨之苦。这说明了一个道理：要做好一件事情，与其花费大量的时间去猜测、计划，倒不如用行动去实践，行动往往能够取得预想不到的效果。

我们身边不乏像小猴子那样的同学。比如周末，有同学总是想出几种完成作业的计划，一种比一种科学，一种比一种完善，但他还想要一种更科学、更完善的，因此花费了大量的精力和时间。周末过去了，书桌放着一堆尽善尽美的计划表，作业本却还静静地躺在书包里。假如他能够把拟订计划的时间花在写作业上，也许功课早已完成。如此空想却不肯实干的行为，不就跟躲雨的小猴子一样吗？

在生活中，我们常常会为了梦想而仅仅忙于做漂亮的衣裳，却忘了只有积极行动才能在舞会上大放异彩。如果我们有梦想，那我们更应该多动手、多实践，这样才能够得到预想不到的成功。因为实干总比空想好！

一种方法不可能适用于所有问题，当发现自己的方向错了的时候，要经过严密谨慎的思考后，重新做出正确的抉择。

乌鸦喝水的新故事

●文/罗　丹

乌鸦口渴极了，它发现了一只长颈小瓶里有半瓶水。可是瓶口很小，乌鸦喝不到水。后来它想了一个办法，把一颗颗小石子投到瓶里去，瓶里的水升高了，乌鸦高兴地喝到了水。这件事被伊索写进了寓言，传遍了全世界，乌鸦也因此出了名。

有一次，这只乌鸦外出旅游，它又口渴了，可是四处找不到水。后来它发现了一口井，低头一看，井底有水，但井口很小，井又很深，它喝不着。

它想到了自己曾经投石入瓶喝水的光荣事迹，不禁高兴地叫了起来：“呱！呱！我怎么把这经验忘了！”

于是它又衔来一颗颗的小石子，向井里投去，谁知道投了半天，井水就是上不来。

树上的喜鹊看到了，说：“乌鸦先生，这是水井，不是你原先的那个长颈瓶子，怎么还用那个老办法？”

“你懂什么，呱呱！”乌鸦说，“我的方法是经过寓言大师鉴定了的，都上了书本，到哪里都适用，怎么会老呢！”

乌鸦继续向井里投石子。那结果，我想大家会想得到的。

灵活变通

赏析／李俊健

乌鸦喝水的笨方法，确实让人哑然失笑。

其实，生活就像浩瀚的大海，我们就如海上航行的小舟，在航行中总是要遭遇一些不可预测的风浪。对生活中遇到的种种困难，我们不能墨守成规，要灵活运用自己的知识去解决。依靠书本的同时又不能完全依赖书本，要懂得开拓、懂得创新。一种方法不可能适用于所有问题，当发现自己的方向错了的时候，就不要再固执地走下去，而要根据实际情况，经过严密谨慎的思考后，重新做出正确的抉择。否则，得到的只能是失败。

我们还要善于采纳别人的意见。毕竟，多一个人多一双眼睛，也就多一种看法。一意孤行导致的结果往往都是失败。如寓言中的乌鸦，它没有听取喜鹊善意的劝告，而呆板地使用那套已不适合当时环境的方法，很显然，它只能衔着石子渴死在井边。乌鸦的惊人毅力固然可敬，但要知道，执著"过度"就是固执了。然而，固执会锁住我们在成功之路上前行的双脚。

环境总是时时刻刻都在变化的。我们必须学会适应环境，学会灵活地处理事情，才能熟练地驾驭自己的生活之舟，直抵成功的彼岸。

书本上的学问都是一些抽象的理论，要想把书本上别人的经验变成自己的实际才干，我们还得亲身体验，在实践的熔炉里锤炼。因而，懂得身体力行的人才是聪明人。

小花猫除锈

●文/杨福久

小花猫可爱学习了，不仅爱学书本上的知识，还爱学书本上没有的常识，而且学了就会用，小伙伴们都夸奖他呢。

这天他在《醋的妙用》上看到了食醋可以除锈的常识，就赶紧跑回家里，一边拿过锈迹斑斑的大铜镜，一边对妈妈说："妈妈，我有办法把这铜镜擦净了。"

妈妈笑了："小孩子有什么好办法啊？还是我擦吧。"说着，妈妈就拿来草木灰。

小花猫忙说："妈妈，您那个老办法不怎么好啊，容易把铜镜划出'道道儿'来，那'道道儿'就再也不好擦了。您还是让我擦吧！"

妈妈问："你用什么好办法？"

小花猫举起食醋瓶子说："用这个擦，这铜镜上的锈斑很快就掉了。"

妈妈将信将疑："那你试试？"

"好的。"小花猫立即动手，用抹布蘸上食醋，轻轻地擦起来。果然，铜镜上锈斑很快就擦掉了！

妈妈见了，高兴地夸奖了小花猫。

小花猫告诉妈妈："食醋还能除掉铝制品上的锈斑呢。只要把锈了的铝制品放进醋水里浸泡一定时间，然后取出来清洗就光亮如新了。"

妈妈听了就把这个办法告诉了隔壁的老黑猪，老黑猪很快就把他家的铝盆擦洗得干干净净……

懂得学以致用才叫聪明

赏析／傅舒婷

看完了故事，我们是否会惊叹于小花猫的聪明呢？的确，小花猫有它过人的聪明之处，那就是它不仅能把书本知识和课外知识掌握好，而更重要的是它懂得学以致用，用学到的知识来解决实际生活中的问题。

从小到大，我们从书本上学到了很多知识，但这并不说明知识已经烂熟于心了。书本上的学问都是一些抽象的理论，要想把书本上别人的经验变成自己的实际才干，我们还得亲身体验，在实践的熔炉里锤炼。因而，懂得身体力行的人才是聪明人。

举个例子，大家都懂得一个生活常识：铅有润滑的作用。那么当家里的锁由于锁孔生锈而变得难以开启的时候，你是否会想起一个便捷而管用的办法——把铅笔屑倒进锁孔里？

陆游有诗曰："纸上得来终觉浅，绝知此事要躬行。"意思就是说，从书本上得到的知识毕竟比较肤浅，要透彻地认识事物，掌握本领还必须亲自实践。所以，当我们在生活中遇到问题的时候，要学会善于运用已掌握的知识去思考问题，解决问题。这样，知识才会为我所用，它的价值才能得以体现。

上帝在创造万物的时候，给每个人都配了一把智慧的钥匙，让我们在非常时刻开启困窘之锁，以觅得出路。

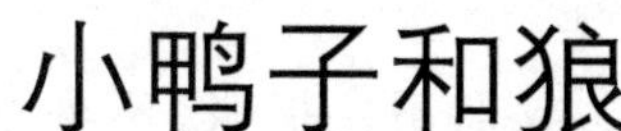

小鸭子和狼

●文/解普定

清清的小河里，小鸭子在戏水玩耍。

小鸭子玩得真快活。谁知远处一只狼蹿到小河边，一把抓住了小鸭子，要吃掉它。

"你要吃我吗，狼先生？"小鸭子扁着嘴说，"可我有个要求呀，如果你答应的话，我可以让你吃掉。"

"你有什么要求，快说！"狼回答道。

"好吧，我告诉你。"小鸭子不慌不忙地说，"因为我的声音像你的声音，反正现在也要死了，我得叫几声给你听一听。"

"好，你叫吧！"狼说罢，暗暗地想道，反正它逃不出我的手掌。

于是，小鸭子伸长脖子，嘎嘎嘎嘎地叫起来。

狼听了摇摇头，大声说："不对，不对，你叫错了！我叫给你听听。"

说罢，狼就嗥嗥嗥嗥地叫给小鸭子听。

这时，恰好一只猎狗从这里路过，听见狼的叫声，一下子猛扑到河边。狼见蹿过来的是一只猎狗，吓得魂飞魄散，一溜烟儿逃跑了。

小鸭子嘎嘎叫着跳到河岸上，扭着屁股，高高兴兴地回家了。

智慧就是力量

赏析／郑迎紫

遇上凶狠的狼，可弱小的鸭子却毫无惧色，用智慧的力量进行自救，终于巧妙地摆脱了困境。这是因为上帝在创造万物的时候，给每个人都配了一把智慧的钥匙，让我们在非常时刻开启困窘之锁，以觅得出路。

小鸭子快要被狼吞进肚子里的那一刻，它从容镇定，用聪明的方法引来了猎狗，使狼最终落荒而逃。这对我们的生活大有启示——当我们面对强大的对手的时候，应该学会冷静分析，沉着应对，才不至于一击即倒。

比如在路上遇到敌人，我们不能慌张，不要自乱方寸，这样才不会被对方一下子就抓到弱点。有时候，镇定便是防守反击的武器。我们应该稳定情绪，然后分析一下自己的处境，千万不要做出过激的行为。此时，我们可以掏出智慧的钥匙，可采取缓兵之计，为自己赢得缓冲的时间，借助外部力量的帮助，尽早摆脱困境。

总之，倘若我们遭遇困难的侵扰，不能就此认输，应积极开动脑筋——要想到，我们手上握着智慧的钥匙。

被同伴驱逐的蝙蝠

美味香口胶

没有立场的人，就像墙头上的草，风一吹来，就随风而倒。这样的人，是人们最不喜爱的。只想着依附他人的人，也就丧失了自己的尊严和灵魂，永远没有立足之地。要知道，幸福是靠自己争取来的，总想着沾别人的光，结果只能活在黑暗里。

我们对待学习一定要严谨,把知识一点一滴地积累起来,才能真正学到知识。

大象和四个瞎子

●文/佚　名

四个瞎子在路上慢慢行走,迎面来了一头大象。"躲开,大象来了!"领象的喊道。瞎子们一听,都被好奇心迷住了。"大象吗,大象长得像什么东西呢?"他们问,"让我们知道知道吧!"

这时候,领象的对象夫说道:"你从象身上下来一会儿吧。这几位盲人想弄明白,大象长得像什么东西。"象夫从象的身子上下去了,四个瞎子便都动手摸象。其中有个人的手落在象鼻子上了,另一个人的手落在象腿上,第三个人摸着象肚子了,第四个人却摸着了象尾巴。他们都摸着大象了,象夫这才赶着象走开。

领象的问瞎子们:"喂,你们现在知道了吧,大象长得像什么东西?""当然知道了!"他们回答。"长得像什么呢?"摸着象鼻子的那个瞎子答道:"像一条身子缠成了圈的大蛇。"摸着象腿的瞎子说:"不对,你弄错了!大象像一根柱子。"摸着象肚子的瞎子说:"你们俩都没说对!大象像盛水的大皮袋子。"那个摸着象尾巴的却说:"你们都弄错了。大象完全不是你们所说的样子,它像条大船上的粗绳。"

这四个瞎子自己弄错了而又各自叫旁人跟着自己错。他们每个人说的都是实话,只是每个人知道了多少就说多少而已。

从小见大

赏析/陈小媛

人们常说"管中窥豹,可见一斑",意思就是说,从事物的一个方面就可以推测整个事物的总体特征。但事实并非如此，就像“盲人摸象”一样，盲人只能靠自己的一双手去摸象，并且只凭摸到的一个部位就断言大象的样子。最终，他们都错了。可见，只凭主观感受事物的一个方面就下结论的做法是不可取的。

有些同学在学到一点点知识后就扬扬自得，以为自己什么都懂。孰不知，他只是像“盲人摸象”一样，只触及知识的棱角，他并没有真正地、全面地理解所学的知识。所以，我们对待学习一定要严谨，把知识一点一滴地积累起来，才能真正学到知识。

其实，每个人只能看到世界的一小部分，和历史中的一个瞬间。只能看到世界的一部分并不会妨碍我们形成自己的观点，但是我们可以比四个盲人做的稍微好一点的地方是，当我们表达观点的时候多一些对别人观点的尊重，并且时刻提醒自己，我们看到的仅仅是世界的一部分这一事实。

盲人摸象的故事告诉我们：不能只看到事物的一个方面，要全面地看待问题。只有一点一滴地积累，才能以小见大。

老人们具有丰富的生活经验、慈悲的心怀，我们想不出任何理由抛弃他们。更重要的是，情感上我们不能如此决绝。

弃 老 山

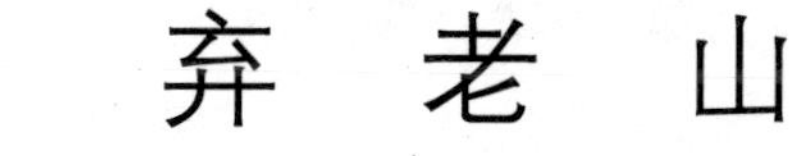

●文/[日]民间寓言

古代有个风俗，人活到六十岁，就要被扔下山涧。说是人上了年纪，什么也干不了，只有把他们扔进山涧里去。

在一个村里，有个百姓，他的父亲正好满六十岁。按王爷的规定，要扔进山涧。于是儿子背上父亲慢慢地向山里走去。驮在儿子背上的父亲，一路上特意折断路旁的树枝，留作标记。儿子见了就说：“爸爸！爸爸！您这样做，难道还想回家去吗？”“不！我是为了使你不忘记回去的路，才做标记的。”儿子听了，动了怜悯之心，又把父亲背回了家，放在廊下供养。这件事还得背着王爷，因为王爷是个非常蛮横的家伙。

一天，王爷召集起全村的百姓，叫他们用灰搓出草绳来。众百姓办不到，都很忧愁。那个背父亲回家的儿子，来到廊下问父亲：“今天王爷吩咐我们用灰搓出草绳来，这可怎么办好？”父亲教他说：“这不难，你先把草绳搓结实点，然后小心地把草绳烧成灰拿去就行了。”儿子大喜，立刻按父亲教的办法烧出了草绳。而其他人谁也没做成。儿子受到了王爷的赞赏。

这件事刚刚过去，王爷又命令：“这回你们把海螺贝用丝线穿起来！”那个儿子又回家问父亲，父亲教他说：“你把海螺贝的尾部朝有光亮的地方放好，再在丝线的头上放上饭粒，引蚂蚁来吃，让蚂蚁从贝口的方向爬进去，这样丝线就能穿过海螺贝了。”儿子照这个办法穿好了海螺贝，拿去见王爷。王爷大为感叹，就问他：“这样难做的事，你怎么做成的?”儿子如实地回答说：“老实说，我不忍心把父亲扔到山涧里去，看他太可怜，就又背回家，藏在廊下供养。王爷吩咐的这些难做的事，都是我问过父亲后，父亲教给我做的。”

王爷听后十分感动，才明白老年人知道的事情很多，应该好好供养他们。于是便改变了到六十岁就把老人扔进山涧的做法。

学会孝顺

赏析／赵拓坤

有一项研究表明，在爷爷奶奶身边长大的孩子都比较聪明。许多的天才都是在老人的关爱中成长。正所谓“家有一老，如有一宝”，老人们具有丰富的生活经验、慈悲的心怀，我们想不出任何理由抛弃他们。更重要的是，情感上我们不能如此决绝。

有一棵树和一个小男孩，他们感情很好，孩子经常爬在树上玩。可是有一天，男孩有烦恼了：没钱读书。树便让男孩摘下它的果实去换钱。随着时间的流逝，为了解决男孩一次次的困难，树献出了枝条、树干……最后只剩下了一个树桩，却还在痴痴地等着出远门的男孩有一天能回来看看它。男孩终于带着一身的疲惫回来了,树桩为还能让他坐下歇歇而打心里高兴。其实,树就是我们父母的形象啊,他们为我们献出了一切,送我们远走高飞,却只是默默地在家里想念我们,没有一句怨言,更没有要求一丁点儿的回报,反而为不能再给我们更多一些爱而难过。

亲爱的爸爸妈妈,愿您们长命百岁,让儿孙们能侍奉跟前。愿世上永不再有弃老山!

没有立场的人,就像是那墙头上的草,等到风一吹来,哪边吹就哪边倒。这样的人,是最不被人们所喜爱的,永远没有立足之地。

被同伴驱逐的蝙蝠

●文/佚　名

很久以前,鸟类和走兽,因为发生了一点争执,就爆发了战争。并且,双方僵持起来,各不相让。

有一次,双方交战,鸟类获胜了。蝙蝠突然出现在鸟类的堡垒里。

“各位,恭喜啊!能将那些粗暴的走兽打败,真是英雄啊!我有翅膀又能飞,所以是鸟的伙伴!请大家多多指教!”

这时,鸟类非常需要新伙伴加入,以增强实力,所以很欢迎蝙蝠加入。

可是蝙蝠是个胆小鬼,等到战争开始,便又不露面,躲在一旁观战。后来,当走兽战胜鸟类,高声唱着胜利之歌的时候,蝙蝠却又突然出现在走兽的营区里。“恭喜各位!把鸟类打败!实在太棒了!我是老鼠的同类,也是走兽!敬请大家多多指教!”

走兽们也很乐意将蝙蝠纳入自己的同伴群中。

于是,每当走兽们胜利,蝙蝠就加入走兽;每当鸟类打赢,蝙蝠却又成为鸟类的伙伴。

最后战争结束了，走兽和鸟类言归于好，双方都知道了蝙蝠的行为。当蝙蝠再度出现在鸟类的世界时，鸟类很不客气地对他说：“你不是鸟类！”

被鸟类赶出来的蝙蝠只好来到走兽的世界，走兽们则说：“你不是走兽！”并赶走了蝙蝠。

最后，蝙蝠只能在黑夜里偷偷地飞着。

活在黑暗里的忏悔者

赏析／赵拓坤

没有立场的人，就像是那墙头上的草，等到风一吹来，哪边吹就哪边倒。这样的人，是最不被人们所喜爱的，永远没有立足之地。文中的蝙蝠是一个胆小者的形象，在战斗打响之前早早地躲了起来；它同时又是一个投机者的形象，在战争结束之后，立刻出现在胜利一方的阵营里，高唱赞歌，大表忠心。这种行为是最为人们所不齿的。

只想着依附他人的人，同时也就丧失了自己的尊严与灵魂。没有立场的蝙蝠，在不同的阵营之中奔跑经营，最终被所有人唾弃。要知道，幸福是靠自己争取的，总想沾他人的光，结果便是只能活在黑暗里。在我们身边，也有着这么一些人，当要付出努力去劳动时，他们总是推三阻四，借口理由一大堆。而在颁发奖励与享受荣誉时，他们又会“适时”地出现，强烈要求分享劳动成果。

投机取巧者，或许能占得暂时的便宜，但时间一久，人们就能发现他们虚假的面孔，不愿与之为伍。那样，他们丢失的便不仅仅是骗来的成果，更可怕的是再也没有人会相信他们。

稍多一点儿的优势，就作为炫耀和讥讽他人的资本，那么这样的人也太渺小了。

泥偶和木偶

●文/刘　向

一天，一个胖胖的泥偶和一个俊俏的木偶来到一条大河边，等着渡船，准备过河。

远处，渡船正往这儿驶来，快要靠岸了，泥偶和木偶争着要先上船，不知谁先碰着了谁，两人展开了一场激烈的舌战。

“老兄，你不要忘本，你原先不过是一块千人踏万人踩的土泥巴而已。”木偶嘲笑着说，“现在，你被一个好事者做成了人样，说穿了，你终究不过是一块干泥罢了。”

“你有啥了不起，我可清楚你的底细。你只不过是东园里的一株桃木削成的人样。”泥偶冷笑道。

木偶被泥偶抢白了一番，当然不服气，又说：“你不要嘴凶，如果明天下一场大雨，我看你还会在我面前逞强？那时，你还不是化作一堆烂泥巴嘛！”

“老弟你也太不自量力了，你也不想想你自己。”泥偶反唇相讥道，“如果大雨来了，我看你还站得住脚？到那时，你也不知道要漂流到什么地方呢！”

木偶想占上风反而讨不到半点儿便宜，上了渡船后，他只好装聋作哑地呆在一边，一声不吭了。

时刻掂量自己

赏析／赵拓坤

有一支军队，打了败仗，士兵们向后撤逃。逃出一段距离后，发现敌军没有追来,便停下休息。这时候,有些士兵逃跑得离战场较近,他们便嘲笑挖苦起那些跑得远远的人来。远逃的士兵中有人反唇相讥道:"我们逃了一百步,你们逃了五十步,一样是逃跑,一样是贪生怕死,你们有什么资格笑我们?"跑了五十步的士兵们被问得哑口无言。

是啊,五十步笑百步,就像乌龟嘲笑蜗牛跑步太慢、狼责备蛇太过狠毒一样。它们不知道,讽刺讥笑他人的同时,也把自己的致命短处挖了出来。所以,要时刻掂量自己,在嘲笑否定别人之前先反省一下自己,别人的不足之处可能也正好是自己的缺陷。

泥人原是一块干泥,木偶本是一根桃木,它们有着同样的经历,相似的命运,那就要像兄弟朋友一样互相关照。可是现在却因为一次不小心的碰撞,一点不经意的摩擦,便发生不愉快的争吵,实在是不值得,也不应该。

稍多一点儿的优势,就作为炫耀和讥讽他人的资本,那么这样的人也太渺小了。

无论是自欺还是欺人,结果都只能是失败,只能是遗憾;不管是自欺还是欺人,留下来的只有哀叹,只有伤痕。

掩耳盗铃

●文/中国民间寓言

范家的大门上挂着一只门铃。有人想把这只门铃偷回家去。

可是谁用手一触门铃,它就会"丁丁当当"地响起来,所以要偷它是很不容易的。这个想偷门铃的人也很懂得这点,站在门外犹疑不决。忽然,他想出一个办法来了:铃响所以会惹出祸来,只因为耳朵听得见,假如把耳朵掩起来,事情不就好办了吗?

想到就做,他把自己的耳朵掩起来,就放大胆子去偷那门铃。可是他刚一动手,门内就有人跑出来大喊捉贼,因为门内的人并没有掩耳朵,还是听得见铃声的。

不要自欺欺人

赏析／李美琪

捂住自己的耳朵，以为别人听不到铃声，这样去偷别人家的门铃。盗贼所用的办法非常笨拙，他自己却以为能骗得了人，最终偷鸡不成却反蚀一把米——被抓了起来。这种愚蠢自欺的掩饰行为，既令人哑然失笑，又令人感叹不已。

往深层次方面思考，人是一种很复杂的动物，我们总是生活在自欺欺人的空间里，刻意将真实隐藏的很深。有时候，我们喜欢骗自己；有时候，我们又喜欢骗别人。无论是自欺还是欺人，结果都只能是失败，只能是遗憾；不管是自欺还是欺人，留下来的只有哀叹，只有伤痕。恶意的、蛊惑的、搪塞的谎言终究会被揭穿，揭穿的那一刻便是悲剧的上演。

看看身边的某些同学，学习上欺骗老师、父母，可别人并没有什么损失，他们只比掩耳盗铃的人聪明那么一点点，在明白人看来那是非常可笑的。欺骗别人也就欺骗了自己，这样的傻事，我们还是别干了。

要始终相信自己的态度，认真发现和保持自己的优点，才会永远立于优势之地。

狮子和熊

●文／佚　名

有一天，狮子把地面上所有的野兽都组织起来，把它们分成几个队，叫它们操练。这里什么野兽都有，骡子和兔子也站在队伍的当中。

狮子操练好队伍后命令熊检查一下，看队伍是否排得整齐。

熊在队伍的四周走了一圈，检查了每一支队伍。当它走到骡子和兔子跟前，突然哈哈大笑起来。狮子听见了，问："熊，你笑什么？是不是对我的做法你不感兴趣？""不，不，万兽之王。"熊答道，"我不是笑你的做法，我笑的是骡子和兔子，它们也同别的野兽排在队伍里，可它们怎么能打仗？如果战争发生了，骡子能握枪，还是挥刀？兔子能挡住敌人吗？万兽之王，我就是笑这个！"狮子回答说："朋友，你错了。你对骡子和兔子的看法不正确，它们很有用。骡子虽然不会挥刀、开枪，但是它会吹喇叭，集合军队。当战士们分散在高山和深谷时，兔子跑得快，它可以当信使。朋友，现在你还有什么不同意？"

"万兽之王，没有了。"熊回答说，"你说得对。"

我们的态度

赏析／冯其记

这则寓言主要是要告诉我们应该用什么样的态度看问题。熊认为兔子和骡子没有多大的用处，可听狮子的一番解释后，才发现自己看问题的眼光太狭窄了。

我们知道，每一样东西都有他存在的价值，不要取笑那些在某些方面才能处于劣势的人。正所谓"三十六行，行行出状元"，也就是说各人有各人出色的一方面。我们应该像狮子一样，保持着谦逊的态度，认真观察每样事物的优点所在，充分发挥这些长处，使它们成为有利的因素。这就要求我们不应小看别人。要知道在这五彩纷呈的世界是各种各样的人和事拼成的，不然的话，如果只有伟大没有平凡，只有老板没有普通员工，世界是多么单一和乏味啊！

从兔子和骡子的角度看，我们也应该拥有自信的人生态度，我们要时刻相信自己，不要自卑，不要丧失信念，要认清自我，了解自身的优点和缺点，然后扬长避短，让自己的优点闪耀出更绚丽的光芒！

总之，我们要像狮子一样，永远保持谦逊的态度，全面地洞察身边的人和事。要始终相信自己的态度，认真发现和保持自己的优点，才会永远立于优势之地。

成功真有这么难吗？不，只因为我们不够专注罢了。

小猫钓鱼

●文/佚　名

老猫和小猫一块儿在河边钓鱼。

一只蜻蜓飞来了。小猫看见了，放下钓鱼竿，就去捉蜻蜓。蜻蜓飞走了，小猫没捉着，空着手回到河边来。小猫一看，老猫钓着了一条大鱼。一只蝴蝶飞来了。小猫看见了，放下钓鱼竿，又去捉蝴蝶。蝴蝶飞走了，小猫又没捉着，空着手回到河边来。小猫一看，老猫又钓着了一条大鱼。

小猫说："真气人，我怎么连一条小鱼也钓不着？"

老猫看了看小猫，说："钓鱼就钓鱼，不要这么三心二意的。一会儿捉蜻蜓，一会儿捉蝴蝶，怎么能钓着鱼呢？"

小猫听了老猫的话，就一心一意地钓鱼。

蜻蜓又飞来了，蝴蝶又飞来了，小猫就像没看见一样。不大一会儿，小猫也钓着了一条大鱼。

心专事成

赏析／冯其记

"小寓言大智慧"用在《小猫钓鱼》上是恰如其分。小猫最后钓着了一条大鱼，它最大的收获并不是这条大鱼，而是它钓到这条大鱼的原因，也就是老猫所说的"不要这么三心二意"。这道理大家都懂，然而却没有多少人能够真正做得到。

也正是如此，所以让成功变得好像很难，难于上青天。其实成功真有这么难吗？不，只因为我们不够专注罢了。前进的道路总是曲折的，也正因为这样风景才会多姿多彩。天空是有风有雨的，也正因为这样才让我们看到更加灿烂的阳光。这一切都来源于专注与执著，当我们一心一意地在做着一件事时，我们就会忘记处境有多困难，也才令我们觉得这正是乐趣的所在。

古人可以“两耳不闻窗外事，一心只读圣贤书”。例如李白看到在磨杵的婆婆后，懂得了“只要功夫深，铁杵磨成针”的道理，终于从一个贪玩懒散的小孩成长为后来的大诗人。如何才能下深功夫呢？还得全心全意，否则怎么能磨杵成针呢！

成功之道，就得一心一意，心在便意在，意在便趣在，趣在力也就自然在，力在“大鱼”便当然能钓到了。

如果说生活是一道美味佳肴，那失败定是烹制时的一道独特配方，让生活的味道变得妙不可言。

塞翁失马

●文/中国民间寓言

有位住在边塞附近的老翁以放牧为生，家中只有一个儿子。老翁为人厚道本分，还会预测生活中的福祸，很多人也常常拿一些家中发生的事，来请他预测预测。

一天，老翁家里的一匹好马趁主人不注意的时候，挣脱了缰绳，撒蹄狂奔，跑到北方的少数民族地区去了。

邻居们知道这事，很为老翁家里丢失了这匹好马惋惜。他们三三两两到老翁家安慰他。

老翁心里很是感谢大家的好意，说道：“马丢了虽然是坏事，但是也可以说是好事。”

邻居们听了,不知老翁为什么这样说。

过了几个月,那匹丢失的马不仅自己回来了,而且还带着几匹北方的骏马回来了,邻人都来表示恭贺。

老翁脸上却毫无高兴的神色,他说:“丢失的马回来了,还带回几匹马,这是好事,可是也未尝不是一件坏事。”

邻居听了,一脸茫然,不知老翁说的是什么意思。

老翁家里多了良马,他的儿子很喜欢骑马,有一次从马上跌下,折断了大腿。

邻居们见老翁的儿子摔折了腿,又都来慰问他。老翁又说:“这难道不会变成一件好事吗?”

一年之后,北方的人大举入侵边塞地区。壮年男子都拿起弓箭与敌人作战,靠近边塞的人,十人之中有九人在这场保卫家园的战争中死去。

老翁的儿子因断腿成了跛子才没有当兵,生命得以保全。

失败也是一种收获

赏析/杨　柳

古语说得好:塞翁失马,焉知非福。正是“山重水复疑无路”之时,柳暗花明又会带来新的惊喜,一如生活中虽然常有狂风暴雨、雷鸣电闪,但终会雨过天晴、阳光依旧。

成功与失败的意义,也许年少的我们并不了解,但不懈地努力总会让我们感受到被老师认可、父母赞扬时的自豪感和沐浴在同伴们羡慕、敬佩的目光中的满足感。当然如蜜般的喜悦也让我们对偶尔的失败越来越惧怕,让我们变得高傲自大、不堪一击。

失败,并不意味着输掉一切,也不意味着被人彻底否定。失败应如塞翁所说:“这难道不会变成一件好事吗?”失败,是让自以为是的人知道自己的缺点;是让快速奔跑的人停下来审视自己的不足;是让渴望成功的人找到努力的方向。如果说生活是一道美味佳肴,那失败定是烹制时的一道独特配方,让生活的味道变得妙不可言。

失败并不可怕,可怕的是不敢面对。勇敢地面对失败,不悲观沮丧,也不怨天尤人,更不要过早地对自己下结论,而是要找出失败的原因,并让它成为自己前进的力量。这样，在今后的生活中，我们就会比别人多一种本领，多一点成功的机会。

一个谨慎的人从来不会小看任何一个细微的过失，总要考虑得周全、妥当。

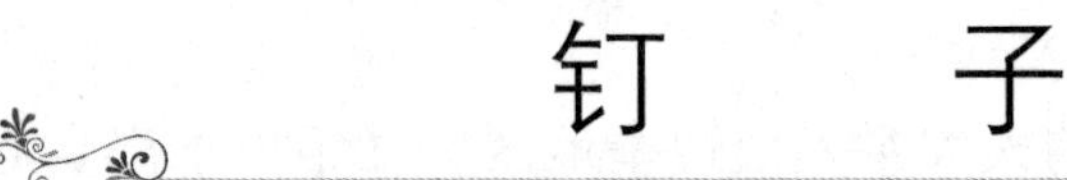

钉　子

●文/[德]格　林　译/潘子立

一个商人在一年一次的年市上做了几笔好生意，货物都卖出去了，钱袋里装满了金子、银子。他现在就要回家，想在夜幕降临之前赶到家里。于是他把放着钱的旅行提包绑在马背上，骑马走了。中午，他在一个城市稍稍休息，要继续走的时候，他的仆人把他骑的马牵到他跟前来，说："主人，它左边后蹄马掌少了颗钉子。"

"少就少吧，"商人回答说，"再走六个钟头就到了，马蹄铁大概掉不了。时间很紧。"下午，他又下马，叫人给马喂食的时候，仆人到房间里来，说："主人，您的马左边后蹄的马蹄铁掉了。要牵去找铁匠吗？"

"掉就掉了吧，"主人回答说，"就剩几个钟头了，马大概能顶得下来。时间很紧。"他骑马继续赶路，可是过不多久，马跛了，一瘸一拐地走着；一瘸一拐地走了没多久，它开始跌跌撞撞地走着；跌跌撞撞地走不多久，马摔倒在地上，跌断了一条马腿。商人只好让马躺在那里，解下旅行提包自己背在肩上，徒步走回去，直到深夜才走到家里。他自言自语地说："所有的不幸都是那根可恶的钉子造成的。"真是欲速则不达。

细节大看

赏析／陈巧君

一颗钉子走坏了一只马蹄，一只马蹄弄跛一匹好马，商人最终不得不自己扛起沉重的包袱回家。

有些事看起来微不足道，却能产生无法预测的影响。这就是细节问题。一些人的心里似乎并不存在“细节”一词，更有甚者拿“成大事者不拘小节”来当挡箭牌。这种人凡事想一步登天，忽略了其中的一些细节，这样往往因小事不做而大事不成。

关键时刻，细节总是决定成败的关键因素。河水泛滥时别小看了蚁穴，千里堤坝便有可能毁于它。“小问题大看，大问题小看”，意思是说小问题得看重，不可草草了事；大的问题要小心地看、分析地看。大事不过由千万件小事组合而成，做好了每一件小事也就不怕大事做不好。

一个谨慎的人从来不会小看任何一个细微的过失，总要考虑得周全、妥当。做人还是小心踏实点好，认真对待细节，不要急功近利，否则就像寓言中的商人那样，因一颗小钉便赔了一匹良马。

与其一味地梦想自己将会如何“出彩”，还不如踏踏实实地把握我们所拥有的东西，一步一个脚印地做事情，认认真真地为梦想而努力。

挤牛奶的姑娘

●文／佚　名

一天，一个农家姑娘头顶着一罐牛奶到市场上去卖。

她边走边浮想联翩：“这桶牛奶卖来的钱，至少可以买回三百个鸡

蛋。除去意外损失，这些鸡蛋可以孵出二百五十只小鸡。到鸡价涨得最高时，便可以拿这些小鸡到市场中去卖。那么这样一年到头，我便可分得很多钱，用这些钱足够买一条漂亮的新裙子。对了，买什么颜色的呢？绿色，就是绿色最适合我的肤色。我要穿着它去逛市场，哈，我真漂亮，所有的年轻小伙子都来向我求婚。不行，不管他们怎么恳求，我都得摇摇头，拒绝他们。”

想到这里，她真的摇起头来，头顶的牛奶随之掉在地上。她的美妙幻想也随之消失了。

抓紧你的梦想

赏析／林婷婷

挤牛奶的姑娘本可以用牛奶换来她想要的东西，实现她的梦想。但是，但她头顶着牛奶时，却浮想联翩，计划着怎样用这些牛奶换取东西，憧憬着梦想中丰富而美好的收获。她忘记了自己拥有的还只不过是一罐牛奶，并不是小鸡，也不是新裙子，更不是小伙子们的追求。如果没有牛奶，她还是一无所有。当沉浸在白日梦里的姑娘不小心打破了牛奶罐时，梦想化为了泡影，美好的愿望也都失去了意义。

挤牛奶的姑娘望着洒满一地的牛奶，可能会万分懊悔，毕竟辛苦得来的劳动成果失去了，自己的梦想也无法实现了。当我们为她感到可惜时，应该想到，她在真正实现自己的梦想之前，幻想得太多了，反而忘记了自己的梦想所依赖的东西——没有了牛奶，她就没有了想要的一切。

我们从中可以学到：与其一味地梦想自己将会如何“出彩”，还不如踏踏实实地把握我们所拥有的东西，一步一个脚印地做事情，认认真真地为梦想而努力。

如果我们认识到自己所拥有的就是能够带来成功的“珍宝”时，就不会丢弃它们了，也就能够获得成功了。

寻找点金石的疯子

●文/[印度]泰戈尔

一个流浪的疯子在寻找点金石。他褐黄的头发乱蓬蓬地蒙着尘土，身体瘦得像个影子。他双唇紧闭，就像他紧闭的心门。他通红的眼睛就像萤火虫用灯亮寻找它的爱侣。

无边的海在他面前怒吼。喧哗的波浪在不停地谈论那隐藏的珠宝，嘲笑那不懂得它们意思的愚人。

也许现在他不再有希望了，但是他不肯休息，因为寻求变成他的生命——

就像海洋永远向天伸臂要求不可得到的东西——

就像星辰绕着圈走，却要寻找一个永不能到达的目标——

在那寂寞的海边，那头发垢乱的疯子，也仍旧徘徊着寻找点金石。

有一天，一个村童走上来问：“告诉我，你腰上的那条金链是从哪里来的呢？”

疯子被吓了一跳，那条本来是铁的链子真的变成金的了！这不是一场梦，但是他不知道是什么时候变成的。

他狂乱地敲着自己的前额。什么时候，啊，在他不知不觉中成功了呢？

拾起小石头碰碰那条链子，然后不看看变化与否，就把它扔掉，这已成了习惯。就是这样，这疯子失掉了本已到手的那块点金石。

太阳西沉，天空灿金。

疯子沿着自己的脚印走回，去寻找他失去的珍宝。他筋疲力尽，身体弯曲，他的心像连根拔起的树一样，萎垂在尘土里了。

珍惜手中的珍宝

赏析／林婷婷

这个疯子是可怜的，因为他把生命的热情浪费在漫无边际的寻宝旅程中，而且到最后他也没有得到他想要的东西；疯子又是可悲的，因为他本来已经找到了梦寐以求的点金石，但是他错过了机会，随手将点金石扔掉了。

当发现自己一直寻找的东西从我们的手中溜走时，我们一定会懊悔不已。谁都不想做疯子，也不想像疯子那样愚蠢，对真正的点金石视而不见。可是，我们有时候也会在不知不觉中像那疯子一样，随手丢掉成功的机会。

疯子因为不管是石头有没有效就扔掉，所以才会错过了点金石。我们也是一样，如果我们在学习的过程中遇到难题，并没有认真尝试我们的解题方法就轻言放弃，可能就会错过一个解决问题的好方法。

其实，我们的手中拥有着很多“珍宝”，只是我们往往视而不见，或者不懂得珍惜。如果我们认识到自己所拥有的就是能够带来成功的“珍宝”时，就不会丢弃它们了，也就能够获得成功了。

当我们思考身边的事物时，要记得提醒自己：这有可能是“珍宝”！

热心于人也要讲究方法。切勿信口开河，言过其实，给事情增添一些虚构的色彩，将它说得有鼻子有眼儿的。

小猫的尴尬

●文／吕华阳

小猫今天高兴极了。它在村东的小河里钓到了一条足有半斤重的大红鲤鱼。半斤重的鱼虽说算不上什么，但这可是它有生以来钓到的最大的一条鱼。回家的路上，兴奋不已的小猫决定晚上请自己的好朋友都来分享它收获的喜悦。

走到村口，它正好碰到了兔子，就冲它扬扬手中拎着的鱼说："请你告诉小伙伴们，晚上都到我家，我请大伙儿喝鱼汤。"

"好的！"兔子答应一声，便似一团雪球弹射了出去。小猫笑眯眯地摇摇头，赶紧回家准备去了。

且说兔子蹦蹦跳跳地来到场院，对正在梳理着羽毛的鸡说："小猫今天钓到一条十斤重的大鲤鱼，晚上请我们都去尝尝鲜哩！"

"真的?！"

"我亲眼看到亲耳听到，还能有假！"

"那我得马上通知鸭。"鸡说。

它连飞带跑地赶到池塘边，对正在水中撅着尾巴摸螺蛳的鸭说："小猫今天钓了一条五十斤重的大鲤鱼。晚上请我们都去。"

"真的?！"

"兔子刚才亲口告诉我的，还能有假！"

"那我得现在就去通知猪。"鸭说。

它趔趔趄趄地跑到树林，对正在土里拱食的猪说："小猫今天钓了一条一百斤重的大鲤鱼。晚上请全村的人都去吃鱼哩！"

"真的?！"

"鸡说兔子亲眼看到的，还能有假！"

"那我得立即回家。"

"干什么？"

"我得顺便把我家那口直径三米的大锅扛去。小猫家哪有那么大的锅来烹调那么大的鱼呢。"

鸭听了，直夸胖墩墩的小猪想得周到。

小猪告别鸭，便急匆匆朝家里赶。半道上，它又遇到了牛。于是，它兴冲冲地对牛说："牛大哥，告诉你一个天大的好消息，小猫今天钓了一条五百斤重的大鲤鱼，请全村人晚上都去它家吃鱼！"

"真的?！"

"我这正准备回家替小猫扛锅呢，还能有假！"

"那我也得把我的牛槽带去，小猫家肯定没有那么大的盘子来盛那么大的鱼。"

“就是。”小猪说。它和牛相约晚上在小猫家见，便各自忙去了。

到了晚间，小猪扛着大锅，牛扶着牛槽，和全村老老少少一起拥到小猫家，把小小的猫宅挤得水泄不通。

小猫一看这情形，傻了眼。但任凭它浑身上下都是嘴，也解释不清，而且越解释越复杂。

“明明钓了半斤的鱼，硬说有五百斤重。害得别人将大锅和牛槽都搬了来。”

“是呀，不想请就算了，干吗要捉弄人呢?！”

“真想不到小猫会是这种人。”

大伙儿扫兴极了，它们撇下尴尬不已的小猫，议论纷纷地散了开去。

小猫感到十分委屈。它觉得其中一定出了什么问题，否则，半斤重的鱼绝不会变成五百斤，请小伙伴绝不会变成请全村人。然而，究竟出了什么问题，它也说不清。

后来，还是它的表弟猫头鹰帮忙解开了这个结。

猫头鹰说：“现实生活中，总有一些热心人习惯于夸大事实，并且，三人成虎，有鼻子有眼儿，跟真的似的。他们虽然从本质上讲并无恶意，但却常常给当事人带来莫须有的麻烦和伤害。”

助人有道

赏析／林安娜

“热心反而帮倒忙”，这一句话在这个故事里得到充分体现。小猫钓到了一条半斤重的鱼，本想让小伙伴们品尝品尝，但却被兔子、鸡、鸭等一群同伴传达错误，结果造成了一场令人哭笑不得的僵局。

其实，在现实生活中，也不缺乏像这样的事情。为了热心帮助他人，将自己办事能力吹得天上有、地下无，可结果呢？最后却只能抱歉地说：“我无能为力。”这样阴差阳错，误会便在无形中产生。热心助人本是一番好意，出发点只有一个——想出力助人，可由于方法不当，也就给当事人带来了莫须有的麻烦和伤害。正所谓“三人成虎”，即使是很普通的一件事，可被一传十，十传百地散播后，也就弄得满城风雨，人们便自然信以为真。

由此看来，热心于人也要讲究方法。切勿信口开河，言过其实，给事情增添一些虚构的色彩，将它说得有鼻子有眼儿的。否则，不但达不到原有的目的，反而会使当事人像文中的小猫一样被蒙上不白之冤，酿成不必要的尴尬。

情谊无价，这是亘古不变的定律。

太阳鸟的情谊

●文/陈忠义

在浩瀚的撒哈拉大沙漠腹地，有一片小小的绿洲。一只小巧灵活的太阳鸟从花丛中啄出了一只蚜虫，它飞到了棕斑鸠的身边，热情地说：“我刚捉到一只蚜虫，想请你品尝一下。”

棕斑鸠正在闭目养神，没好气地说：“去去去，我这么大的胃口，能看上你这小不点儿捉的丁点儿大的小蚜虫？”

太阳鸟又对鸵鸟说：“我刚捉到一只蚜虫，想请你品尝一下。”

鸵鸟有滋有味地吃掉蚜虫，高兴地说：“谢谢你，太谢谢你了，太阳鸟小弟！”

棕斑鸠睁开眼，不屑地说：“鸵鸟兄，你的胃口不知比我大多少倍，怎么对这么丁点儿大的小蚜虫如此感兴趣？我真替你难为情！”

鸵鸟认真地说：“兄弟，你说错了。朋友的情谊是不能凭礼物的大小贵贱来衡量的！太阳鸟对我的一番深情厚谊，我能不好好珍惜吗？”

情谊无价

赏析／林安娜

在人生的旅途中，每个人都会携带着一个百宝箱，里面装着许多弥足珍贵的东西——慈爱、宽容、热心、友善……其中，友善乃是一件无价之宝。

金钱纵然能满足我们某些方面上的需求，让我们享受到多姿多彩的物质生活，然而它却永远也无法买到人间美好的情谊——友谊。朋友，并不是一个你随便喊他“喂”的人，并不是一个与你挥手后擦肩而过的匆匆过客，而是一个你能敞开心扉与之倾诉心事的听众，一个与你风雨与共的知己，一个与你共看“庭前花开花落”的知音。在伤心之时，他伴你左右，当你的忠实的听众；在困难之时，他挺身而出，给予你帮助；在烦恼之时，他适时出现，与你分忧……朋友间的情谊乃是人间至纯至真的感情，决不能用金钱来衡量它的内涵。

文中的棕斑鸠乃是一个“小糊涂虫”，以礼物轻微而否认了太阳鸟的情谊，像它这样的人，注定只能当一个孤独者。而明智的鸵鸟则不同，它深知“礼轻情谊重”的道理，自然也就收获了一段弥足珍贵的友谊。

情谊无价，这是亘古不变的定律。朋友，请你切勿做糊涂的棕斑鸠，要知道，“金钱诚可贵，情谊价更高”！

贪婪，是我们生活中最大的敌人之一。

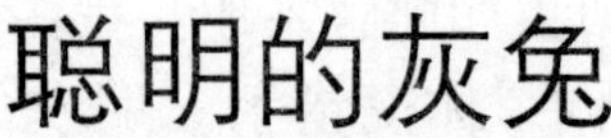

聪明的灰兔

●文／钱欣葆

灰兔在山坡上玩，发现狼、豺和狐狸鬼鬼祟祟地向自己走来，急忙飞快地钻入了自己的洞穴中避难。灰兔的洞一共有三个不同方向的出口，为的是在情况危急时能从安全的洞口撤退。今天，狼、豺、狐狸联合起来对付灰兔，他们各自把守一个出口，把灰兔围困在洞穴中。

狼用他那沙哑的嗓子，对着洞中喊道："灰兔你听着，三个出口我们都把守着，你逃不了啦，还是自己走出来吧。不然我们就要用烟熏了，还要把水灌进去！"

灰兔想，这样一直困在洞里也不是办法，如果他们真的用烟熏、用水灌，情况更不妙。灰兔灵机一动，想出了一个妙计。他来到狐狸把守的洞口，对着洞外边拼命地尖叫着，就像被抓住后发出的绝望惨叫声。狐狸有点莫名其妙，用爪子去抓洞口的灰兔，灰兔却机灵地退到了里面。

狼和豺听到灰兔的尖叫声，心想，一定是灰兔从狐狸把守的洞口出来时被狐狸抓住了。他们担心狐狸抓到灰兔后独自享用，不约而同地飞奔到狐狸那里，向狐狸要回属于自己的一份。等狼、豺、狐狸意识到灰兔可能是用声东击西的计谋时，急忙又回到各自把守的洞口继续把守，傻等着。他们哪里知道，灰兔趁刚才狼到狐狸那里去的时候，早已飞奔出来，躲到了安全的地方。

灰兔把自己脱险的经过告诉了刺猬，刺猬说："你真聪明，你是怎么想出这个妙计来的呢？"

灰兔说："因为我知道，狼、豺、狐狸虽然结伙前来对付我，但他们都有贪婪的本性，互不信任，各怀鬼胎，我正是利用了这一点。"

远离贪婪

赏析／张长发

兔子在绝境之中，沉着冷静，利用自己的聪明才智找到狼、豺、狐狸的致命弱点——本性贪婪，然后声东击西，最后成功地逃离险境。狼、豺、狐狸则因为贪婪，而各怀鬼胎，互不信任，最终让"煮熟的鸭子飞走了"。要是狼、豺、狐狸能相互信任，各司其职，坚守岗位，纵使兔子有七十二般变化也在劫难逃。贪婪之害可见一斑！

贪婪,是我们生活中最大的敌人之一。因为贪婪,才会有人煞费苦心想尽办法占便宜,为此终日郁郁寡欢;因为贪婪,才会有人冒着牢狱之灾的危险,做一个人人喊打的贪官;因为贪婪,才会有人挑起一场又一场的无谓的争端;因为贪婪,才会有人发动惨绝人寰的战争……要是没有贪婪,世界将会变得多么美好啊!

我们活在世上,是为了实现自身的价值,做一个"大写的人"。然而贪婪却经常跑来左右我们的视线,教唆我们做自私自利的小人。像这样的坏东西,难道我们不应该远离吗?在人生的原野上,让我们锄去贪婪的荒草,种上安分的庄稼吧!

你有一种思想,我有一种思想,交换之后,我们便都有了两种思想。

力　量

●文/海　星

因为水中缺少氧气,一条十多斤重的大鱼跳出水面换气,结果掉落到岸上。

两只猫看见了,冲上前去,一只猫抓住鱼头吃,一只猫抓住鱼尾吃。

不一会儿,两只猫吃饱了,就为争夺这条大鱼而互相打斗起来。

树上的雀子问:"既然已经吃饱了,就开心地去玩,为什么要争斗呢?"

一只猫答:"我想将鱼留着以后食用。"

一只猫答:"我想将鱼晒干慢慢享用。"

雀子又问:"刚才为什么不争夺呢?"

两只猫一齐回答说:"因为刚才饥饿,所以没有力量争夺。"

有福同享 = 双赢

赏析／林　琳

很多时候，我们能与朋友手挽手，共同渡过难关，但是更多的时候，我们与朋友面对利益的诱惑时，却像《力量》里的两只猫一样，明争暗斗，大打出手，甚至反目成仇。

有句古话说得好："有福同享，有难同当。"在共同的困境面前，我们总是能紧密地团结起来，联手闯出一条路来，走出困境。这"有难同当"的精神固然可贵，但是在当今社会，我们需要的更多是"有福同享"的精神。自私是长在现代人身上的毒瘤，当我们看到一份丰厚的利益时，往往会毫不犹豫地去与别人抢夺，即使对方是我们的好友、亲人。所以我们热切地呼唤"分享"，呼唤与别人共同分享幸福、分享甜蜜。要知道，"分享"其实也是一种幸福，一种甜蜜。分享是一起欢快地笑着，喝着共同的蜜酒、嚼着共同的香肉。分享，拉近了我们的距离；分享，往往能够享受得更多。

当我们费尽心机地将一切占为己有时，我们只能远离他人，孤独地享受，但分享是两方面的，我分享你的，你也分享我的。有一句著名的谚语："你有一种思想，我有一种思想，交换之后，我们便都有了两种思想。"记住，分享可以实现"双赢"。

真诚是通往天堂的钥匙，友谊是生命的天使。

鳄鱼找朋友

●文／杨福久

鳄鱼模样凶恶、行为凶残，在动物世界里名声不太好，谁都离它远远的。

鳄鱼为此很伤心，模样是天生的，行为也是先天造就的，没有什么办法。但鳄鱼想，必须找个朋友，如果是好朋友，一定与它好好相处，绝不会伤害它。

鳄鱼找朋友的信息很快传递出去，但不少动物不敢轻信，担心鳄鱼暗藏杀机，何必自投罗网?!

一天，牙签鸟飞得累了饿了，落在岸边一棵大树上。

水中的鳄鱼往岸上爬，一抬头看见了牙签鸟，十分高兴地望着牙签鸟说："您好啊！小朋友。"

牙签鸟见是鳄鱼，警觉地问："您管我叫'小朋友'?"

"是啊！"鳄鱼诚恳地说，"我想和您交个朋友。"

"可不少人说，与您交朋友是很危险的，叫做'伴君如伴虎'。"

"那是偏见啊！我实实在在是需要朋友的，我想您就很合适的，我们可以相互帮助，相互受益的。"

"可是，叫我如何相信呢?有的坏蛋说的比唱的好听，实际上口蜜腹剑哪！"

"与人相处当然不能只听其言，而要观其行。请您相信我，我需要你这样的朋友帮助我清除牙垢，您也可以解决了食物问题。"

牙签鸟吃惊地说："为您清除牙垢，您还不一下子吞了我?"

鳄鱼摇摇头："您为我清除牙垢是帮助我啊，我感谢还感谢不过来呢。"

牙签鸟见鳄鱼态度十分诚恳，而且自己也饿得十分难受，就说："我试试吧！"

鳄鱼一边说"谢谢"，一边张开大嘴，牙签鸟飞进去，把鳄鱼牙缝中的食物叼出来吃掉……

鳄鱼真的没有伤害牙签鸟，它们成了好朋友。一直到现在，鳄鱼和牙签鸟都友好相处，甚至形影不离。

真诚的力量

赏析／李博业

鳄鱼由于相貌吓人而名声不好，所以一个朋友也没有。直到鳄鱼真诚地对待牙签鸟，它们友谊的种子才开始萌芽，直至形影不离。

很多时候，人们由于互相不理解所以变得冷漠，人与人之间覆上了一层厚厚的积雪，友谊的种子被冻僵、被掩埋。而真诚是一种春天的温度，一种让冰雪消融的温度，能使冰雪流淌成清澈的友谊之泉。鳄鱼捧出了自己的真诚，让牙签鸟与它的隔膜逐渐冰释，这时，被冰封的种子萌发成美丽的花，友谊之花在清泉中绽开，发出扑鼻的芳香，沁人心脾。

真诚是通往天堂的钥匙，友谊是生命的天使。没有真诚，就没有美丽友情的所在，没有温馨友情的居所；没有真诚，只有蒙骗与谎言，友情只会拍拍羽翼，飞到一个你永远无法寻觅的国度，留下的只有孤独与无奈，只有"茕茕孑立，形影相吊"。没有真诚的"友情"就像影子一样，只在光亮的时候才肯光顾我们，在我们暗淡的时候却可望而不可即。

真诚的鳄鱼终将会找到自己的牙签鸟。人至察则无徒，只要你真诚地对待每一个人，属于你的童话，终会有美满的结局。

有一棵树和一个小男孩，他们感情很好，孩子经常爬在树上玩。可是有一天，男孩有烦恼了：没钱读书。树便让男孩摘下它的果实去换钱。随着时间的流逝，为了解决男孩一次次的困难，树献出了枝条、树干……

错误难免要暴露

美味香口胶

世界上没有什么东西是完美的，因为世界本身也并不完美。人同样如此，不管你多么聪明，如何小心，都难免会犯错。一旦犯了错，就不要去掩饰。与其整天费尽心思去掩饰错误，不如大大方方地承认，并从错误中吸取教训，以免日后再犯。这样，错也错得有价值了。

当我们有过失时，就要下定决心，鼓起勇气，立刻彻底地把错误消灭。

明年不再偷鸡

●文/中国民间寓言

春秋时期，宋国大夫戴盈之在一次同孟子的谈话中，谈到了如何治理国家的事。孟子提出了民众的疾苦问题：除了灾荒给百姓造成的困苦外，捐税对百姓的负担也是很重的。戴盈之也承认了这一事实，并且表示：愿意取消部分捐税，但是要真正取消这部分捐税今年还不能实现，要到明年才能取消，今年只能够减轻部分捐税。孟子听了戴盈之的讲话后，沉思了一会儿，他知道戴盈之只是口头上表示要取消捐税，并不是真正愿意取消部分捐税。孟子为了劝说戴盈之，便讲了一个故事：

有这么一个人，他每天都要偷邻居家的鸡。邻居后来知道了是他偷的鸡，对这个人的意见特别大。有人去劝告这个偷鸡的人说："偷盗行为是可耻的。你这样每天偷别人家的鸡是不道德的行为，应该及早改正。从现在起，你再不要偷别人家的鸡了。"这个偷鸡的人听到后却回答说："好吧，我也知道这不好。这样吧，请允许我少偷一点，原来每天偷一次，以后改为每月偷一次，而且只偷一只鸡，到了明年，我不再偷就是了。"

如果知道了偷盗是不合乎礼义的事，就应该迅速停止偷窃，痛改前非，为什么非要等到明年呢？

这篇寓言故事讽刺了那些明明知道自己错了，却故意拖延时间，不肯及时改正的人。

知错即改

赏析/林婷婷

我们不是圣人,我们每个人都难免会犯错误,关键是我们怎样对待错误。

我们不仅要知错就改,更要知错“即”改。就是说,我们知道自己犯了错误时,不仅要改正,而且要立即改正,不要给自己借口,也不要在时间上讨价还价。

孟子引用了小偷的故事,就是要劝说戴盈之不要拖延时间,要立刻取消捐税,才是真正地为百姓和国家着想。真正意识到自己错误的人是不应该为自己找借口或者是故意推托的。

当我们知道自己犯了错误时,如果我们不立即改正,就不能摆脱错误造成的影响。那些为自己改正错误做时间的让步的行为是可笑的,是不可取的。

当我们有过失时,就要下定决心,鼓起勇气,立刻彻底地把错误消灭。

人生在世,做任何事情,都要不求最好,但求更好。

一粒种子

●文/张孝成

上帝创造了一粒种子,他打算把种子埋进泥土里。

他问种子:“你想成为什么植物?”

“我想变成美丽无比的花儿。”

"好,我这就把你变成美丽的玫瑰花吧!"上帝笑着说,"不过,玫瑰花的身上可是有不少尖刺哟!"

"什么?有尖刺?那我就不想成玫瑰花了。"种子想了想,又接着说,"万能的上帝呀,请您把我变成小草吧!"

"好,我会满足你的要求的。"上帝又笑了,"小草翠绿可人,漫山遍野,煞是好看,可它也有不尽如人意的地方,它柔弱无力,风一吹就倒伏于地……"

"不行,不行!我不想成为小草了。"种子尖声地叫了起来。

"这就叫我没有办法了。"上帝为难地皱起眉头,说:"世界上任何事物都不是完美的。你想完美无缺,那就维持现在这个样子吧!"

这粒种子始终没有能够发芽。

不要抱怨

赏析/梁书豪

看完这则寓言,也许我们会为这粒种子感到惋惜。它想完美无缺,可是,世界上哪有十全十美的东西呀!

很多时候,我们也会像这粒种子一样,会有很多抱怨。有的人生来相貌丑陋,就经常抱怨父母,为什么不把自己生好看一些?有的人稍微遇到困难,就抱怨生活对自己不公,为什么困难会落到我身上?有的人虽然付出了很大的努力,但最终还是失败了,于是就抱怨自己:是我没有用!从此就对自己失去了信心。这是多么愚蠢啊!世界上没有人是完美的。对存在的缺陷,我们要正确对待,可不能只看到它的不足。相貌丑陋虽然让人感到不满足,但是我们可以在心灵上给予弥补。如果我们拥有一颗纯洁善良的心,经常帮助他人,那么我们就像天使般美丽;生活中遇到了困难,我们正好可以借此挑战自己,努力克服困难之后,可收获许多喜悦!失败了固然要总结,但却不可以否定自己的能力。

玫瑰花的刺儿还可以用来保护自己,柔弱无力的小草也有坚强的时候。人生在世,做任何事情,都要不求最好,但求更好。

礼让是一种美德。真正懂得礼让的人,无论他在哪里,都有君子之风。

两只山羊

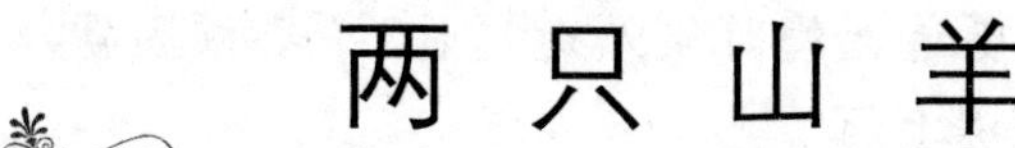

●文/佚　名

有两只爱吵嘴的山羊,一天在村头的独木桥上相遇了。一个从东向西,一个从西向东,走在桥中间,谁也不肯让谁,便吵了起来:

“最好还是你给我让路。”一只山羊说。

“不,按理说你应先给我让路。”另一只山羊说。

“那么,为了你难道让我退回去不成?”

“你的意思是要我转回去?”

两只山羊互不相让,同时用犄角来顶撞。折腾了一会儿,不分胜败,两只山羊便不约而同地各退三步,然后使劲猛冲,只听“扑通”一声,两只山羊都掉进了水里。

学会礼让

赏析/梁书豪

两只山羊用生命告诉我们:要学会礼让。

礼让是一种美德。真正懂得礼让的人,无论他在哪里,都有君子之风。孔融让梨,为我们树立了一个礼让家人亲友的榜样。我们在家里,要学会体谅父母,不要动不动就摆出“小公主”、“小皇帝”的架子,一有烦闷就拿父母出气。要知道,父母生我们、养我们、教我们,付出了许多,他们不求回报!虽然我们还小,不能为父母分担太多,但是一杯热茶、一次捶背、一声甜甜的“爸”和“妈”,足以使我们的父母乐开怀。当我们上学时，要学会对同学和老师礼让。同学之间的礼让会使友情更加坚固。如果我们凡事都只想着自己，为了满足自己的需求而不顾他人的想法，定会遭到他人的厌恶，多好的朋友也会离我们远去；老师是我们的长辈，且负有传授知识的责任，我们更要学会礼让。其实，只要我们对老师心存敬意，见面时，一声真诚的问候便可以了。

学会礼让吧！在需要退让的时候及时退让，不要顽固猛冲，否则，“扑通”一声掉下水的，就会是你了。

要做踏实的人，不要做只想靠投机取巧与骗术去混日子的人。

滥竽充数

●文/中国民间寓言

齐国的齐宣王喜欢音乐，喜欢让人给他吹竽，尤其喜欢听由三百个专门吹竽的乐手们组成的大乐队演奏。齐宣王认为这样的乐队演奏出的音乐比天上的仙乐还要好听。

齐宣王每次高兴的时候，就会让这三百人组成的吹竽乐队在朝廷上演奏。

一天，一个名叫南郭先生的人求见齐宣王，请求为齐宣王吹竽，齐宣王很高兴，让他坐在吹竽乐队里演奏，并且发给他的报酬与那三百个吹竽乐手一样多。

几年后，齐宣王去世了，他的儿子湣王接替王位。湣王也喜欢听人吹竽，但与他父王不一样，湣王喜欢听一个人独奏。他即位后就宣布，今后吹奏竽，取消合奏，改为单人独奏。南郭先生一听这事，心里紧张极了，因为他根本就不会吹竽，只是拿着竽混在乐队里，装着会吹的样子而已。

没有办法，南郭先生只好连夜卷起自己的衣服逃走了。

踏踏实实做人

赏析／黄　棋

知道这篇寓言的最后南郭先生为什么会逃走吗？是的，那是因为他根本就不懂吹竽，平时他只是拿着竽放在嘴上，并没有去吹，而乐队里的乐手又太多，所以才没有人发现他是在假吹。当碰到“喜欢听一个人独奏”的湣王时，南郭先生知道自己以前的办法再也行不通了，一定会给别人识破的，所以只能“连夜卷起自己的衣服逃走了”。

我们学习和做人也是这样，如果没有扎实的知识和本领，只是不学无术，又不懂装懂，那只会成为生活中的另一个“南郭先生”。因为才能与知识并不是装得出来的，即使你能在一两次考验中以骗术蒙混过关，而当自己面对真正的挑战时，你所有的才能便会真实地展现在别人面前，为大家所批评、耻笑。

要做踏实的人，不要做只想靠投机取巧与骗术去混日子的人。任何欺骗都只是暂时的，时间久了就会露出自己的真面目，只有真真实实的知识才是可以让自己受用一辈子的东西，才能使你勇敢、从容地面对学习与生活中的各种挑战，从而取得胜利。

一个人犯了错，与其整天费尽心思去掩饰，不如大大方方地承认，并从错误中吸取教训，以免日后再犯。

错误难免要暴露

●文／佚　名

一个好心人在家里收养了许多穷孩子。有一天，他抽屉里的钱丢了，

不知被谁拿走了。所有的孩子都否认是自己干的。为了弄清事实真相，他把孩子们召集在一起，分给每人一根同样长短的木棍，然后说："你们把这些木棍收好，明天早上大家把自己的木棍还给我，偷钱人的木棍会比别人的木棍长出一寸来。"

偷钱的那个孩子害怕被捉住，偷偷用刀子把自己的木棍削短一寸，免得明天比别人的长。

第二天孩子们同时把木棍送来，谁是小偷马上清楚了，因为小偷的木棍短了一寸。这使偷钱的人在同伴的面前很惭愧，以后再也不敢偷了。这个故事告诉我们：我们做错的事，必然要在我们身上暴露出来，这是掩盖不了的。

不如承认

赏析／黄振华

一个人犯了错，就总想拼命地掩饰。可是他怎么也想不到，他在掩饰的同时，也不知不觉地将自己的错误暴露了出来。

人就是这样，做了亏心事就会心虚，一心虚就容易露出破绽，结果被人发现。即使别人没有发现，他也无法逃过自己良心的谴责，整天提心吊胆的。如果想要过得安乐些，就应该勇敢地承认自己犯下的过错，并想办法去弥补。只有这样，才能对得起自己的良心。

也许你会认为自己犯下的错过于严重，别人是不会原谅的，于是就不敢坦白地说出。其实，这个世界上没有什么事情是不可原谅的，即使是最可恨的人也会有其值得同情之处，况且只要你是诚心诚意地认错，别人肯定会给你改过自新的机会。

这个世界没有什么东西是完美的，因为连世界本身都不完美。人也是这样，不管再怎么聪明，再怎么小心，都难免会有过错，而过错又难免会暴露出来，与其整天费尽心思去掩饰，不如大大方方地承认，并从错误中吸取教训，以免日后再犯。这样，错也错得有价值了。

积极地掌控自己的人生，用自己勤劳的双手，去开创属于自己的光明未来！

鹅

●文/[德]莱　辛

一只鹅的羽毛洁白得令新雪都感到羞愧。鹅为大自然赋予她的这种得天独厚的恩赐骄矜异常，宁愿把自己看作一只天鹅，而不相信自己原来的出身。她离开自己的同类，孤独而庄重地在池塘里游来游去。一会儿伸长她的脖子，用尽力气去补救这不争气的短处；一会儿她又设法使自己的脖子弯成一个漂亮的曲度，天鹅都具有这种不愧为阿波罗的鸟的高贵的外观。但毫无用处，她的脖子过于僵硬了。她费了九牛二虎之力，也没有变成一只天鹅，依然还是一只可笑的鹅。

一味模仿，必遭失败

赏析／陈泳良

在我们身边，有着无数令人向往的成功人士，而那些平庸的人们为了给自己也戴上成功的桂冠，不惜忘掉自己的一切，否定自己的价值，一味地去模仿别人，不加任何辨别，生搬硬套。这样一来的结果可想而知，那就是必然会遭到失败，最后也将陷入自己为自己所设下的陷阱中去。

对于这一点，我们首先必须要正确地面对自己的优点与缺点，既要坦然地去正视自身的不足之处，又要充分地肯定自己的长处。然后通过与别人的比较，去发现别人的优点，并恰到好处地取长补短，不断改善自己。最后，再经过自己的无限努力，获得成功。

通过《鹅》这个故事，我们知道必须要认清自己前进的方向，不要一味地去模仿，去寻求没有意义的结果，而应积极地掌控自己的人生，用自己勤劳的双手，去开创属于自己的光明未来！

做任何事情，都不能一步登天，要脚踏实地地去处理好每一个细小的环节。

拔苗助长

●文/中国民间寓言

宋国有一个农民，嫌秧苗长得太慢，有一天，他下田去把秧苗一棵一棵拔高，回到家里，疲劳不堪地说："今天可把我累坏了，我叫禾苗长高了好几寸。"他的儿子赶快跑到田边一看，禾苗全都枯槁了。

操之过急，适得其反

赏析/陈泳良

做任何事情，都不能一步登天，要脚踏实地地去处理好每一个细小的环节。而浮躁的人在处理问题时，总是考虑不周，操之过急，本来是想找出事物的捷径，尽快得到结果，却正因为如此反而弄巧成拙，把事情搞得一塌糊涂。

因此，当我们面临问题时，首先绝对不能失去耐性，而是要细心地分析事物，然后一步一个脚印地开展，千万不能好高骛远，而应该一切从实际出发。这样，事情才会被我们处理得井井有条，不至于落到弄巧成拙的地步。否则，只会自食苦果。

《拔苗肋长》这个富含哲理的故事给大家一个深刻的启示，时时刻刻警示我们，千万不要操之过急地处理任何一件事，哪怕是简单的小事，也应考虑到实际情况。成功没有捷径，要想成功，只有抛开一切不切实际的幻想，脚踏实地地真干实干。

在我们选择结伴的对象时，绝对不能草草了事，需要全面地了解对方。特别是在交友时更要谨慎，因为这可能会改变一个人的一生。

和狮子合伙

●文/[法]拉封丹

从前，有人这样说，母牛、母山羊、母绵羊想和邻近的领主——一只残暴的狮子合伙，说好盈亏要共同担负。

有一天，一头鹿跌进了山羊的网里，山羊立刻把鹿交给她的伙伴们处理。大家到齐后，狮子屈指一算说："我们四个一齐来分鹿。"然后他把猎物分成四份，由于他身为贵族，就拿起第一份，他说："这应该归我，理由是我叫狮子。第二份，论权利，还该归我，这份权利，你们明白，是最强者的权利。既然我是最英勇的，就该得第三份。你们中谁要是敢动一动第四份，我立即就要她的命！"

绝不能和恶人结伴

赏析／陈泳良

当我们与恶人结伴，即使我们拥有再强的能力，再好的技术，再多的钱财，都免不了最终的苦果——受其迫害。不管我们如何待他，到了最后，他还是会抛开之前他所受的一切恩惠，露出邪恶的本性，反过来狠狠地咬你一口，这样无情而且又极为凶邪的恶人，还值得我们与其结为同伴吗？

为了防止盲目结伴，在增加自身的判别是非能力的同时，还要收起那些残存在我们心底深处的虚荣心，因为它往往就是致命的一击。因此在我们选择结伴的对象时，绝对不能草草了事，需要全面地了解对方。特别是在交友时更要谨慎，因为这可能会改变一个人的一生。《论语》有句话："益友有三：友直，友谅，友多闻；损矣有三：友便辟，友善柔，友便佞。"它给我们择友提供了很好的标准。我们应结交正直、宽容、博学的人，远离脾气暴躁、优柔寡断、心术不正的人。

《与狮子合伙》蕴涵的道理让我们获益匪浅。它教育我们，不要太过轻易地相信那些无恶不作的恶人，而且要懂得识破对方的甜言蜜语，这样才能使我们不会重演该故事中的悲剧。

母爱自我们呱呱坠地起，就萦绕在我们身旁。无论孩子长得怎么样，在母亲心中都是一道最美丽的风景。

鹰和猫头鹰

●文/佚　名

从前有一只老鹰，他是鸟中之王，常常在山谷上方飞翔找食物。

有一天，他看到一棵很高的松树，树上有一只母猫头鹰，同时又看到她的巢里有四颗蛋。当老鹰飞下去，到巢边准备吃那四颗蛋时，母猫头鹰很恭敬地说：

"鹰大王，你早啊！我想你现在一定不饿吧！"

"不！"老鹰说，"我很饿，我准备把你那四颗正在孵化的蛋吃了充饥，那一定非常可口！"

"鹰王啊！"母猫头鹰说，"假如你答应不吃我的小孩子，我将永远只在晚上飞翔，专吃毒蛇和蝎子，而把小鸟和小鼠留给你吃，不知道你赞不赞成！"

"好啊！"老鹰说，"我就答应不吃你的小孩吧！但是我怎么辨认你的小孩呢？"

"不错！我是应该告诉你的。我的小孩很容易辨认，他们是世界上最美丽的鸟！"母猫头鹰很得意地说。

一天，老鹰又在山上飞着，用锐利的目光寻找食物。不久，看见下面一棵松树上，有四只小白鸟，很香甜地睡着，他就很快地飞下去。

但是当他正准备吃他们的时候，听见他们“吱！吱！吱！”的叫声，并且发现他们长得很美丽很可爱。于是自言自语地说道：“嗯！这四只美丽的小白鸟一定是母猫头鹰的小孩吧！我不能吃他们。”

他一眼又看到松林上另一个鸟巢。鹰王飞去一看，巢内有四只他从来没见过的丑怪小鸟，并且叫声非常难听。

“嘎！”鹰王叫着，“这些丑陋的小鸟一定不是母猫头鹰的小鸟。”于是把他们吃掉了。

正在这时候，母猫头鹰飞回他的巢里来，发现鹰王吃掉了她的孩子，伤心地哭了。

“吐唏！吐唏！吐唏！鹰王啊！你不遵守约定，吃掉我的孩子！叫我怎么办呢？”

“请原谅我吧！”鹰王说，“我实在不知道他们是你的孩子，你不是说你的孩子是世界上最美丽的吗？但是我现在所吃的，却是再难看没有的！”

“吐唏！吐唏！吐唏！”母猫头鹰哭着说，“你是鸟类之王，难道你不知道没有一个母亲不认为自己的孩子是世界上最美丽的吗?！”

美丽绽放于爱的手心

赏析／凌明珠

在这篇动人心弦的寓言最后，母猫头鹰用一句话诠释了母爱的无私：“你是鸟类之王，难道你不知道没有一个母亲不认为自己的孩子是世界上最美丽的吗?！”

母爱自我们呱呱坠地起，就萦绕在我们身旁。无论孩子长得怎么样，在母亲心中都是一道最美丽的风景。母爱可能游离于理解之外，就连一件微不足道的毛衣，都是她们用爱的经纬编织的希望，饱含深深浅浅的生活道理，母爱就这样凝聚在我们身上。我们又怎么忍心让她们失望呢？我们可是她最美丽的孩子啊！

可你是否曾注意到母亲梳齿上的断发已零星如岁月梳理过的残阳，

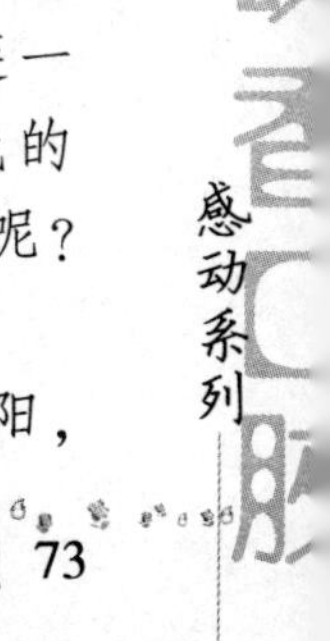

可曾注意到铜镜前已褪色了的母亲的容颜。或许你并不知道母亲那一缕缕青丝是如何熬成白发，那一条条膨胀的血管是如何枯竭流尽，那红润的容颜是如何被岁月一刀刀烙刻出皱纹，那丰盈的体态是如何只剩下瘦骨嶙峋。但你必须知道，任凭岁月流逝，都无法磨灭的是亲对我们始终如一的疼爱！

母亲，我的美丽，绽放于您的手心。握紧母亲生满老茧的双手吧！因为我们生命的高度，是站在母亲肩膀上完成的。

真理和谬误之间往往只有一步之遥，稍有不慎，就会走上谬论之途。

画蛇添足

●文/中国民间寓言

楚国有一个人家，把祭祀用过的一壶酒赏给帮忙办事的人喝。人多酒少，很难分配，就有人提议说："要喝就喝个痛快，让我们来个画蛇比赛，蛇画在地上，看谁先画好，谁就一个人喝这壶酒！"大家都同意这样办。

有一个人画得最快，一转眼，蛇画好了，这壶酒便归了他。但他看见其他的人都没有画好，便想进一步显显自己的本领，于是，一手提壶，一手挥笔画起蛇脚来："看吧，我还要添几只脚哩！"

正当他大画蛇脚的时候，另一个人把蛇画好了，忙夺过他手中的酒壶，说道："蛇是没有脚的，你画的根本不是蛇，我先画好，酒应归我喝！"说罢，张口便喝。画蛇脚的人只好呆望着酒被他人喝完了。

不要多此一举

赏析／凌明珠

蛇本无足，画蛇者却为蛇添足，这违背了自然界的客观规律。实事求是，与其说是画蛇，不如说是在画蜥蜴。蜥蜴和蛇之间有四脚之差，而真理和谬误之间却往往只有一步之遥，稍有不慎，就会走上谬论之途。画蛇添足者因一举之差，就放走了已经到手的成果。在这一刹那，在成功与否的关键时刻将良机拱手让人，让成功与自己擦肩而过，结果当然会令人喟叹不已，后悔莫及。这就像是古时候宋国某人，嫌自家的禾苗长得太慢，就一棵棵地往上拔，回家还夸口说："今天我帮助禾苗生长了！"殊不知几亩禾苗，全军覆没，无一幸免。可见做无谓之事的负面影响是何其之大，正是：多此一举，必失其果。

一个人要有自己明确的目标，并且要树立起危机意识，而不要做一些无谓的事，那只会羁绊住我们的脚步，阻挡我们前进。请切记，无论是吹东南风还是西北风，如果你不知道要驶向哪个码头而时刻改变航向，那么任何风都不会是顺风。

许多人甘于寂寞与孤独，平时默默地工作，静静地奉献着自己的光与热，无声地照亮别人，帮助别人。

树叶和树根

●文／［俄］克雷洛夫

明朗的夏天，山谷躺在树阴里。有一棵树上的树叶，跟和风悄悄地说着话儿，夸口自己的稠密和青翠。它们跟风说的那些话，大致是这样的：

"山谷里上上下下,谁找得到比我们还美丽的景色?树木茂盛、壮丽、亭亭如盖,全仗着我们,请问,树木没有了我们还成什么样子?那么,我们称赞自己,就不是什么罪过吧?炎热的中午,给路人遮阴歇凉的,是我们;把村姑们招来在草地上跳舞的,是因为我们有能够叫人愉快的美丽;而每天日出日落时夜莺歌唱的地方,也都在我们这里。再说你自己,岂不也格外喜欢和我们一起玩儿吗?"

"或许你们还应该对我们也说一声'谢谢'吧。"一个低低的谦和的声音从地下接嘴道。

"是谁无礼地发出这种不要脸的牢骚?哼,要跟我们争一个短长!你是什么东西,竟敢说出这种自高自大的话来?"抖动的树叶在树上瑟瑟缩缩地说道。

"我们就是深深地埋在见不到阳光的地底下的、养育着你们的树根。难道你们不知道吗?就是你们所赖以生长的树根呀。目前,你们夸耀上一个夏天吧,不过要牢牢记住:我们彼此之间有这样的联系——当春天再来的时候,新生的树叶固然会这里那里地飘动,然而一旦树根枯萎了,树木就完蛋了,你们树叶也就完蛋了。"

沉默是金,无私奉献

赏析 / 郑杰聪

树叶高高地挂在树枝上,繁密、茂盛,遮挡住如火的骄阳,给路人以阴凉之便,给鸟儿以栖息之所。然而,在得意忘形中它们却忘记,自己之所以能够拥有这一切全在于深藏在地下默默奉献的树根。

许多人甘于寂寞与孤独,平时默默地工作,静静地奉献着自己的光与热,无声地照亮别人,帮助别人。他们也许是山区里的教师,为了山区孩子的将来,而忍受着难以想像的孤独;他们也许是城镇里的清洁工,为了城市的整洁与清新,而饱受别人不理解的眼光。当然,他们也可能是我们的父母。父母奔波大半辈子,其辛苦可想而知,然而许多人却没有想起过父母的好处,他们像树叶一样,只懂得享受,完全忘记了自己的幸福生活来源于父母的无私奉献。

这篇寓言教会我们该如何地做人。像那些稍微有了点成绩就大声宣扬，唯恐别人不知的人，永远不可能赢得别人的尊重。因为这类人留给别人的印象是轻浮、不可靠。相反，那些一直埋头苦干、脚踏实地做着自己本分的事的人，则能赢得别人的信任。

朋友，你想成为哪一类人呢？

友谊是纯洁的水滴，容不得半点虚伪与欺诈。

小树林和火

●文/[俄]克雷洛夫

选择朋友一定要谨慎！地道的自私自利，会戴上友谊的假面具，却又设好陷阱来坑你。为了更加牢记这个道理，请听我讲一则小小的故事。

一个冬天的早晨，旅人们夜间宿营留下来的火苗儿，仍旧在几棵树木下发光。时间一点一点地过去，火苗儿快要灭了，它找不到燃料，几乎燃烧不成了。火苗儿希望补救它的惨状，它跟小树林谈判：

"亲爱的小树林，你身上一片叶子也没有，这样赤裸裸地冒着寒冷站在那儿，我冒昧地请问，为什么命运之神对你这样的残酷？"

"我深深地埋在雪里，我的蓓蕾无法开花，我的叶子无法生长。"小树林顺风送来了回答。

"不要紧，"火苗儿说道，"那算不了什么。跟我做个朋友吧！我的帮助之大，你还意想不到。我是太阳的兄弟，在严冬的天空下，它的神通也不比我广大。你到暖室里去瞧瞧，在冬天，在大雪和大风暴的日子，暖室里的植物抽芽开花，又舒服又温暖，全得感谢我呢！自称自赞是不好的，何况我也讨厌大吹大擂。然而太阳本身的力量啊，我看也未必那么伟大。那些骄傲自大的光芒，不管它们怎样照耀，在这宿营地，投下的光线也微弱

无力,但是你瞧,一靠近我,雪就马上融化了。如果你在冬天要保持像春夏一样的苍翠,你只要在你的树阴下,为我留一席之地就可以了!”

事情不久就谈妥了。那火苗儿,添上了燃料,现在可成了火了。火势向上蔓延,火焰飞上了大小树枝,黑烟成团成云地冲上天空;残酷的大火不久就把小树林团团围住,一股劲儿把小树林统统烧光。以前过路人歇凉的一片赏心悦目的浓荫,现在却只剩下烧焦烧坏的树桩了。这是必然如此的,当火跟树木交上了朋友。

君子之交淡如水

赏析/郑杰聪

火苗的做法实在是太过于自私自利了。小树林在它危难时帮助它,它不懂得感恩,反而焚烧了整个树林。朋友间怎可以有这种欺诈与不忠呢?

朋友之间最重要的是相互体谅,相互帮助,在对方处于危难或陷于困境之时,应及时地伸出援助之手,正如歌里边所唱的“千金难买是朋友”。友谊是纯洁的水滴,容不得半点虚伪与欺诈。同时,它又是最脆弱的,需要我们去珍惜、爱护。因此,我们在与朋友相处时,要学会宽容。古语说:宰相肚里能撑船,将军头上能跑马。学会宽容,当朋友做了件稍微过分的事伤害了自己,此时就应该怀着一颗宽容之心原谅他。毕竟,人无完人。

当然,假若你所交的朋友是如火苗这般的人,就应该马上远离他们。这种人善于伪装,表面一套,心里想的又是另一套。当他们有求于你时,就装出一副可怜样,但是,一旦你对他们没有利用价值后,就会毫不犹豫地把你一脚踢开。因此,我们要提防这类人,以免上当受骗。

真正的友谊是无价的,真正的友谊又是无私的,正如古人所说:君子之交淡如水。

做事情要主次分明，抓住本质，套牢重点，忌舍本求末；看问题更要深入透彻地分析，切勿只图虚有其表，忽视其内在实质。

买椟还珠

●文/中国民间寓言

一个楚国人，他有一颗漂亮的珍珠，打算把这颗珍珠卖出去。为了卖个好价钱，他便动脑筋要将珍珠好好包装一下。他觉得有了高贵的包装，那么珍珠的“身价”就自然会高起来。

这个楚国人找来名贵的木料，又请来手艺高超的匠人，为珍珠做了一个盒子（即“椟”），用桂椒香料把盒子熏得香气扑鼻。然后，在盒子的外面精雕细刻了许多好看的花纹，还镶上漂亮的金属花边，看上去闪闪发亮，实在是一件精致美观的工艺品。这样，楚人将珍珠小心翼翼地放进盒子里，拿到市场上去卖。

到市场上不久，很多人都围上来欣赏楚人的盒子。一个郑国人将盒子拿在手里看了半天，爱不释手，终于出高价将楚人的盒子买了下来。郑人交过钱后，便拿着盒子往回走。可是他没走几步又回来了，楚人以为郑人后悔了要退货，没等楚人反应过来，郑人已走到楚人眼前。只见郑人将盒子里的珍珠取出来交给楚人说：“先生，您将一颗珍珠忘记在盒子里了，我特意回来还珠子的。”于是郑人将珍珠交给了楚人，然后低着头一边欣赏着木盒子，一边往回走去。

楚人拿着被退回的珍珠，十分尴尬地站在那里。他原本以为别人会欣赏他的珍珠，可是没想到精美的外包装超过了包装盒内的价值，以至于“喧宾夺主”，令楚人哭笑不得。

郑人只重外表而不顾实质，使他做出了舍本求末的不当取舍，而楚人的“过分包装”也有些可笑。

空心基柱支不起万丈高楼

赏析／蔡慧雯

看楚人，本想将名贵的珍珠卖出，却本末倒置，精美的外盒备受青睐，珍贵的珍珠却被退还。看郑人，不知是哭他的愚蠢——只知取椟弃珠，还是笑他的“可爱”——将“无用”的珍珠送回。这个令人啼笑皆非的结果其实都是他们咎由自取的吧！倘若楚人主次分明，知道再精美的外盒也只是陪衬珍珠这朵红花的绿叶，不让外盒“喧宾夺主”，大概不会导致这个哭笑不得的结果。若郑人不是只注重外表，而是懂得了解这精美外盒的内在，则不是更有物超所值之感，也不会有买椟还珠这场闹剧。

因此，做事情要主次分明，抓住本质，套牢重点，忌舍本求末；看问题更要深入透彻地分析，切勿只图虚有其表，忽视其内在实质。就像空心基柱，表面虽有一定作用，但基柱是高楼的基础，如果是空心的，就始终支不起万丈高楼。其实，我们更应当关注的是它的实质呀！

助人为乐是好的，但不能盲目行动，否则会事与愿违。

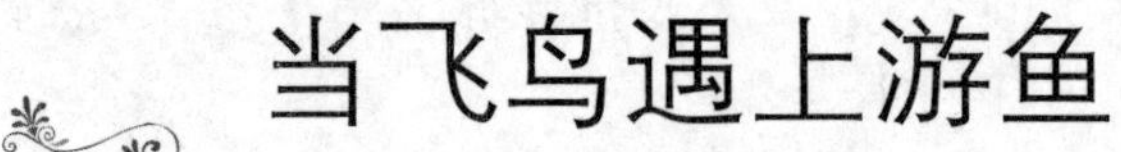

当飞鸟遇上游鱼

●文／佚　名

天空中，有一只鸟儿在自由自在地飞翔，它看见下方有一个池塘，就落下来小憩。

鸟儿看见一条鱼儿在水中游来游去。它想：“多可怜的鱼儿呀！整天被无情地泡在冰冷的水里，无法上岸走走，更不能像我一样在天空中自由自在地飞翔。我一定要把它救到天上来。”

于是，鸟儿对鱼儿说：“亲爱的朋友，你可真傻啊，整天待在这沉闷冰凉的水里受罪，来吧，跟随我一起去天空自由自在地生活吧！”

“可是……我，好像无法离开这水呢。”鱼儿怀疑地回答。

“你可真笨！那么好吧，既然你自己没有办法离开这一池讨厌的水，那么，就让我来帮你吧！”

鸟儿说完，飞向水面然后一头扎进水里，把游鱼叼到了口里。接着，它振起翅膀，向天空飞去。

“放下我！快放下我！”鱼儿感到呼吸困难，向鸟儿求救。可好心的鸟儿一心要拯救这只“可怜”的游鱼，它要让这鱼儿饱览高空美景，让它享受高空自由自在的生活，让它看看在森林中安家是一件多么惬意的事……

可是，当鸟儿最后把鱼儿放在林中自己的鸟巢里时，鱼儿早已经断了气。

鸟儿，我想对你说

赏析／蔡慧雯

鸟儿见鱼儿在冰冷的水中“沉闷受罪”，便出于一片好心“救了”这条“可怜”的鱼儿，来不及拒绝鸟儿这番好意的鱼儿，还未享受到鸟儿所说的自由、快乐便一命呜呼了。鸟儿好心却帮了倒忙。

鸟儿呀，我们真不得不告诉你：自古鸟飞空中，鱼翔浅底，万类霜天均有其容身之所，鸟爱它的蔚蓝天，鱼喜它的碧波水，这是自然规律。乌鸦不能如雄鹰般傲视大地，山不能如水般涓涓流淌，鱼也不能如你般拥抱蓝天！虽然你出于一片善心，想帮助鱼儿，但这是不够的，帮人也应有道，不能把自己的主观意志强加在别人身上，更不能盲目地帮助别人，否则会越帮越忙，甚至酿成惨剧。

从中，我们该了解到，人只有在适合自己的条件下才能充分发挥自己的长处，不应盲目追求不适合自己的东西，仅怀有一颗善心去帮助别人也是不够的，要善于帮助才行，不能只凭主观意志却违背了客观规律呀！

最亲密持久的友谊，常常是在能够互相取长补短的人们之间结成。

没有嫉妒的友谊

●文/[德]莱　辛

一只善于交际的夜莺发现树林里的歌唱家之间存在着十分强烈的嫉妒——因而交不上一个朋友。她想，也许我能在别的种族里找一个，于是便满怀信心地向着一只孔雀飞去。

“美丽的孔雀，我很钦佩你！”

“我也很钦佩你，可爱的夜莺！”

“那么让我们交个朋友吧。我们不会互相嫉妒的，你看上去很悦目，而我则听起来很悦耳。”

于是夜莺和孔雀交上了朋友。

最亲密持久的友谊，常常是在能够互相取长补短的人们之间结成。

珍惜友谊

赏析/红　豆

如果你是夜莺，虽然唱歌非常好听但是没有朋友，没有一个真心真意、能够欣赏自己的朋友，大家之间只剩下嫉妒，那么你会不会感到很难过？每天生活在一个互相斗争的环境里，你会不会感到非常压抑？如果你已经感到了，那么你就要努力改变自己的现状，不要过早被这种不健康的因素——嫉妒影响你。

那么，怎样才能改变这种现状呢？最好以平等的态度对待自己身边的事情，不要把自己看得太重要，总觉得自己是最重要的，别都要以自己为中心。如果你总是这样，那很可能会失去很多朋友和很多美好的事情。友谊对我们来说实在太重要了，没有友谊我们的生活就像缺少水分的花朵一样毫无生气，有了友谊的滋润，这朵枯萎的花朵才会焕发光彩，散发出沁人香气。

要好好珍惜现在的友谊，和朋友要平等相处，对待朋友要怀着一颗包容的心，这样和朋友之间的友谊才能天长地久。

如果我们能清醒地看待事实，把握机会去实现梦想，成功往往就会向我们招手。

找蘑菇

●文/陈忠义

小白兔去树林里采蘑菇，一天下来，他采了满满一篮子，数了一下，整整一百朵。

小白兔高兴地回到家，他又数了一下蘑菇："咦？怎么只有九十九朵了？"小白兔急了，他数了一晚上，都是少一朵。"奇怪，那一朵蘑菇哪去了？"

第二天天刚亮，小白兔就顺着昨天走过的路找了一个来回又一个来回。他找遍了树林，找遍了草丛，找遍了每块石头缝，连蘑菇的影子也没看到。小白兔着急地说："自己劳动所得的成果，丢了太可惜了！我一定要把它找回来！"

天快黑了，晚归的老牛爷爷好心地劝小白兔说："孩子，别傻找了。如果你把今天找蘑菇的时间用来采蘑菇，那一朵蘑菇的损失不早就补回来了吗？"

小白兔这才惭愧地低下了头。

懂得变通

赏析／林舒雅

故事中的小白兔是愚蠢的，因为他花费了大半天，只为了寻找自己不经意丢了的一只蘑菇，他的做法是得不偿失的。

小白兔是可笑的，但他却教给了我们不少道理：我们不能重蹈它“捡芝麻丢西瓜”的覆辙，更不能固执地追求不现实的东西，而是要利用更多的时间和机会去寻找更丰富的财富，闪耀出更绚丽的火花。

如果我们一味固执地追求一个渺小的愿望而放弃了创造更大成功的机会，那是徒劳和可悲的。过分的固执总会让我们尝到苦涩的滋味。试想，假如蔡桓公不是因为固执地讳疾忌医而放弃医治的机会，那么他又怎会落得个“病入膏肓”的下场呢？而如果我们能清醒地看待事实，把握机会去实现梦想，成功往往就会向我们招手。想想，如果小白兔不是固执地寻找那一只蘑菇，而是像老牛爷爷所说的那样去做，那它的损失不仅可以得到补偿，而且还能采到更多的蘑菇，创造更丰硕的成果。

学会谦虚，放远目光，增长半径，扩大圈子，走出大山，去向天空中的燕子学习，去与海洋中的鱼比赛，你会发现前面会有更亮的珍珠在等着你！

小田鼠的成就

●文／欧阳鸥

野兔发现，一只小田鼠站在田埂上吱吱叫，他是那么专注，那么动情，好像舞台上的演员。

等小田鼠不叫了，野兔才走上前，问道："你好，小田鼠！你刚才在干什么？"

这一问，使小田鼠又兴奋起来。他眉飞色舞，不无自豪地说："我是田鼠世界最好的歌唱家、功勋艺术家。今天晚上要举行盛大演唱会，是我的专场，我先练唱一遍。"

"就是这么吱吱吱？"野兔惊奇地问。

小田鼠看了一眼野兔，高傲地回答："难道还有比这更好的吗？"

仅在小圈子里有一点点名声就孤芳自赏，难有更大作为。

学会谦虚

赏析／关碧桃

小田鼠因觉得自己是田鼠世界里最好的歌唱家而沾沾自喜，但在野兔的眼里，它的歌声只不过是那么"吱吱"几声而已。有那么一点点成就，就以为自己已是登峰造极，不用再向别人学习，不向更远的对岸驶去，这样是难有大作为的。

有同学在某些方面表现较为突出。同学们的羡慕，老师们的赞美，却让他时常有飘飘然的上天之感，好像自己是百花中的玫瑰，天空中的七色彩虹，百鸟中的孔雀——菊花没有我婀娜多姿，蓝天没有我艳丽多彩，麻雀没有我楚楚动人，我才是宴会上万众瞩目的焦点。但是山外有山，人外有人。蝉怎么高唱低吟，也不如百灵婉转动听；牡丹虽香，却也比不过千里香。

人要学会谦虚，要学会向别人的成功问声好。一味孤芳自赏，就不会看到死海中强大的浮力，不会想像到秦始皇陵墓中的辉煌宫殿，更不会探索到银河之外的星球。

学会谦虚，放远目光，增长半径，扩大圈子，走出大山，去向天空中的燕子学习，去与海洋中的鱼比赛，你会发现前面会有更亮的珍珠在等着你！

人们往往因一时的贪婪和欲望，而丧失更多本来属于自己的东西。

牛和牛绳

●文/冯雪峰

牛和狗约好在晚上共同逃走，要到深山旷野中去过那自由的生活。到晚上狗如约到了，马上就开始用他的牙齿，去替牛咬断那穿着牛的鼻子吊在木桩上的绳子。但牛却连忙阻止了他，说道："不！还是请你好好地把它从桩子上解开罢，这是一条好绳子呀。我什么家当也没有，这条绳子我要带走。"狗只好听牛的话，设法从桩子上解开绳子，让它依然系在牛的鼻子上。然后，他们冲出了门，一同逃跑了。但在半路上，狗已经跑得很远，牛却因为绳子被旁边一块大石头缠住，只好停在那里了，结果很容易地被从后面追来的主人牵了回去。牛对自己说："我唯一的错误，就在于我还想保留我的绳子。对于这种财产的留念，真是我的致命伤啊。"

别让"牛绳"牵着你的鼻子走

赏析／李儒记

你是否认为牛很愚蠢呢？它为了保住一条价值不大的牛绳，而将朝思暮想的逍遥自在拱手让出了。

有很多人因贪婪而失去了自由，它们为了捡芝麻而丢了怀里的西瓜。贪婪和欲望是旅行中沉重的包袱，包袱里装着金钱、名誉或者地位。但包袱太大太重，会让人喘不过气来。人们往往因一时的贪婪和欲望，而丧失更多本来属于自己的东西。所以，该放弃的时候要舍得放弃，不要为一点蝇头小利而念念不忘，甚至不择手段地去追逐，否则最终迷失的还是自己。

我们是否也有过这样的经历呢？有时候，我们做一件事总是不能够成功，是不是我们身上也有一根“牛绳”呢？我们可能会有类似的经历，学习的时候想着怎么去玩，做功课拖泥带水，经常不能按时完成作业。那么，我们认识到问题出在哪里了吗？其实三心二意就是我们身上的“牛绳”。抛去“牛绳”的束缚吧，这样我们才能飞向更自由的天空，去寻找更绚丽的彩虹。

“滴水之恩当以涌泉相报”，我们应该对别人的帮助报以感谢，同时也应该尽自己的能力帮助别人，让大家都能感受到雨水的甘甜！

沙漠

●文/申均之

初夏的雨水非常活跃，几天就降一次雨，雨水降到农田里，种子发了芽，把农田染成一片新绿；雨水降到果园里，果树吐出嫩绿的叶子，开出缤纷的花朵；雨水降到坡地上，长出了如茵的青草，放牧着成群的牛羊；雨水降到池塘湖泊里，繁殖着鱼鳖虾蟹，青蛙也不分昼夜地歌唱，歌唱这繁荣富饶的大地。

雨水同样也降到沙漠上，沙漠却只会吸收，吸收完毕，自己仍然是一片沙漠，什么反应也没有，管雨水的雨神看了有点困惑不解，就问沙漠：“给你降了那么多雨水，你都弄到哪里去啦？”

“都吸收了。”沙漠悠然自得地说。

“那你吸收雨水要干什么呢？”雨神又问。

“什么干什么？”沙漠认为雨神问得奇怪，“我是最虚心接受雨水的，你降多少，我就吸收多少。难道有什么不对吗？”

雨神说：“你吸收的雨水不算少，可你贡献出什么来呢？”

沙漠听了只是眨巴眼，连一个字也回答不上来。它是第一次思考这个问题：是啊，我吸收了这么多雨水，到底是为了什么呢？

获取与回报

赏析/陈丽嫦

读完这一篇寓言，我们可能都会说沙漠是冷漠的，指责它不懂得感恩。因为农田、果园、坡地和池塘湖泊吸收了初夏的雨水，都以不同的形式付出了回报，共同把大地装点成繁荣富饶的世界。而沙漠一样也得到了雨水，但它没有做出任何贡献，也从来没有考虑应该付出些什么。

在我们的生活中，你是否在扮演着沙漠这一个角色呢？在我们的学习、生活中，经常会得到来自朋友、老师、父母甚至是陌生人的帮助。朋友在我们伤心流泪时会默默地坐在我们身边，老师对我们循循善诱，父母是我们永远的避风港，乃至萍水相逢的人也在我们遭遇困难时送出关爱。这一切的一切，都是我们得到的。那么我们在接受帮助的时候，有没有像农田、果园一样，用一个微笑、一句“谢谢”或者一次行动来回报呢？是不是像沙漠一样，只懂得接受不懂得付出？

都说“滴水之恩当以涌泉相报”，我们应该对别人的帮助报以感谢，同时也应该尽自己的能力帮助别人，让大家都能感受到雨水的甘甜！

美味香口胶

砍一颗大树做牙签

犹豫和软弱犹如“老虎”,能吞噬你健康的心灵,让你畏缩不前,难以应付遇到的困难。学习上,你会怕苦怕累,遇到难题没有勇气解决,久而久之成为学习的落伍者。其实,不管做什么事,如果能够坚强面对,尽力去做,那么我们就会像勤奋的鸟儿一样，过上温馨幸福的生活。

成功的先决条件是选准目标，目标错了，再努力也是没有用的。

母鸭教子

●文/凡 夫

小鸭子出世了。

鸭妈妈说："我这一辈子无所作为，我的下一代再也不能庸庸碌碌了，我一定要把他培养成蓝天勇士，像大雁一样在长空翱翔。"

"目标，蓝天。一、二……飞！"

每天，鸭妈妈都这样逼着小鸭操练，但是小鸭使出全身的力气，还是飞不高，浑身反被跌得伤痕累累。

"妈妈，我实在飞不动了！"小鸭啼哭着哀求。

"唉！"鸭妈妈伤心地说，"这孩子太不争气了，太不刻苦了，太没有上进心了，真叫人失望！"

雁博士把这一切都看在眼里，他诚恳地对母鸭说："成功的先决条件是选准目标，目标错了，再努力也是没有用的。"

选准目标再扬帆

赏析／陈晓静

可怜的小鸭们在经过了多次艰苦训练后，仍然没有成功地成为蓝天勇士。是小鸭没有尽力，不勤奋地去操练吗？不是，小鸭使出了全身的力气，还是飞不高，反而浑身跌得伤痕累累。那这是为什么呢？其实问题关键在于设立的目标上，目标太高了，不但不能成功，反而适得其反，为失败埋下根源。

成功的首要秘诀在于要有明确的目标，而且这个目标通过努力是可以实现的，绝不是那种好高骛远、不着边际的“梦”。例如有这样一个故事，农夫想种西瓜，但他播下的是南瓜的种子，就算他辛勤地施肥、浇水、杀虫，最后他也不可能收获绿皮红瓤的西瓜。

既然我们追求的是幸运女神的垂青和成功的硕果，我们就得根据实际情况去选定目标。这是关键的一步，我们必须慎重。一旦目标选错了，那就有着背道而驰的开始，不管怎么日夜兼程，也只能离成功的终点越来越远。

一个人做错了事不要紧，最重要的是能够及时改正过来。

亡羊补牢

●文/中国民间寓言

从前，有个人养了一圈羊。一天早上他准备出去放羊，按照惯例他先数了数羊的数目，数来数去他发现少了一只。

他去羊圈仔细检查了一番，发现羊圈破了个窟窿。他想起来最近大家都说村子里来了一只狼，很多人家都丢了鸡鸭等禽畜。他想肯定是狼从窟窿里钻进来，趁他睡熟时把羊叼走了。

他气愤地跟邻居说起这件事，邻居劝他说：“是啊，肯定是那只可恶的狼干的好事！赶快把羊圈修一修，堵上那个窟窿吧！”

他却说：“反正羊都已经丢了，还修羊圈干什么呢？”没有接受邻居的劝告。

第二天早上，他准备出去放羊，到羊圈里一看，发现又少了一只羊。原来狼又从窟窿里钻进来，把羊叼走了。

他很后悔没有接受邻居的劝告，于是赶快找来泥和石头把那个窟窿堵上，把羊圈修补得结结实实。从此，他的羊再也没有被狼叼走过了。

知错能改，善莫大焉

赏析／关开颜

古人曾经说过："知错能改，善莫大焉。"《亡羊补牢》这个寓言故事说的就是这个道理。羊的主人能够在第二只羊被叼走之后及时把羊圈上的窟窿给修补好，防止狼的再一次入侵，保证羊的安全。由此可见，一个人做错了事不要紧，最重要的是能够及时改正过来。

在学习上，我们经常会犯一些错误，比如骄傲自满，不认真学习，最后成绩一落千丈。这个时候，我们就要反省一下，要学会戒骄戒躁，学会谦虚，学会胜不骄败不馁。这样，成绩才会进步。

我们不仅要在学习上知错能改，在生活中做错了事也要及时改正过来。人非圣贤，孰能无过？相信每个人都会有做错事的时候。例如不小心打碎了妈妈心爱的花瓶、踢球时不小心打碎了邻居家的窗户等等，这时候我们不能够逃避，要勇敢地承认错误。其实，做错了事不要紧，最重要的是承认错误并及时改正过来。相反，如果我们对所犯的错误不屑一顾，不想办法来改正的话，那么我们就会一错再错，到那时候要想改正过来，恐怕是为时晚矣。

不会做小事，也不愿做小事的人，永远也做不出大事来！

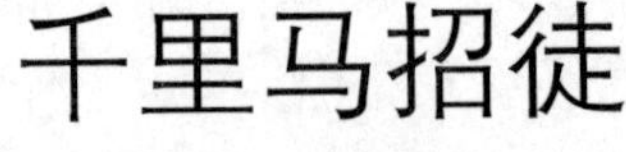

千里马招徒

●文／陈忠义

千里马招徒，许多渴望成才的小马驹纷纷前来应试。千里马决定先考试后择优录取。

千里马指着一大堆草，让小马驹们分辨出可食的草和不可食的毒草。红马驹和白马驹分辨了半天，急得浑身大汗淋漓，也没分出来。黑马驹却毫不费力地全分了出来。红马驹轻蔑地说："这是小事，不值一提。"

接着千里马又让它们去野外寻找水源，红马驹和白马驹认为考千里马应该比赛奔跑，而不应干这些生活琐事，都拒绝寻找。黑马驹一声不吭奔向远方。不一会儿，便在大石山脚下找到了一眼清泉。

最终，千里马录取了黑马驹。红马驹和白马驹不服地问："你为何只录取黑马驹，而不录取我们？"

千里马意味深长地回答："因为不会做小事，也不愿做小事的人，永远也做不出大事来！"

细节决定成败

赏析／陈美珠

读完《千里马招徒》这则寓言，我能想像出红马驹和白马驹疑问时那困惑的表情。为什么只录取黑马驹？其实，它们之间的区别就在于处理细节时态度的不同。

莫因事小而不为，这告诉我们不能把看似无足轻重的细节置之不理。很多时候，我们对待小事的态度往往决定了我们做事是失利还是胜利。正如千里马招徒的录取考试：分辨可食的草和不可食的毒草。这就不仅仅是考试的要求，更重要的是，这已关系到他们自身的生死存亡。假如连毒草都懒得去分辨——连最基本的求生本领都小视的话，又怎么有资格成为千里马呢？

可以说细节就是成功的基石，人与人之间甚至竞争者之间的差别，其实就是细节的区别。做事不重细节、粗心大意、雷厉风行，容易忽略事情的本质或深刻内涵，就难以取得圆满的成功。无论怎样，细节是一定要注重的，因为倘若没有细节，成功便成了永不着地的空中楼阁。请记住，细节决定成败，莫因细节而不为。

现代社会纷繁复杂，我们应该保持清醒的头脑、锐利的目光和敏捷的身手，抓住问题的根本和重点。

砍一棵大树做牙签

●文/金 江

一个人忙了好多天，把一棵大树砍倒了，削了枝又去了皮。

接着他又天天继续不停地把大树干砍了又砍、削了又削。

经过半年的工夫，树干被削得又细又小，又小又细。

他要做什么呢？

原来他做成了一根牙签。

这个人把做成的牙签，到处拿给人家看，并且得意地说："这是我砍倒一棵大树，花了半年的劳动，才做成的一根树心牙签呀！"

大家看了都摇摇头说："你的劳动不仅毫无意义，而且浪费了大量有用之材，简直是犯罪！"

抓住根本

赏析/曾高权

草船借箭是千古流传的佳话，但有人认为诸葛亮就算借箭不足十万支也无所谓，为什么？因为故事主要体现的是诸葛亮的神机妙算，而不在于他是否真的借够了十万支箭。

寓言中的主角也是一样，他要的只是一根牙签，你有没有听过"不要为一棵树而放弃一片森林"这句话，如果你知道它的意思，那么你同样也应该明白"不要为一根牙签而放弃一整棵树"。

这其实告诉我们思考问题的时候，应该分清楚哪些是重点，哪些是次要。我们常批评“捡了芝麻丢了西瓜”的做法，那么如果只问借没借够十万支箭，其实也是没有分清主流与支流的区别了。

现代社会纷繁复杂，我们应该保持清醒的头脑、锐利的目光和敏捷的身手，抓住问题的根本和重点。爱因斯坦曾说过：“数学题，什么X啦Y啦，都是一只逃窜的狐狸，你只要抓住它就完成一次打猎。”我们生活中也充满各种各样的狐狸，要做一名合格的猎人就不应该被路边的风景所吸引，也不要被拦路的荆棘吓住，更不能因为一些小利益而放弃大原则。

当我们学会抓住根本，就抓住了成功的尾巴，离成功就不远了。那时，我们已懂得了草船借箭的智慧。

不管做什么事，如果我们尽力地去做，那么我们便会像那些勤奋的小鸟一样，过着温馨幸福的生活。

寒号鸟

●文/柯玉生

很久以前的一片大森林里，住着很多很多小鸟。夏天在阳光下，小鸟们都欢快地唱着歌儿。秋天到了，小鸟就开始垒窝做巢准备过冬了，森林里一片忙碌。只有一只小鸟还是悠闲地在晒太阳，不垒窝也不做巢。

小鸟们好心告诉他：“快垒窝吧，天就要凉了；快做巢啊，寒风会冻死你呀。”

这只小鸟欢快地从这棵树上跳到那棵树上，说：“忙什么呢？看，多好的太阳，多晴朗的天啊，大家快来和我唱歌跳舞吧。”小鸟们都不理他，各自忙着各自的窝儿。

天渐渐地变冷了，到了晚上，冷风飕飕，小鸟冻得直哆嗦，他想起来明天该垒窝了，就唱道："哆罗罗，哆罗罗，寒风冻死我，明天就垒窝。"

到了第二天，又是晴空万里，小鸟在阳光下梳理着自己的羽毛，高兴地跳着、唱着，把垒窝的事忘得一干二净。小鸟们都着急地提醒他："快垒窝吧，天就要凉了；快做巢啊，寒风会冻死你呀。"小鸟笑了笑，没有理会。

过了一天又一天，小鸟白天晒太阳，晚上蜷缩在寒风里，自己对着自己说："哆罗罗，哆罗罗，寒风冻死我，明天就垒窝。"

就这样，这只小鸟有了自己的名字：寒号鸟。

终于，在一个寒冷的夜里，寒号鸟哆哆嗦嗦地唱着自己的歌儿："哆罗罗，哆罗罗，寒风冻死我，明天就垒窝。哆罗罗，哆罗罗，寒风冻死我，明天就垒窝。哆罗罗，哆罗罗……"

第二天，小鸟们发现寒号鸟冻死了。

寒号鸟的悲剧

赏析／陈盈盈

寒号鸟，同所有的鸟一样，生活在那片大森林中，也跟所有的小鸟一样，它过了一个快乐的夏天。到了秋天，寒号鸟应该知道，如果自己不垒窝不做巢，它就必然会在冬天里冻死。但它并没有做那自己应做的事，而是悠闲地任秋天溜走。冬天到了，然后？再然后呢？没有了，因为寒号鸟在那寒冷的冬天已经冻死了。

如果寒号鸟在悠闲的时候能想到冬天的寒冷，能为过冬做准备，这场悲剧就可以避免了，但是很遗憾，它没有。对于这个结果，我们只能感到可惜可叹。寒号鸟得过且过的时候，便预示着会有这个可悲的下场。这说明，好逸恶劳、得过且过是没有好结果的。那些只顾眼前，得过且过，不作长远打算，不辛勤劳动去创造生活的人，跟寒号鸟也没多大区别。

不管做什么事，如果我们尽力地去做，那么我们便会像那些勤奋的小鸟一样，过着温馨幸福的生活。如果我们像懒惰的寒号鸟一样，那么结果也许就与寒号鸟无异了。

规矩是为人而制定的，规矩一旦不适合于人了，就应该修改。

郑人买履

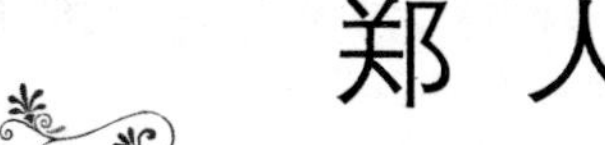

●文/中国民间寓言

郑国有个人的鞋子烂了,他想到集市上去买一双新鞋子。他想集市上的鞋子有大有小,一定要买一双适合自己脚的鞋。

“自己的脚究竟多大呢?”

他自己问自己,只好找一把尺,自己坐下来,先量自己的脚。尺寸量好后,他站起来,顺手把量好的尺码放在座位上。

鞋穿好后,他就急忙往集市走去,却忘了把座位上的尺码带上。

到了集市上,他挑选好鞋子,才想起没有拿尺码,他拍着后脑勺说:“哎呀,我忘记带尺码了!”

于是转身回家去取。等他再回到集市上时,集市已经散了,结果他没有买上鞋子。

邻居知道这事后,问他:“你为什么不用脚试鞋子呢?”

他回答说:“那怎么可以?我宁可相信尺码,也不相信自己的脚。”

规则无情,人应有情

赏析/陈盈盈

郑国这个人就因为“宁可相信尺码,也不相信自己的脚”而没买到鞋,如此事倍功半。这人如此固执,只相信尺码,但他似乎忘记了那尺码也是从他自己的脚上量出来的,而且从根本上说,他买鞋是给脚穿的,合不合适看的是他自己的脚,并不是尺码,由此可见这郑人是不懂得变通的。

从这里，我们不难联想到我们的现实生活，其实在我们现实生活中也是有很多的“郑人”，他们死守规矩，却似乎忘记了规矩是人制定的，是为了让人的生活变得更方便而制定的。如果规则不适合于人，那么这个规则也是无用的了。然而这些“郑人”们却认为规矩是无情的，它们不应该以人的意志为转移，如果别人对他们进行劝告，他们会很无奈地说：“人有情，规矩无情。”可他们不知就因为他们的不变通带给了多少人的不方便。

规矩是为人而制定的，规矩一旦不适合于人了，就应该修改，毕竟，人是“有情”的。如果“人有情，规矩无情”变成了“规矩无情，人有情”，那么这个世界不就变得更加的友善和温馨了吗？

为朝气喝彩，为自己喝彩，为通向成功点燃的动力之火喝彩。

毛毛虫做了个小茧屋

●文/[意大利]达·芬奇

有一条毛毛虫，它一缩一伸，一伸一缩，终于爬上了一片树叶，从这里，它能观望四周昆虫们的活动。它好奇地看着它们唱呀、跳呀、跑呀、飞呀，一个比一个来劲儿。它的身边，一切生命都顽强地表现出它们的活力。可就只有它，可怜巴巴的，没有一副脆亮的歌喉，天生不会跑、不会飞。它只能蠕蠕爬动，连这样一点点往前移动都深感不易。当毛毛虫艰难地从一片叶子爬到另一片叶子上，它觉得它似乎是走完了茫茫征程，周游了整个世界。它过得虽然是这样艰难，可它倒是从来不抱怨自己命运不好，也从不嫉妒那些活蹦乱跳的昆虫们。它知道，昆虫各有各的不同。它呢，它是一条毛毛虫，当务之急是学会吐出细细亮亮的柔丝，好用这些细丝编织起一幢结结实实的茧屋子来。

毛毛虫没有时间东思西想，它得使劲儿干，在有限的时间里把自己从头到脚严密地包裹在一个温温暖暖的茧子里。

“那么接着我该做什么呢？”它在与世界隔绝的全封闭的小茧屋里自问道。

“该做的事会一件一件来的！”它仿佛听到有人在回答它，“耐着点儿性子吧，马上就会知道下一步该怎么做的！”

终于，它熬到了清醒的时候，发现自己已经不再是从前那条行动笨拙的毛毛虫。它灵活地从小茧屋中爬出来，摆脱了那个狭小的天地，此时，它惊喜地看到自己已经长出了一对轻便的翅膀，五彩斑斓，鲜丽可爱。它快活地扇了扇，嗨，这身子简直像羽毛一样轻盈。它于是翩翩地从这片叶子上飞起，在那片叶子上落下，飘飘逸逸，融入了蔚蓝的雾霭之中。

为自己喝彩

赏析／曾高权

人们以为自己平庸，而用羡慕的眼光瞄准所谓的天才。殊不如从那时起，他们忽略了平凡人力所能及的事——为自己喝彩。

其实失意的时候，在一定程度上也是失败的时候，是输给竞争对手的时候。当今社会是一个竞争的社会，对于小学生来说，每一次考试都是一次竞争，都是一次文化水平综合能力的较量。既然胜败乃兵家常事，那么在竞争中输给对手也就绝非罕事。当你坚持不下去时你就为自己鼓励，为自己喝彩，也是为自己坚持，善待自己。

得意的时候为自己喝彩，为自己成功所付出的代价喝彩。成功是来之不易的。有人说，中国话很有意思——“舍得”，有“舍”才有“得”，小舍小得，大舍大得。在人生风雨中，我们要有忍受风吹雨打的抵抗力，才能在逆境中生存。决定你一生成败得失的或许在于你是否“敢”。老师提问时，你是否敢呼应；别人注意到你时，你是否习惯。

为朝气喝彩，为自己喝彩，为通向成功点燃的动力之火喝彩。

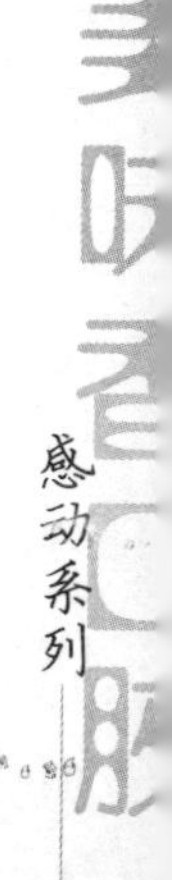

信诺承载了匆匆岁月，坚定不移；信诺承载了缕缕阳光，温暖心田；信诺承载了风风雨雨，永不凋谢。

许金不酬

●文/刘　基

济水南面有一个商人，渡河时他乘的船翻了，他抓着浮在水面上的枯木大喊救命。有个打鱼的人听到了，赶紧驾船去救他。

船还未到，这个商人就大声呼叫："我是济水一带的大富翁，你如果能把我救起来，我酬谢你一百两金子。"

于是渔翁把这个商人救上了岸，商人却只给他十两金子。

渔翁说："你起先答应酬谢一百两金子，现在只给十两，这恐怕不行吧！"

商人听了勃然大怒，说："像你这样打鱼的人，打一天鱼能得多少钱呢？而现在一下就得了十两金子，为什么还不知足？"渔翁没办法，只好十分沮丧地走了。

过了一些日子，这个商人从吕梁河顺流而下，船碰到石头上又沉了，恰好这个渔翁又在场，商人请求渔翁救他，并许诺给他一百两金子作酬谢。渔翁却不理会商人的呼救，人们对渔翁说："你为什么不去救那个商人呢？"

渔翁回答道："这是一个嘴上许诺给酬金，而实际上不肯给酬金的人。"说完袖手旁观，眼看河水把商人淹死了。

诚信是人生的支点

赏析／敖加乳

信诺承载了匆匆岁月，坚定不移；信诺承载了缕缕阳光，温暖心田；信诺承载了风风雨雨，永不凋谢。

人无信而不立，诚信是美好生活的支点。一旦对他人作出承诺，就意味着你已经承担了一份责任、一种义务。因为小小的信诺装满了你的信心和勇气，也装满了他人的期许和殷盼。坚守信诺是一种高尚的品格，正如泰山历经岁月的变迁不失它的沉稳一样。当兑现了自己的承诺时，我们的心宛若盛满了幸福快乐的清香，随着一丝和风遍布世界的每一个角落。

相反，如果我们不守信诺，言行不一，那么我们的世界会因失去他人的信赖与友情变成孤独的荒漠。就像商人许诺却不给全部的酬金，因为这张“空头支票”而最终失去渔翁的救助，只能被淹死。

生活需要信诺，世界需要信诺。大地承载着滋润万物的诺言，草长莺飞，百花争艳；天空承载着飞翔的诺言，蝶儿翩舞，百灵鸣唱。我们承载的每一个诺言，不也让世界充满了信赖与精彩吗？

尽管我们还只是孩子，但无须为这个复杂的世界所困。在纯真心灵的面前，所有表面的假象都会褪去，尽显本色。

老驴推磨

●文/金　江

老驴推磨，一圈又一圈地转着。

它觉得自己走了不少的路，它对自己的成绩感到分外的满意。

“一里、二里……十里……百里、千里……真了不起，我已走过这么长的路。”

老驴把眼镜推到额上，眯上双眼，对自己的事业越来越满意地欣赏起来，频频点头微笑着。

旁边的黄牛对它说：“老兄，不要把自己估计得太高了，你不过是在原地打转，一步也没有前进呀！”

老驴马上发火了：“什么？胡说！我的腿天天在走路，这难道不是铁一般的事实吗？哼！现在我知道为什么有这样不负责的批评了，原来庸人都是妒忌天才的！”

认清表面与真相

赏析／梁海燕

老驴可真幽默！在原地转圈圈就对自己的事业深感满意。黄牛为它揭示事实的真相，竟被讽刺“庸人都是嫉妒天才的”。

老驴是被表面的假象欺骗了。的确，它的腿天天都在走路，这是铁一般的事实，可那并不代表它在前进。我们也一样，在面对这世界的一切事物，都不能够仅仅凭借外在的现象就认定那就是事实！

做什么都要从实际出发，实事求是。那么，在遇到任何事情的时候，我们都要认认真真、仔仔细细地剥开表面美丽的糖衣，审视里面的内涵，分析清楚那究竟是不是“实事”，再决定应不应该相信。

或许，因为我们都还只是孩子。没有一颗睿智的脑袋去分辨世上那复杂的事物，但是，我们拥有一颗纯真的心灵。在这个缤纷的世界，无论什么，都会显现它的本质。因而，尽管我们还只是孩子，但无须为这个复杂的世界所困。在纯真心灵的面前，所有表面的假象都会褪去，尽显本色。

爱是雨露，润泽干旱的大地；爱是春风，融化冻结的冰河。只要我们的心弦有爱的音符，那么世界将会奏响爱的乐章！

乌鸦兄弟

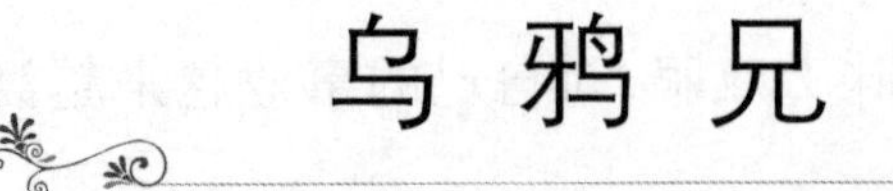

●文／金　江

乌鸦兄弟俩同住在一个窠里。

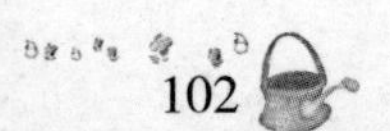

有一天，窠破了一个洞。

大乌鸦想："老二会去修的。"

小乌鸦想："老大会去修的。"

结果谁也没有去修。后来洞越来越大了。

大乌鸦想："这一下老二一定会去修了，难道窠这样破了，它还能住吗？"

小乌鸦想："这一下老大一定会去修了，难道窠这样破了，它还能住吗？"

结果又是谁也没有去修。

一直到了严寒的冬天，西北风呼呼地刮着，大雪纷纷地飘落。乌鸦兄弟俩都蜷缩在破窠里，哆嗦地叫着："冷啊！冷啊！"

大乌鸦想："这样冷的天气，老二一定耐不住，它会去修了。"

小乌鸦想："这样冷的天气，老大还耐得住吗？它一定会去修了。"

可是谁也没有动手，只是把身子蜷缩得更紧些。

风越刮越凶，雪越下越大。

结果，窠被风吹到地上，两只乌鸦都冻僵了。

奉献你的爱心

赏析／敖加乳

大乌鸦与小乌鸦只顾着自己的安乐，不肯为对方奉献自己的劳动与爱心。等到寒冷的北风呼呼吹来，结果老巢倒了，它们陷入了被冻僵的困境。

湛蓝的大海汇集了百川变得辽广浩荡，苍翠的森林吸纳了万木变得葱葱郁郁，高巍的青山容积了尺土变得威武耸立。生活的力量源于我们心中一份微不足道的爱，因为有爱，我们走过了饥饿寒冷，沐浴了温暖，丰足了家园。生活的力量才会变得如此勇敢强大。

生活在美丽的大家园中，蓝天、白云、小草在我们的爱心呵护下点缀可爱的大自然。因为有了奉献，有了爱，我们的生活充满了欢声笑语，充满了和谐的乐音。将奉献的爱心携带在身上吧，每一时，每一刻。当别人跌倒了，请扶持一把；当别人哭泣时，请安慰一下……

爱是雨露，润泽干旱的大地；爱是春风，融化冻结的冰河。只要我们的心弦有爱的音符，那么世界将会奏响爱的乐章！

谦让精神就像一只活泼的小精灵，在你耳边时刻提醒着你，把你的爱，你的关心献给别人。

小山雀争食

●文/陈忠义

山雀妈妈捉回了一只毛毛虫，三只小山雀都要先吃。老大说："我食量最大！"老二说："我肚子饿了！"老三说："我身体最弱！"它们你争我夺，直到把虫子啄得粉碎。

过了一会儿，山雀妈妈又捉到一只虫子。老大说："我是哥哥，你们应尊敬我，让我先吃！"老三说："我是弟弟，你们要爱护我，当然该我先吃！"老二说："我既是哥哥又是弟弟，你们更应该让我先吃！"三只小山雀仍然争执不下，杜鹃趁机一口吞掉虫子。

又过了一会儿，山雀妈妈再次捉回一只虫子。老大说："前两次都怪你们捣乱，这次非我先吃不可了！"老二说："反正已和你们争了两次了，干脆争到底吧！"老三一脚把虫子踢到树下，说："我吃不到，你们也别想吃！"

山雀妈妈难过地说："孩子们，我共捉了三只虫子，你们如果互相谦让一下，本来都能吃到一只虫子啊！"

望着正在发愣的小山雀，山雀妈妈又说："今后要记住，不该争的别争，该让的一定要让！这样对别人对自己都有好处！"

谦让，人生必学的一课

赏析／陈香绮

故事中的小山雀，因为互相争抢而失掉了吃虫子的机会。如果他们在吃虫子时能彼此谦让一下，那么各自都有虫子吃，这是皆大欢喜之事，何至于到最后谁也没能吃到虫子呢？

千百年来，"孔融让梨"这个故事教育了一代又一代炎黄子孙，一直为世人所称道。人们所赞许的，不仅仅是孔融让出梨子这一小事，更是孔融身上的那份谦让精神。谦让，是我们的人生必修课。

在当今激烈的社会环境中，竞争也许是不可避免的，但谦让也是我们必须学习的。当你在乘车时，是否会想到给老人、小孩让座呢？当你在排队时，是否又先想到礼让有急事的人呢？谦让精神就像一只活泼的小精灵，在你耳边时刻提醒着你，把你的爱，你的关心献给别人。当你在让别人享受着春风时，你就会享受到春风过后那一份春天的芬芳，也上了人生那谦让的一课。

动物界尚且需要互相谦让，那么我们又怎能不明白互相谦让的道理呢？是做众口称赞的孔融还是一无所得的小山雀，聪明的你一定已经做出选择了吧！

诚信是一场久旱后的雨，当它渗透进我们的心田时，会使我们的心中开出美丽的花朵……

獾和狐狸

●文／段双全

有一次，獾和狐狸一起在山里散步。它们商定，要像知心朋友一样分享每件猎物和所有可吃的东西。狐狸知道,有个地方安置着一只捕兽器,上面挂着一块肉。它把獾带到那儿去,指着那块肉说:“瞧,我亲爱的侄儿,你聪明的叔叔把你带到一个多好的地方来啦,在这儿我们俩可以美餐一顿。你比我机灵,你小心悄悄地走过去,我在这儿放哨,以防那安捕兽器的农夫突然袭击我们。”獾同意了,蹑手蹑脚地走到捕兽器旁边,小心翼翼地想拖走钩子上的肉,突然“啪”的一声,它的前脚被夹住了。它痛得直喊:“救命啊!叔叔!疼死我啦!”狐狸赶快跑上来,它不是去救獾而是从容不迫地吃起那块肉来。它一边啃,一边说:“再忍耐一会儿。等我吃完这点肉,我就把你的前脚从夹子里拉出来。”

这时,獾发现自己上了狐狸的当,它猛地一把抓住狐狸的脖子。正好农夫也赶来了,老远喊道:“牢牢地抓住它,獾!我发誓,不动你一根毫毛!”

农夫杀死狐狸,剥下它的皮,对獾说:“你可以走了,你的皮值不到两个银币,而这张狐狸皮,我能卖到八个银币。”獾赶快跑掉了。

时代呼唤诚信

赏析/陈香绮

读了这则寓言,我们都忍不住指责那只狡猾的狐狸,因为它口蜜腹剑,失信于獾。狐狸的行为不仅仅是对食物和金钱的贪婪,更是它诚信的缺失。摆在它面前的天平,很明显的向利益这边倾斜,诚信便变得轻如鸿毛。

在现实生活中,诚信是我们必不可少的部分。古人经常教导我们要“以诚待人”,而现实生活中也呼唤“诚信时代”的到来。诚信,就如那一颗晶莹剔透的露珠,容不得沾上半点泥污。诚信是一场久旱后的雨,当它渗透进我们的心田时,会使我们的心中开出美丽的花朵;诚信是一朵馥郁芬芳的鲜花,当它从我们身边飘过时,会留下无尽的艳丽与芳香。

寓言中的獾上了狐狸的当,恐怕以后再也不会相信它了。同样,在我们的社会中,当你失去诚信时,还有谁会相信你呢?你又怎样书写出人生中那灿烂的一页呢？让我们一起守住我们的诚实和信用，一起守住我们那份诚信，为建设美好的未来而努力，为在蓝天中翱翔而努力吧！

这世界上有许多事情是不能走捷径的，学习就是其中一件。

兔子吃了窝边草(节选)

●文/金　为

兔子三瓣长大了，离家之前，兔妈妈反复叮嘱：“无论如何，都不要吃窝边的草。”三瓣在山坡上建造了自己的家。为安全起见，他的家有三个洞口。三瓣牢记母亲的叮咛，总是到离洞口很远的地方吃草。秋天过去了，一切安然无恙。

这一天刮着很冷的西北风，三瓣走出洞口时不禁打了个冷颤，他实在不想顶着大风再到很远的地方去觅食。“我只吃一点，明天天气好了，我就出去觅食。”三瓣安慰着自己，把肚子吃了个滚圆。

过了几天，下起了大雪，三瓣又在家门口填饱了肚子，不过这一回，他换了一个洞口。“我有三个洞口，每个洞口都有很多草。我不过是在天气不好的时候，在每个洞口吃一点草而已。”于是，在每个恶劣的天气，三瓣都找到了一个解决吃饭问题的捷径。

一天，睡梦中的三瓣突然觉得异样。他睁开眼睛，发现一只狼堵在他的家门口，正试图把洞口挖开。三瓣连忙跑向别的洞口，却惊讶地发现，另两个洞口已经被岩石牢牢地堵住了！

“从你第一次吃窝边草，我就知道这里有只兔子，可我知道狡兔三窟，摸不清另外两个洞口的位置，不好下手。”看着到口的美食，狼得意地说。直到这时候，三瓣才明白母亲的教诲是多么正确！

一时轻松换来一世苦痛

赏析／叶　阳

俗话说，狡兔三窟。其实兔子不是狡猾而是精明，兔子不仅有许多个洞穴，每个洞口的旁边还有许多青草，这可是它们的自保草。兔子洞口旁边的草是用来遮蔽洞口，用来麻痹天敌的，可见窝边草对兔子的重要性。如果兔子贪图一时方便，吃掉了洞口的救命草，后果很有可能是致命的。

也许我们许多时候都是“小兔子”，不听经验丰富的“兔妈妈”的劝告，为了一时的方便而“吃了窝边的救命草”，然后吃了大亏，甚至造成严重的后果，这也正应验了那句谚语——一时轻松换来一世苦痛。其实这世界上有许多事情是不能走捷径的，学习就是其中一件。有道是“书山有道勤为径，学海无涯苦作舟”，这里的“径”并不是“捷径”，而是“道路”，意思就是做学问没有捷径可走，即使有也只是“烂路”，有以“乐”为动力的舟也只是“破舟”，到头来吃亏的还是自己，实在不值啊！

方便就像林中翩翩起舞的夹竹桃，虽然美丽，但它的枝叶和果实都有毒，如果误食将会中毒。所以，贪图方便就像在服用毒药。

说谎填不饱肚子，吹牛代替不了粮食。

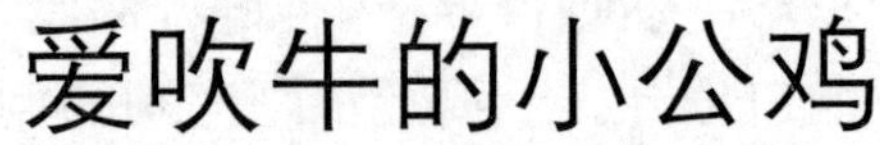

爱吹牛的小公鸡

●文／陈　模

鸡妈妈孵了三只小鸡，一个个长得活蹦乱跳。

三只小鸡中，有一只小公鸡，另外两只是小母鸡，一只叫小花，一只叫小胖。小公鸡凭着个儿高，跑得快，捉到小虫子从来不给妹妹吃，妹妹都讨厌它。

有一天，小公鸡站在鸡窝上，骄傲地问："小花、小胖，你们知道吗，世界上谁最伟大？"

小花、小胖眨眨眼睛，答："不知道。"

小公鸡笑了笑，说："不知道没有关系，我来告诉你们，我是世界上最伟大的动物！"

小花、小胖撇着嘴说："没听说过。你最伟大，凭什么？"

小公鸡说："要不是我早上起来打鸣儿，太阳能出来吗？要不是我早上起来打鸣儿，农民能下地干活吗？"

小胖说："你不打鸣儿，太阳照样会升起来的。"

小花说："农民伯伯夜里起来磨豆腐时，你并没有打鸣儿呀！"

小公鸡说："我是世界上最勇敢的英雄，你们相信吗？"

两个妹妹摇了摇头："不相信。"

小公鸡说："有一次主人给我们稀粥吃，小黄狗来抢粥喝，我一打鸣儿，就把它吓跑啦！"

小花说："不害臊，是妈妈用嘴啄小黄狗，它才逃跑的。"

小公鸡说："我是世界上最胆大的鸡，有一回，我把老鹰打飞了！"

小胖笑个不停："我怎么没见过？"

这时，小花跑了起来，吓得气都喘不过来："不好啦，老鹰飞来逮小鸡啦！"

小公鸡撒腿就跑，一头钻进草垛里，两只小腿还露在外面哩。

小胖看看天空没有老鹰，拖着小公鸡的两条腿说："哥哥，你快出来吧，老鹰没有来。"

小公鸡抖抖身上的草问："咦，我怎么钻进草垛里啦？"

小花笑道："因为你是世界上最胆大的鸡嘛！"

吹牛就是欺骗自己

赏析／欧远帆

亲爱的朋友，你是否有说大话的坏习惯呢？《爱吹牛的小公鸡》里的小公鸡爱吹牛，总把不属于自己的荣誉移到自己头上，企图获得别人的赞赏。最后，它的美梦被聪明的小花打破，它也成为大家取笑的对象。

吹牛不但欺骗了别人，也欺骗了自己，纯粹是自欺欺人的表现，可能在一开始会得到几句不切实际的赞赏，但谎言始终是谎言，总有被揭穿的一天。诗人艾青就说过："说谎填不饱肚子，吹牛代替不了粮食。"吹牛不但不能使自己变得更出色，反而会让自己更加空虚，更加软弱，人也会逐渐失去自信。一旦养成吹牛的坏习惯，不但别人无法信任你，你自己也会越来越不敢面对现实，意志也会越来越薄弱。

我们要吸取小公鸡的教训，千万不要对别人吹牛皮、夸海口，要提高正确认识自己的能力，虚心学习别人的优点，努力改正自己的缺点。这样坚持下去，你就会发现自己真的成为心目中那个优秀、完美的自己，而不是当初那个"吹"出来虚假的自己。

懂得包容生活的人，生活才会接纳他。

母鸡捕鱼

●文/袁家勇

农夫家养了只母鸡。这母鸡除了孵小鸡，天天都下蛋，农夫笑称："这母鸡是下蛋冠军。"

这天，农夫见船上的渔翁，把鱼鹰脖子用线扎起来后，放到塘中。一会儿，鱼鹰接连不断把鱼抓上来交给渔翁。农夫羡慕极了，回家后，便把母鸡抓住，用线扎住它的脖子："从今天起，你就不用天天下蛋了，去捕鱼吧。"

说罢，农夫拎着母鸡来到水库，用力一抛，把母鸡甩入水中。

母鸡叫道："主人啊，我是母鸡，只会下蛋不能捕鱼。"

农夫听后，说道："只要有信心和决心，天下没有克服不了的困难。"

母鸡呢，在水面上扑腾了几下后，不见了。农夫高兴地叫了起来："母鸡下去捕鱼了。"

几分钟后，母鸡的肚子先浮上来，永远不动了。

站在他人的角度

赏析／刘国玲

母鸡下蛋，这固然是家喻户晓的事情，也可以说是"人之常情"，但是农夫却硬要母鸡"不守本分"地下水捕鱼，最终落得个"鱼鸡两空"的悲惨下场。这农夫的遭遇固然值得怜悯，但是又不禁让人觉得可笑，只会下蛋的母鸡又怎么会像鱼鹰一样善于捕鱼呢？

这个可笑的故事不免引起我们的深思：假如农夫一开始便意识到"母鸡捕鱼"，这是不可能的事，那么他就不会盲目地失去原先自己所拥有的一切了吧？

联系我们的身边实际，放大生活的瞳孔，也许我们就会发现其实这些道理也就蕴藏在我们的生活与学习之中：对于自然，我们要学会认识和遵循其客观规律，不能反其道而行，为了短暂的利益而毁坏我们的家园；对于他人，我们要学会站在他人的角度去想问题，而不是不顾他人的感受而一意孤行，损人不利己。

可以这么说，懂得包容生活的人，生活才会接纳他。

记住，犯错误并不可怕，可怕的是改不了错误。

虎　和　狗

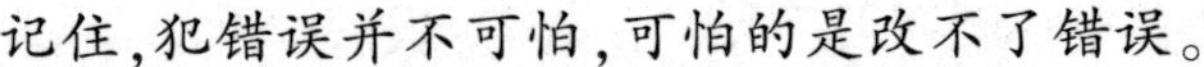

●文/张孝成

一只老虎小时候就被人逮住了，人把它关在铁笼子里。

人的家里有一只狗，自小就勤勤恳恳地为主人看守门户，深受主人器重。

没想到，有一天晚上，狗因为太累而睡得太沉，让贼偷走了一袋麦子，受到人的批评。

笼中的老虎笑道："我说狗呀，你平时一直尽职尽责，没想到也会犯错误。你看我，从来都不犯错误，人也从没骂过我，这多好。依我看，你以后也像我一样什么事也不做，这样你就不会犯错误了。"

"你确实没犯过一点错误，"狗一脸的不屑，"可是，这正是你一生最大的错误。记住，犯错误并不可怕，可怕的是改不了错误。"

金无足赤

赏析／林舒雅

"犯错误并不可怕，可怕的是改不了错误"，这应该是我们阅读这则寓言得到的最大的感悟吧。

老虎没有犯过错误，因为它一直不曾干过什么事，而这正是它一生最大的错误。俗话说得好："金无足赤，人无完人。"从某个角度来说，不曾犯过错误的人的一生是有缺陷的，是不完美的。只有敢于面对错误，善于改正错误，才是我们缔造完美人生的必然选择。

不曾犯过错误的人很少，不犯错而能成就事业的人更是微乎其微。

纵观古今,爱迪生、牛顿等,他们无不是在正视错误、改正错误之后而成就他们各自在不同领域的人生高度的。试想,如果一个人害怕犯错误,又怎能创造出一个纷繁复杂而又绚丽多姿的社会与人生呢?

我们要大声地告诉自己,犯错误其实就是一次很好的学习再提高的机会。只有出现错误,我们才知道原来自己做得还不够,我们才能认识到自己的不足。

正视错误,在错误中成长,便可以高呼:"让错误来得更猛烈些吧!"

没有考虑各种事物各自不同的特性而不加变通地去处理事情,必然导致南辕北辙的效果。

驴子的坏主意

●文/[希腊]《伊索寓言》

从前,有个商人在镇上买了很多盐。他把盐装进袋子里,然后放在驴背上。

"走吧!回家吧!"商人拉动缰绳,可是驴子却觉得盐袋太重了,便心不甘情不愿地走着。

城镇与村子间隔着一条河。在渡河时,驴子东倒西歪地跌到河里了。盐袋里的盐被水溶掉,全流走了。"啊!盐全部流失了。唉!可恶!多么笨的驴子呀!"商人发着牢骚。可是驴子却高兴地不得了,因为行李减轻了。"这是个好办法,嗯!把它记牢,下次就可以照这样来减轻重量了。"驴子尝到甜头,商人却一点也没有发觉。

第二天,商人又带着驴子到镇上去。这一次不是盐,而是棉花。棉花在驴背上堆得像座小山。"走吧!回家!今天的行李体积虽大,可是,并不重。"商人对驴子说,并拉动了缰绳。驴子一副很累的样子,慢吞吞地走着。不久又来到河边,驴子想到昨天的好主意。"昨天确实是在这附近,今天得做得顺顺利利才行!"于是,驴子又故意滚到河里。"顺利极啦!"这时驴子虽然想站起来，但突然觉得没办法站起来。因为棉花浸水之后，变得更重了。“失算了，真糟糕！”驴子边哼哼地嘶叫着，边驮着浸满水的行李，走回村子去。

要学会变通

赏析／敖钰舒

一次不经意的跌进河里，使驴子背负的盐流失，却使驴子背上的重量减轻。尝到甜头的驴子自以为聪明绝顶，在第二次背棉花时同样采取它所谓的好主意，结果弄巧成拙。没有考虑各种事物各自不同的特性而不加变通地去处理事情，必然导致南辕北辙的效果。驴子最后的嘶叫便是一种后悔的感叹。

或许我们每个人都会遇到这种需要“减轻重量”的时候，那么，我们是选择没有经过考虑后的叹息与自责，还是选择经过认真考虑、灵活变通后的成功与真正的释负呢？真正的“减轻重量”绝对不是简单机械的依样画葫芦，而是善于变通。驴子想当然的做法就只换来最后的更加重的棉花，实在不值。

考虑事物的特性，学会变通，沉重的担子就能减轻重量。驴子的减轻重量——轻而易举地滚到河里，却使背负的东西更重，这不是愚蠢的减轻重量是什么呢？

生命是一个流动的过程，我们的思维也应随着生命的流动而不断变通，从而构建严密的逻辑思考方式。不善于变通的轨迹被愚蠢的驴子遵循着，最终导致自己的如意算盘的破坏。在每一寸驴子经过的地上，都留下了深深的驴蹄印……

决心到海滨旅行的小老鼠

美味香口胶

心有多大，舞台就有多大。每一个人都要有梦想，梦想不是随便就可以实现的目标，它或许只是一个妄想，但不能没有，它是照耀你心灵的亮光，你心中的憧憬是最美丽的，它将引领你走向一个又一个的成功。人之所以伟大，也正是因为你一生都在设计、创造并实现着自己的梦想。

用静止的眼光去看待不断发展变化的事物，必然要犯脱离实际的主观唯心主义错误。

刻舟求剑

●文/中国民间寓言

有一个楚国人出门远行。他在乘船过江的时候，一不小心，随身带着的剑落到江中的急流里去了。船上的人都大叫："剑掉进水里了！"

这个楚国人马上用一把小刀在船舷上刻了个记号，然后回头对大家说："这是我的剑掉下去的地方。"

众人疑惑不解地望着那个刀刻的印记。有人催促他说："快下水去找剑呀！"

楚国人说："慌什么，我有记号呢！"

船继续前行，又有人催他说："再不下去找剑，这船越走越远，当心找不回来了。"

楚国人仍然自信地说："不用急，不用急，记号刻在那儿呢！"

直至船行到岸边停下后，这个楚国人才顺着他刻有记号的地方下水去找剑。可是，他怎么能找得到呢？船上刻的那个记号是表示这个楚国人的剑落水瞬间在江水中所处的位置。掉进江里的剑是不会随着船行走的，而船和船舷上的记号却在不停地前进。等到船行至岸边，船舷上的记号与水中剑的位置早已相差十万八千里了。这个楚国人用上述办法去找他的剑，不是太糊涂了吗？

他在岸边跳入水中，白费了好大一阵工夫，结果毫无所获，还招来了众人的讥笑。

这则寓言告诉我们，用静止的眼光去看待不断发展变化的事物，必然要犯脱离实际的主观唯心主义错误。

随万物的发展舞动

赏析/赵雯婷

或许大家都会讥笑那个刻舟求剑的人,其实在生活中"刻舟求剑"的例子并不少。我们很少去留意街道两旁的树,似乎他们一直都像城市卫士一般伫立在那里,甚至认为它从没改变,认为它是静止不动的,但是它们却经历了无数次从枝繁叶茂到黄叶飘零又重新发芽生长的过程,沉默的年轮正是它生命运动的见证。我们认为静止的事物,它们却无时无刻不在运动、发展。天地宇宙,春去秋来,一切生命都在运动。哪怕是一棵草,一只蚂蚁,或者是一粒飞舞的灰尘。所以,人不应该一成不变,要用发展的眼光看世界,随着万物的发展而舞动。

我们不应该为过去的成果沾沾自喜或为以前的过失暗自伤心,因为事物是不断发展的,过去并不代表未来。我们应该做的是放眼未来,把握现在,为未来的成功打下坚实的基础,这样才不会刻舟求剑一般,落后于事物的发展。

我们不应该坐以待毙,做守株待兔的农夫,而应该乘胜追击,勇往直前,推动生活的车轮,奔向美好的未来!

如果要欣赏花的美丽,果子的甜美,那么请珍惜时光,把辛勤工作当成自己成功的诀窍。

蚂蚁和蟋蟀

●文/[希腊]《伊索寓言》

在炎热的夏天,蚂蚁们仍是辛勤地工作着,每天一大早便起床,紧接着一个劲儿地工作。

蟋蟀呢？天天“叽里叽里，叽里叽里”地唱着歌，游手好闲，养尊处优地过日子。

每一个地方都有吃的东西，满山遍野正是花朵盛开的时候，真是个快乐的夏天啊！蟋蟀对蚂蚁辛勤工作感到非常奇怪。“喂！喂！蚂蚁先生，为什么要那么努力工作呢？偶尔休息一下，像我这样唱唱歌不是很好吗？”

可是，蚂蚁仍然继续工作着，一点也不休息，并说：“在夏天里积存食物，才能为严寒的冬天做准备啊！我们实在没有多余的时间唱歌、玩耍！”

蟋蟀听蚂蚁这么说，就不再理蚂蚁。“啊！真是笨蛋，干吗老想那么久以后的事呢！”

快乐的夏天结束了，秋天也过去了，冬天终于来了，北风呼呼地吹着，天空中飘着绵绵的雪花。

蟋蟀消瘦得不成样子，到处都是雪，一点食物都找不到。

“我若像蚂蚁先生，在夏天里贮存食物该多好啊！”

蟋蟀眼看就要倒下来似的，蹒跚地走在雪地上。

一直劳动着的蚂蚁，冬天来了也不在乎，因为它已经积存了好多食物，并且建起了温暖的家。

当蟋蟀找到蚂蚁的家时，蚂蚁们正快乐地吃着东西呢！

“蚂蚁先生，请给我点东西吃好吗？我饿得快要死了！”

蚂蚁们吓了一跳。“咦！你不是在夏天里见过面的蟋蟀先生吗？你在夏天里一直唱着歌，我们还以为你到了冬天会是在跳舞呢！来吧！吃点东西，等恢复健康，再唱快乐的歌给我们听，好吗？”

面对着善良亲切的蚂蚁们，蟋蟀忍不住流下了愧疚的眼泪。

辛勤与懒惰的启示

赏析／钟德军

食物丰盛充足的夏天，正是蟋蟀努力寻找食物的好时期，可是它并没有把握住这个好时期。目光短浅的蟋蟀只顾眼前的享乐，完全没有意识到几个月后冬天来临的危机。没有树立长远的目标，而且生性懒惰的它注定会挨冻、挨饿。从蟋蟀不辛勤工作而挨饿的结果可以看出,“平时不烧香,临时抱佛脚”给我们的启示是很有道理的。相反,勤劳的蚂蚁能抓紧时间寻找到大量食物,并储备下来,所以能够在冬天里安稳地度过。令人惊奇的是,蚂蚁看到垂死的蟋蟀并没有趁机嘲讽,反而关心身处劣境的蟋蟀,它的善良是可敬的。

一个是不知珍惜时光、只顾享乐的蟋蟀,另一个是整个夏天忙忙碌碌、不辞劳苦的蚂蚁,前者最后尝到了懒惰回报的苦果,后者最后得到了辛勤送给它的甜汁。有句话说得好:樱桃好吃树难栽,不下功夫花不开。如果要欣赏花的美丽,果子的甜美,那么请珍惜时光,把辛勤工作当成自己成功的诀窍。

“我已经拿定主意了,”小老鼠毫不动摇它的决心,“到海滨去看看!谁也动摇不了我的决心!”

决心到海滨旅行的小老鼠

●文/[美]洛贝尔

有一只小老鼠告诉它的父母,说它要到海滨去旅行。

“你这念头太可怕了!”小老鼠的父母几乎不敢相信自己的耳朵,“世界上到处埋伏着不幸,你可万万去不得呀!”

“我已经拿定主意了,”小老鼠毫不动摇它的决心,“到海滨去看看!谁也动摇不了我的决心!”

“既然我们没有办法阻止你荒唐的想法,”父母说,“只好同意了!”

“我从来没有看到过大海,我早就该去看看了!”

“那么,就希望你自己一路上多加小心。”

第二天,东方才升起第一缕霞光,小老鼠就碰到了危险。

一只猫从树丛后面跳出来,“我要吃掉你!”

还好，旁边有一条只够老鼠跑的小路，它逃走了，而猫没有办法追它，但它感到它已经有一截尾巴留在猫嘴里了。

下午，小老鼠受到了老鹰和狗的袭击，被咬得浑身是血，疼痛不已。有好几次它被赶得迷了路。一路上，它经受过了各种各样的惊吓，疲乏极了。

傍晚，小老鼠慢慢爬上最后一座小山。于是，大海一下展现在它面前，海浪一排接一排滚向海滩。这时，晚霞正映红西边的天空，天空下大海金光闪耀。

“多好看呀！”小老鼠赞叹道，“我多么希望爸爸妈妈跟我一起来，这样，它们也就能和我一起在这里看到大海的绚丽壮观了！”

晚霞消隐了，月亮和星星浮现在大海上。小老鼠静静地坐在山巅之上，深深沉醉在悠远宁静和满足中。

做只有决心的老鼠

赏析／李秀珠

小老鼠到达海滨了，是的，它到达了。它是凭什么走过了那条有要吃它的猫、有袭击它的老鹰和狗的艰难路程呢？是决心，是它心中坚定不移的决心。

同样，在人生道路上，存在着美妙绝伦的景色，但也处处埋伏着危机。要想看到美妙的景色，就必须有坚定不移的决心。有了决心，才会有面对重重困难而毫不退缩的勇气，才会有面对重重险阻而勇往直前的力量。有决心，才有成功的希望。要是小老鼠在困难面前胆怯了，退缩了，那么它现在可能还是躺在父母的怀里，听父母说那外面世界里处处埋伏着不幸与阴暗。它也就看不到殷红似火的晚霞和绚丽壮观的大海，它也感受不到月亮和星星浮现在大海上的那份宁静和满足。

因此，我们要做一只有决心的小老鼠，不畏路上的艰难险阻，昂首穿过一路上的风风雨雨。终有一天，我们也能欣赏到晚霞的美妙和大海的澎湃。

“啊！怎么会这样呢？这都是听别人的意见，自己没有主见而产生的后果啊！”父子俩只好垂头丧气地走回家。

扛着驴的父子

●文/佚　名

从前有个父亲带着儿子去市场卖驴子，驴子走在前头，父子俩随行在后，村里的姑娘看了都觉得很可笑。“真傻啊！骑着驴子去多好，却在这沙尘滚滚的路上漫步。”

“对啊！说得对啊！”父亲觉得很有道理。

“孩子，骑上驴子吧！我跟在旁边，不会让你掉下来的！”

父亲让孩子骑在驴子上，自己则跟在旁边走着。这时，对面走来两个父亲的朋友。“喂！喂！让孩子骑驴，自己却徒步，算什么！现在就这么宠孩子将来还得了！为了孩子的健康，应该叫他走路才对。”“噢！对呀！有道理！”于是父亲让孩子下来，自己则骑上驴背。孩子跟在驴子前面，蹒跚地走着。

走着走着，碰见一个挤牛奶的女孩。女孩用责备的口吻说：“哎唷！世间竟有这么残忍的父亲，自己轻轻松松地骑在驴背上，却让那么小的孩子走路，真可怜。瞧，那孩子多痛苦，东倒西歪地跟在后头，实在可怜啊！”“是啊！说得有理！”父亲点头赞同。于是，父亲叫孩子也骑到驴背上，朝着市场的方向前进。驴子同时要载两个人，渐渐地举步非常吃力，呼吸急促，身体摇摇晃晃地发抖。可是父亲并没有发觉，还一边轻轻松松地哼着歌曲，一边在驴背上摇晃呢！

驴子好不容易走到教堂前，喘了一大口气，准备休息休息。教堂前面站了一位牧师，叫住了他们。“喂！喂！请等一下，让那么弱小的动物载两个人，驴子太可怜了。你们要去哪里呢？”“我们正要带这匹驴子去市场卖呀！”“哦！这更有问题。我看你们还没走进市场，驴子就先累死了！信不信由你！”“那么，该怎么办呢？”“扛着驴子去吧！”“好！有道理。”父子俩立刻从驴背上跳下来，然后把驴子的脚绑起来，再用棍子扛着驴子。这样扛着，当然非常重，所以父子俩涨红了脸，摇摇晃晃地喊着："怎么这么重呢！"看见这情景的人都呆住了。"真是奇怪的人啊！"

扛着驴子的父子不久走到一座桥上。"孩子，市场快到了，再忍耐一会儿吧！"父亲虽然这么说，可是自己和孩子都已经累得筋疲力尽了。驴子毕竟是驴子，被倒吊着反而痛苦得不得了，不但口吐白沫，还粗暴地扭动起来。"嘿！乖一点啊！"父亲严厉地斥骂着，可是驴子不听，扭动得更厉害了，结果，棍子"啪"地一声折断了，绳子也弄断了，驴子一个倒栽葱，掉进了河里。很不凑巧，雨后河水暴涨，驴子瞬间就被急流吞没，不见了踪影。

"啊！怎么会这样呢？这都是听别人的意见，自己没有主见而产生的后果啊！"父子俩只好垂头丧气地走回家。

自主，心中的铃铛

赏析／黄丽秋

主见，看不见，摸不着。它是你心中的一个铃铛，它只属于你，别人永远得不到。有主见的人，遇到事情，心中的铃铛会自觉地响起，告诉你前进的方向；没有主见的人，遇到困难，心中的铃铛是个哑铃，响不起来，唯有人云亦云，永远被别人牵着鼻子走。

哲人曾说，能登上金字塔的只有两种动物，一是老鹰，一是蜗牛。我说，能走出撒哈拉沙漠的只有两种人，一是专业探险者，另一种是有主见的人。有主见的人在迷失方向后，心中的铃铛会提醒他立刻想尽办法找出口。

没有主见的人，像一株墙头草，随风摆动，两边倒，永远挺不直躯干；没有主见的人，像一只遇到阻碍自乱阵脚的蟑螂，慌乱惧怕，探不到出路；没有主见的人，像一只断线的风筝，随风坠落，失去价值，没有意义。如果一个人心中没有主见这个指引方向的铃铛，就如"扛着驴的父子"，一味地听别人的意见，不经思考而去盲从，因而付出了代价，失去了要卖掉的驴子。

当一个有主见的人，摇起你心中的铃铛，奏响你生命中最悦耳动听的乐章。

很多时候，诚心诚意地待人，比挖空心思去谋划更容易赢得成功。

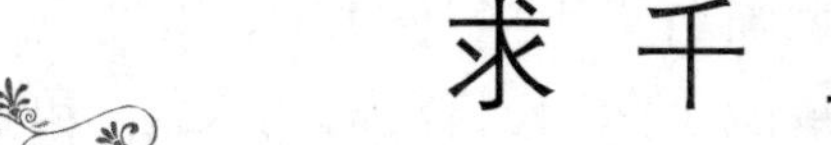

求千里马

●文/佚　名

传说古代有一个非常喜爱骏马的国君，为了得到一匹胯下良骑，曾许以一千金的代价买一匹千里马。普天之下，可以拉车套犁、载人驮物的骡马驴牛多得是，而千里马则十分罕见。派去买马的人走镇串乡，像大海里捞针一样，三年的时间过去了，连个千里马的影子也没有见到。

一个宦官看到国君因得不到朝思暮想的千里马而怏怏不乐，便自告奋勇地对国君说："您把买马的任务交给我吧！只须您耐心等待一段时间，届时定会如愿以偿。"

国君见他态度诚恳、语气坚定，仿佛有取胜的秘诀，因此答应了他的请求。这个宦官东奔西走，用了三个月时间，总算打听到了千里马的踪迹。可是当他见到那匹马时，马却死了。

虽然这是一件令人非常遗憾的事，但是宦官并不灰心。马虽然死了，但它却能证明千里马是存在的，既然世上的确有千里马，就用不着担心找不到第二匹、第三匹，甚至更多的千里马。想到这里，宦官更增添了找千里马的信心。他当即用五百两黄金买下了那匹死马的头，兴冲冲地带着马头回去面见国君。

宦官见了国君，开口就说："我已经为您找到了千里马！"

国君听了大喜。他迫不及待地问道："马在哪里？快牵来给我看！"

宦官从容地打开包裹，把马头献到国君面前。看上去虽说是一匹气度非凡的骏马的头，然而毕竟是死马！那马惨淡无神的面容和散发的腥臭使国君禁不住一阵恶心。猛然间，国君的脸色阴沉下来。他愤怒地说道："我要的是能载我驰骋沙场、云游四方、日行千里的活马，而你却花五百两的大价钱买一个死马的头。你拿死马的头献给我，到底居心何在?!"

宦官不慌不忙地说："请国君不要生气，听我细说分明。世上的千里马数量稀少，不是在养马场和马市上能轻易得到的。我花了三个月时间，好不容易才遇见一匹这样的马，用五百两买下死马的头，仅仅是为了抓住一次难得机会。这马头可以向大家证明千里马并不是子虚乌有，只要我们有决心去找，就一定能找到；用五百两买一匹死马的头，等于向天下人发出一个信号，这可以向人们昭示国君买千里马的诚意和决心。如果这一消息传扬开来，即使有千里马藏匿于深山密林、海角天涯，养马人听到了君王是真心买马，必定会纷至沓来。"

果然不出宦官所料，此后不到一年的时间，接连有好几个人领着千里马来见国君。

诚心比金钱更珍贵

赏析／陈舒雅

五百两黄金在明智的宦官手中不仅买到了千里马，也还显露出其真爱马之心——这才是关键之处。五百两黄金买下死马的头，在国君眼中看到的是浪费，在宦官眼中看到的则是心意，他把国君买千里马的诚意显示在死马的头颅上，连千里马的残壳也愿意购买到手中，何况一匹真正的强壮的千里马呢？

渴求千里马的诚意让国君如愿以偿，真正令我们佩服的是宦官的理智与果断。只要有这份坚定的诚心，就不怕千里马不出现！做事情向着坚定的目标，有一颗坚定的心，才能够有努力的方向，才能创造奇迹，就像煮开水的过程，在未达到一百摄氏度时，水就不会沸腾。在这之前，从一摄氏度飞跃到三十五摄氏度水不会沸腾，而我们，只要把这温度持续地增加，一面积蓄着，一面进步着，直到一百摄氏度，那么，成功便会唾手可得。

很多时候，诚心诚意地待人，比挖空心思去谋划更容易赢得成功。

您冷静地思考一下，在这个世界上，有谁长有您这样离谱的鼻子呀！

狮子和大象

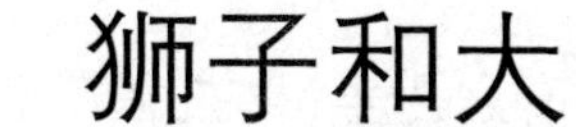

●文/阿　贵

狮子一直想击倒它的对手大象，它最害怕的是大象那个有巨大威力的长鼻子，所以一直不敢轻举妄动。

它日思夜想，终于想出了一条诡计。

一天，狮子虔诚地拜倒在大象面前说："我最崇敬的大象啊，您的形象是伟大的，粗壮的腿好似擎天神柱，庞大的身躯似铜墙铁壁……"停了一下，狮子又压低嗓门儿说："不过，请恕我直言，只是您的鼻子长得太不相称，对您的形象有所损伤。"

大象挥舞着长鼻子，气愤地说："完全是胡说八道！"

狮子一点儿也不动火，显出了一副赤诚相见的表情说："大象兄弟，我这是良药苦口，忠言逆耳哟！您冷静地思考一下，在这个世界上，有谁长有您这样离谱的鼻子呀！"

大象眯缝着眼睛想了想："在大森林里确实没有哪一个动物像自己长有这么长鼻子的，看来狮子的话是有一定道理的。"

于是，它果真截短了自己的鼻子，然后又去问狮子："你看，这下我的形象该完美了吧？"

狮子狞笑着说："岂止完美，还要让我……"说着就张牙舞爪地扑向大象。失去了鼻子的大象，同时也失去了自己的威力，很快成了狮子的口中餐。

是非不清，随时会误入陷阱。

弄清是非

赏析／吕彦均

大象陷入陷阱的原因是不分是非，被花言巧语迷惑。它只认识到鼻子比其他动物的“丑”，而没有认清鼻子是它全身最有用的器官，它忘记了鼻子的功劳，尤其是它没有对狮子的话进行思考，没有认清自己鼻子的真正作用，能不被狮子打倒吗？

对大象的下场，我们可以这么总结：是非不辨，黑白不分，以致身陷险境，那也是咎由自取。世界本来就由各种元素构成，不假思索地“一把抓”，不吃亏才怪。

我们一定要弄清事物的“是”与“非”。分析问题时不可以只根据其表象便武断地做出判断。我们应该摸清事物的实际情况，还要多动脑筋思考，加以辨别。只有实事求是，我们才不会败于鱼龙混杂之中，才能更好地生存和发展，也只有明辨是非，我们才能保证在人生之旅中少走弯路，才能保证向正确方向行进。

没有最好，只有更好。你要尽自己最大的努力，让自己做得更好。

狮子、老虎和人

●文／佚　名

从前，有一头狮子，它吹嘘自己力大无比，甚至夸口说世界上它什么都不怕。老虎在旁边一声不响地听着，见狮子吹得实在太不像话了，便说：“别吹了！我看你连一个人都对付不了。”这句话把狮子惹火了，它窘得无言对答。

事隔不久，狮子看到一个小孩子。它对这孩子反复打量，暗暗地想："大概这就是一个人？"它冷笑着问老虎："莫非这就是你所惧怕得要命的人吗？"

"这还不是一个人，要以后才会成为一个人。"老虎答道。

它们继续往前走，东扯西拉地边走边谈。没多久，又碰到一个弯腰曲背的老太婆。"这大概是一个人了吧？"狮子带着讽刺的口气问。老虎答道："这也不是一个人，像她这类生物，只是负责把人带到世上来。"

又过了一会儿，狮子看到路上又有一个生物迎面走来，便问老虎道："这大概就是那个敢于同我较量的人了吧？"老虎谨慎地说："你尽管开你的玩笑，但你马上会发现，你要倒霉了。你看，这就是一个人，一个真正的人。现在你可以露一露你的本领，让人知道你是谁了。我非常愿意相信你是天下无敌的。"

狮子走到路中心，等着那个人。这位步行者是个武装的士兵。等他走近时，狮子躬身正想扑上去，士兵却已瞄准它连开三枪，狮子应声倒下。士兵迅速跳过来，对着狮子又用力砍了几刀，然后把狮子背在肩上，扛着走了。

不过，狮子并没有死，只是失去了知觉。它慢慢地苏醒了过来，并抓住一个有利机会，从士兵身上逃脱了。它拖着受伤的身子，艰难地回到家里，向老虎诉说了自己的遭遇："你知道，亲爱的，他起初蔑视我，这我倒还能忍受。当他再三用那锋利的舌头舔我时，对我来说就太过分了，我假装已经死去。我真走运，因为我就这样逃跑了。"

"怎么样，我不是早对你说过了吗？"老虎答道，"你可别同他开什么玩笑。再说，你一定已经意识到，不是你戏弄他而是他把你戏弄了一番。"

切忌盲目自大

赏析/吕彦均

狮子认为自己强悍无比，夸口说世界上任何东西自己都不怕。在老虎的指引下它去攻击武装士兵，结果被射了数枪，后来只得诈死逃脱。

从故事中，我们可以总结出一个道理——自大者必自寻死路。我们任何时候都不能自封是最好的。或许我们有时的表现确实很出色，但若因此而认定自己永远是最好的那就大错特错了。因为一个人在自己的团体中可能在某方面的表现是最好的，但未必在其他团体中还是最好的，更不能否认别人下一次可能会超越你。因此，当你取得好成绩时要用这一句话勉励自己：没有最好，只有更好。你要尽自己最大的努力，让自己做得更好。

自大的狮子几乎丧命于士兵的枪下，是因为它盲目认为自己是最强的。假如它有“别人可能强于自己”的这种意识，便不会轻举妄动了。同样的道理，我们在争取进步的过程当中，切忌盲目自大，因为骄兵必败。

植物的生长是一个缓慢的过程，友谊就是这么一种植物，必须经历逆境，并且在逆境中承受住冲击。

旅行人和熊

●文/戴咏梅

有两个好朋友，约好了结伴出门去旅行。

旅行途中，他们经过一片森林。走着走着，他们走到了森林深处。突然，从一棵大树背后走出一只巨大的黑熊。

两人被吓住了，其中一个马上反应过来，迅速爬上了一棵大树；另一个人眼看来不及逃走，只好倒在地上装死。

熊走到他身边，凑上去用鼻子嗅了嗅他的脸，见他一动不动，就晃着脑袋走开了。

树上的那个人马上爬下来，奇怪地拍着朋友的肩膀问：“刚才这头熊在你的耳朵边说什么呢？”

他的朋友睁开眼睛，从地上爬起来，冷冷地说：“它对我说：‘千万别和只顾自己的人交朋友！’”说完就走开了。

友谊的真相

赏析／黄丽秋

有个词语叫“知己”，有个成语叫“生死之交”，有句话叫做“患难见真情”。与此相对，有个词语叫“酒肉朋友”，有句话叫“只可共富贵，不可共患难”。

在《旅行人与熊》的故事中，当危急情况发生时，那个只顾自己逃命，抛下朋友不管的人，算不上“生死之交”，终于“患难中见伪情”。他脸上友谊的假面具，最终会被揭开。

古诗有吟“海内存知己，天涯若比邻”。人生得一知己无憾矣！真正的朋友是枝条交汇的树干，是两个身体里的一个灵魂，是两个灵魂中的一种思想，是两颗心的一致跳动。患难共济的朋友，才是真正的朋友。

植物的生长是一个缓慢的过程，友谊就是这么一种植物，必须经历逆境，并且在逆境中承受住冲击。记得有首童谣叫“找朋友”，其实，找到朋友的唯一方法是让自己成为别人的朋友。你需要贡献出你真挚的爱，与他人真诚相对。俗语说，种瓜得瓜，种豆得豆。没有付出，怎么会有收获呢？

公鸡高声叫道："狐狸先生，难道事实不是医治谎言的灵丹妙药吗？"

美丽的谎言

●文/杨启鲁

一只狐狸寻到鸡栅栏旁，说："鸡先生，让你的孩子们出来与我一起玩吧？"

"狐狸先生，你是不是生病了。我知道你想做什么。"公鸡说。

狐狸笑了笑，说："农夫说过，只要我不伤害小鸡，我们完全可以做朋友。"

"这不可能。你还有朋友？最好还是回去找你自己的朋友去吧。"公鸡说着，便回到了鸡群那边。

"那只狐狸在说什么？"母鸡问。

公鸡把狐狸的话告诉了母鸡，母鸡听了十分气愤。

有只小鸡听了，说："农夫允许狐狸同我们做朋友、一起玩，难道你不相信他吗？"

"狐狸能改变他的本性，鬼才会相信！"公鸡叫道，"狐狸说的是不是谎言，只有你上当的时候，才会晓得。"

公鸡用目光扫了一下所有的小鸡，说："孩子们，你们听着，狐狸刚才说的全是谎话。农夫不希望我们出什么事情，你们任何一个都不准超越栅栏。"

第二天，狐狸与他的朋友——另外一只狐狸出现在鸡栅栏外面。"公鸡先生，看我是不是有朋友？请让你的孩子们一起出来玩吧。"狐狸嚷道。

公鸡踱到狐狸跟前，隔着栅栏，轻声地说："狐狸先生，下次再来的时候，不要这么大声说话，否则，农夫会把你送上西天的。"说完，公鸡就回到了鸡群中间。

狐狸和他的朋友讥笑道："胆怯的鸡辈，连跳出栅栏的勇气都没有，哈哈……"

晚上，公鸡和母鸡筹划了一条对付狐狸的计策。

次日，狐狸和他的朋友又来骚扰，希望栅栏里能飞出一只小鸡来。

正当他们在栅栏外左顾右盼的时候，公鸡大叫一声："孩子们，都过来！"

所有的鸡都跑过来，大声鸣叫，并用翅膀扑打着栅栏。

狐狸不知道发生了什么事情。

这时，旁边小房子的门板突然推开了，听到动静的农夫端着猎枪蹿了出来，大喝道："哪里逃？拿命来！"

农夫把枪瞄准狐狸及他的朋友，说："你们这些家伙，全做我的点心吧！"

狐狸们扭头便逃。公鸡高声叫道："狐狸先生，难道事实不是医治谎言的灵丹妙药吗？"

远离谎言

赏析／杨凌齐

谎言通常都是为了掩饰自己的某种行为而说的话，很多时候谎言会伤害到别人，而事实正是医治谎言这一顽疾的灵丹妙药。事实能揭穿谎言，道出真相，维护我们的利益。

狐狸企图用谎言来掩饰自己的真正目的，尽管他的理由多么的冠冕堂皇，但谎言毕竟还是谎言。聪明的公鸡和母鸡想出了一条锦囊妙计来揭穿狐狸的谎言，最终狐狸落荒而逃，差点为此丧命。为了谎言，狐狸付出了沉重的代价，他的谎言最终被事实揭发。

谎言就犹如一种病毒，它一旦滋生，就有千千万万的病毒来助威，所以很难根治。只有事实这剂灵丹妙药，才能将存在的病毒一点一点地揭示出来，让大家认清病毒的本质，阻止病毒入侵到我们。

有时候，说谎者欺骗别人的同时也在欺骗自己，结果是不但欺骗不了别人，自己也会吃亏。因此，我们千万不要掉入谎言的黑洞，不要让黑暗侵蚀心灵，我们应接受事实的洗礼。

生活不是十全十美的，我们都爱羡慕别人，但是我们也有被别人羡慕的地方。我们应该珍爱自己，为自己自豪……

羡慕

●文/张秋生

今天的太阳真好。

冬天快到了，大家坐在阳光下挺暖和的。

他们心情舒畅，话也多了。

狗熊挪了一下笨拙的身子说："说实在的，我真羡慕，羡慕小兔子那么灵活，跑起来像一阵风！"

小兔子不好意思了，他说："说实在的，我真羡慕，羡慕小刺猬，长有一身的刺，谁也不敢欺侮他。"

小刺猬没想到有人会称赞他，挺高兴的。他说："说实在的，我真羡慕，羡慕长颈鹿，他能站得那么高，看得那么远，我可不行。"

长颈鹿说："说实在的，我真羡慕，羡慕小猴子，他能爬得像我一样高，但也能到地面上喝水、采草莓，我可办不到。"

小猴子抓抓后脑勺说："说实在的，我真羡慕，羡慕梅花鹿，她能在草地上跑得飞快，我不行。"

梅花鹿的胆子很小，听到这话脸都羞红了。她说："说实在的，我真羡慕，羡慕狗熊大伯，他胆子大，力气也大，碰到有小树、枯枝挡路，他一巴掌就能把树劈倒。"

狗熊听了这话笑了，他说："看来，生活不是十全十美的，我们都爱羡慕别人，但是我们也有被别人羡慕的地方。我们应该珍爱自己，为自己自豪……"

大伙听了狗熊的话，心里挺暖和，就像太阳晒在身上一样。

珍爱自己，肯定自己

赏析／林　娴

小动物满怀羡慕地说出了别人拥有而自己却不能拥有的长处，然而，狗熊的一句话解开了大伙心中的结，让大伙打心底暖和起来：生活不是十全十美的，我们都爱羡慕别人，但是我们也有被别人羡慕的地方。

是的，正所谓“人无完人”，每个人都不可能十全十美。别人所拥有的，我们不一定拥有；而我们自己所拥有的，别人也不一定能够拥有。因此，我们不应该只会羡慕别人。如果自己都不能自我肯定，又如何期望别人的肯定？只有珍爱自己、肯定自己，才能让自己的一生充满阳光和满足；只有懂得珍爱自己，肯定自己，才不会让生命在浑浑噩噩中结束。一味地羡慕别人，是毫无意义的，难道羡慕别人会得到别人所拥有的吗？与其羡慕别人，不如羡慕自己，为自己骄傲。要想得到别人的肯定，换来别人羡慕的眼光，首先要学会肯定自己，用自己的努力证明：我行！

珍爱自己，肯定自己，相信你所拥有的也会被别人羡慕！

“得人恩果千年记”，受人恩惠，应心存感激。

忘恩负义的猎狗

●文／佚　名

有一只母猎狗已到了分娩期，可它还没有找到安身分娩的地方，同伴们看到它这种情况，顿时心生怜悯，答应把自己的草屋借给它暂住。这样，猎狗就在同伴家的草屋里安顿下来，闭门专心生育。

过了些时候，它的伙伴见它已生了孩子，就准备搬回来住，猎狗请求再延长半个月期限，理由是它的孩子现在刚学走路，于是它的请求得到应允。半个月过后，同伴如约向猎狗要回自己的房子和家具。猎狗又说它的孩子现在正在学打猎的本领，要求再迟一段时间，同伴显得有些不高兴了，可猎狗的态度也强硬了几分。最终它们商定再延迟最后一个月，同伴勉强答应了它的要求。

又是一个月过去了，同伴又来要房子。没想到这次猎狗却露出了狰狞的面目，它张牙舞爪地回答说："我是准备搬出你家的，但要看你是不是有本事让我搬出去！"原来这个时候，猎狗的孩子都已经长大，各个凶恶强壮。

忘恩负义必将自食其果

赏析／林 娴

母猎狗忘恩负义的所作所为实在无耻。岂能如此忘恩负义？自古以来，这违背社会道德的行为都是为人所谴责的。"得人恩果千年记"，受人恩惠，应心存感激。

人生变幻莫测，随时会遇上困难和阻碍，如果没有别人的扶持和帮助，我们自己势单力薄，又如何摆脱困境？漫漫人生，难免会接受别人的恩惠帮助，对此，我们应怀着感恩之心，期待他日得以相报。相反，如果我们"打完斋就不要和尚"，那么今后即使我们身陷绝境，别人也不会伸出援手。所以说，忘恩负义必将自食其果。

人的一生会遇到多重坎坷的考验，忘恩负义只会是自绝后路，把自己逼向悬崖。滴水之恩，当涌泉相报。学会感恩才会筑起我们爱的长城。我们要时刻警诫自己，切不可忘恩负义。

忘恩负义为世人所唾骂，对这丑陋的行为，我们应当深恶痛绝。相互扶持，相互帮助，心怀感恩，生活的和谐韵律才不会被这个杂音所破坏。

患难时的朋友才是真正的朋友，要懂得珍惜真正的朋友。

背叛朋友之后

●文/佚　名

鹰和狐狸指天发誓成为朋友。它们为了证明并且巩固它们的友谊，还把家搬到了一起。

鹰将巢穴建在了一棵高大的榕树上，而狐狸就将窝建在了树下的灌木丛里。过了没多久，鹰和狐狸都开始生儿育女，两家生活得仍然很融洽。

但是好景不长，有一天，鹰缺少食物，就趁狐狸不在时把小狐狸抓去给小鹰吃了。狐狸知道后悲愤不已，但它没有鹰飞翔的本领，只能站在远处寻找着报仇的机会。

后来有一次，鹰从祭坛抓着一根燃烧着的羊肠飞回窝，不小心把窝给点燃了，小鹰掉到了地上，狐狸箭一样跑过去，把小鹰吃掉了。

患难见真情

赏析／郭积擎

朋友，是应该同甘共苦的，无论自己遇到什么困难，都不应通过损害朋友的利益来克服困难。否则，你的朋友就会渐渐地离你而去。

要想得到真正的友谊，就要靠自己的努力。当朋友遇到困难的时候，你不要退缩、逃避，应该勇敢地站出来，伸出援助之手，与他共渡难关。当朋友失败的时候，去安慰他；在朋友成功的时候，去鼓励他。正所谓患难见真情，没有经过共同患难的友谊不会坚固，只有在患难之时肯给予帮

助的，才是真正的朋友。

要吸取狐狸与鹰的教训，它们之间所谓的友谊，只有在互不侵犯对方利益时才得以存在，一旦一方遇到困难，友谊就荡然无存。它们心中只有仇恨，即使朋友遇到危难也不施予帮助，反而落井下石，结果双方都会付出极大的代价。

患难时的朋友才是真正的朋友，要懂得珍惜真正的朋友。

友谊是严冬里的炭火，酷暑下的凉风，湍流中的踏脚石，雾海中的航标灯。

象和蜜蜂交朋友的时候

●文/林植峰

大象和蜜蜂结下了深情厚谊，这是因为它们志趣相投，都乐意为人们出力。

蜜蜂想用最甜的蜜招待朋友。大象每次都婉言谢绝，它说："你们辛勤劳动所得，除了自己享受，多献一些给可爱的养蜂人，他们是受之无愧的。"

大象在搬动着沉重的木头。蜜蜂路过见了，挤出一点儿空，在它耳边奏一支"嗡嗡"短曲，让好朋友减轻疲劳，增添力量。

大象和蜜蜂的友谊，被当作佳话四处流传。一只肥壮的狗熊听了，特地找到大象，责问道："你和小蜜蜂交朋友，这是真的？"

"我从来没有保密。"大象幽默地回答。

"你这么个大个子，比我还大好几倍，竟然同一丁点儿大的飞虫交朋友，实在有失体面。"狗熊激动起来，大声说，"我以一头大兽的身份奉劝你，快、快同它们一刀两断。"

"不可能。"大象断然说道，"我佩服蜜蜂的品格，乐意和它们交往。有这样的朋友，我不但不降低身份，反而感到光荣。”

狗熊说不过大象，憋了一肚子气，悻悻地走了。

不久以后的一个深夜，大象从梦中被附近蜂房的骚动惊醒。它赶了过去，只听蜜蜂们怒叫着：“狠狠收拾这偷蜜贼！再不要放过这下流坯子！”

在夜色中，大象看见蜜蜂们追刺着一个庞然大物。它大吼一声，奔上前，用鼻子把那家伙卷起，往远处一抛。到第二天天亮时，大伙才看清楚，陷在烂泥塘中的，正是极力反对大象和蜜蜂保持友谊的角色——狗熊！

为友谊插上真诚的翅膀

赏析／刘敏玲

友谊没有时间和空间的界限，也没有阶级和种族的界限。它是用心播种的，能经受住患难的考验，因而是伟大而神圣的。大象和蜜蜂就拥有这珍贵的友谊，而那只破坏友谊的狗熊只会落得可怜的下场。

在你跌倒时，有朋友搀扶你一把吗？在你痛苦时，有朋友为你抹去泪水吗？在你成功时，有朋友为你欢呼喝彩吗？如果有，说明你得到了真诚的友谊。我们要珍惜友谊，为友谊插上真诚的翅膀。真诚并不等于智慧，但常常放射出比智慧更绚丽的光泽，它犹如一潭幽雅的湖水，是那样的宁静、淡泊、美丽。以真诚待人，并不是为了得到对方的回报。如果想用自己的“真诚”来换取别人的“真诚”，那么这本身已不是真诚。真诚是一种高尚，是晶莹透明的，不该含有任何杂质。

友谊是严冬里的炭火，酷暑下的凉风，湍流中的踏脚石，雾海中的航标灯。只要生命在宇宙中存在，友谊就在生命中永存。让我们用真诚去播种友谊，用热情去浇灌友谊，用宽容去培养友谊，用谅解去护理友谊，让友谊之花开得更加烂漫！

为自己制定一个标准，严格要求自己，正视自己的缺点并及时改正。这样，我们的人生画卷才会更加美丽多彩。

鲤鱼跳龙门

●文/金 江

自古以来，就有这么一个传说：鲤鱼只要跳过龙门，就可以变成龙。

鲤鱼的祖宗把跳龙门的事一代一代传下去，告诉自己的子孙，并且鼓励他们去跳龙门。这不仅是出于“望子成龙”的心理，而且因为在鲤鱼家族里如果能有一条鲤鱼成了龙，岂不是全族的光荣？

因此，世世代代，年年月月，鲤鱼们都去跳龙门。可是没有一条鲤鱼能跳过龙门。

河里的乌龟劝告鲤鱼说：“‘鲤鱼跳龙门’，这是不切实际的痴心妄想。你们应有自知之明，何必去白花力气呀！”

鲤鱼回答说：“不错，我们鲤鱼至今还没有能跳过龙门的，但因为这样高标准要求自己，锻炼了我们鲤鱼跳跃的本领，所以才能胜过河里所有的水族，登上跳高的冠军宝座。”

不要为过错找理由

赏析／曾淑娴

也许你经常会因为考试成绩不理想而假托粗心大意；也许你经常会为上学迟到而找借口来推卸责任；也许你经常会因为不能按时完成作业而抱怨时间太仓促……当我们酿成过错的时候，总是费尽心思地为自己找理由加以掩饰，却不去分析出错的真正原因，以致过错层出不穷，甚至酿成大祸。

鲤鱼们虽然最终没有谁能够跳过龙门，变成在天空中遨游的龙，但它们依然严格要求自己，因此练就一身跳跃的好本领，终于登上了跳高冠军的宝座。人生是一幅绚丽多彩的画卷，但有时会因为这些过错、缺点而在上面留下污点，影响整幅画的效果。那么，如果要擦掉这些污点，我们应该怎样做呢？我们也要像鲤鱼一样，在平常的生活中，为自己制定一个标准，严格要求自己，正视自己的缺点并及时改正。这样，我们的人生画卷才会更加美丽多彩。

“吾志所向，一往无前，愈挫愈奋，再接再厉”，孙中山的自勉正是我们走向成功的启明灯。也许我们不能实现自己的梦想，但在追求梦想的过程中，我们能收获另一种成功——比如鲤鱼跳龙门，虽然没有一条鲤鱼成功，但它们收获了羡煞旁人的跳高冠军。

相信世界的奇妙，发挥自己的潜能。说不定哪一天，我们也会成为神奇的“魔法师”，拿出万花筒，变幻出异彩缤纷的世界。

树上的西瓜

●文/袁家勇

春天，发芽的西瓜种，开始蔓藤了。一条西瓜藤开始向田边的树上攀去，西瓜家族顿时慌了：“小伙子，赶紧刹住，你方向错了。”

“是吗?！”西瓜藤继续爬着。

“小伙子，告诉你，我们祖祖辈辈都是在泥土上爬藤、生根、开花、结果的，爬树结西瓜没有先例。”

“我知道，没有想像就没有创新。”西瓜藤一步一步爬上树，一段时间后，在树上发枝、打苞、开花，生出一个个小西瓜来了。田里的西瓜藤见此，担心起来：“没有泥土托着，小西瓜长大了，怎有能力挂着。”

西瓜藤听后，默默地努力着，它一天比一天成熟，藤子粗了，壮了，小西瓜变圆，变绿，变大了。没有掉下来的西瓜，在炎热的夏天成熟了。

这天，农夫来到田中一看，笑了起来：“树上能结西瓜？”他觉得奇怪，打开树上的西瓜，一看，一点白瓤都没有，一尝，好甜。还未成熟的西瓜见此，纷纷不好意思起来。

大胆想像，敢于创新

赏析／曾淑娴

西瓜家族以为西瓜只能爬在泥土上生根、开花、结果，但是有一西瓜藤却敢于创新，打破这先辈留下的规矩，偏偏要往树上爬，最后结出了丰硕的果实。“没有想像就没有创新”，一语惊醒了多少梦中人啊！

我们每一个人都有一个脑袋和一双手。脑袋是巨大的宝库，它要我们激活思维，在创新的世界里不断探索，这样才能找到宝藏；手是神奇的魔法杖，通过手的不停创造，会收获许多出乎意料的果实。因此，我们要好好利用这种神奇的力量，在平常的生活中，我们要积极启发自己的思维，大胆地去想像，勇于为自己戴上问号的帽子，然后着手去实践，去创新。要知道，世界上第一部电话、第一辆蒸汽机、第一个灯泡、第一架飞机等都是这样诞生的。

相信世界的奇妙，发挥自己的潜能。西瓜是不一定要长在土地上的，只要我们大胆想像，敢于实践，说不定哪一天，我们也会成为神奇的“魔法师”，拿出万花筒，变幻出异彩缤纷的世界。

凡蓄意诽谤别人的人，最终无损于别人，却有损于自己。

乌鸦和选美

●文/何志汉

森林里每年都要举行选美大赛，凤凰总是以得票最多而当选，而乌鸦的得票总是少得可怜。乌鸦很不服气，便起早贪黑地到处说凤凰的坏话，把林中的百鸟都说了个遍。

一年后，又举行选美大赛，乌鸦满以为形势要向有利于自己的这方面变化，谁知投票结果，凤凰的得票更多了，而乌鸦呢？只得了一票——不用说，这一票是它自己投的。乌鸦真是百思不得其解。

凡蓄意诽谤别人的人，最终无损于别人，却有损于自己。

做一个公平竞争的人

赏析/朱成斌

凤凰是百鸟中最漂亮的，而乌鸦是难登大雅之堂的，选美大赛上，凤凰得到的票数当然要比乌鸦得到的多。然而，乌鸦不仅没有看到自己的不足，反而到处去说凤凰的坏话，结果只能使人们更加怨恨它。

在我们的周围，也有像乌鸦那样的人。他们明知道自己不如别人，却偏要和别人比。这种不服输的精神值得称赞，但是他们采用的竞争方式却遭人唾弃。他们不在自己的身上找缺陷去弥补它，而在别人身上找缺陷，对别人一丁点儿的缺陷就展开猛然的攻击和诋毁。然而到最后，他们都像乌鸦一样，不但没有给别人造成伤害反而使自己在别人的眼中显得更加可恶、更加渺小。

《乌鸦和选美》告诉给我们：损人是不利己的，而且最终有损的是自己，不是别人。我们不要诋毁别人，要和别人和睦相处、公平竞争。

“真没想到，”雾气得浑身颤抖，“我原想掩盖山川的美貌，结果反而更美化了她，装饰了她，让游客更喜欢她啦。”

雾的悲哀

●文/陈乃祥

山上有郁郁苍苍的青松，山下有青青翠翠的修竹，山前有软软柔柔的嫩芽，山后有明明亮亮的水波。

如此靓丽的山川，引来了无数游客，有的用彩笔描绘她的美姿，有的用相机拍摄她的艳容。

“我让你去美吧！”雾心生妒忌，咬牙切齿地说，接着便抖开她白色的长裙，把山川遮得严严实实。

“快来画呀，拍呀！”游客高兴得喊叫起来，“山川时隐时现，如梦似仙，更增添了她的朦胧美，可别错过时机啊！”

这时只见摄影师高举相机，咔嚓咔嚓地按着快门；画家挥舞画笔，刷刷刷地泼洒各种色彩；作家嗖嗖地写着，记下心头的感受，他们都迫不及待地要留下这难得一见的美景。

“真没想到，”雾气得浑身颤抖，“我原想掩盖山川的美貌，结果反而更美化了她，装饰了她，让游客更喜欢她啦。”

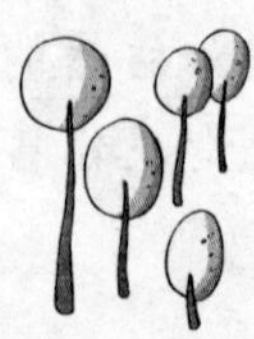

肯定他人,完善自我

赏析/曾繁娜

山,一派美丽景观。雾心生妒忌,便撒开她那洁白的纱裙,把山遮了起来,却不料这反而增添了山的朦胧之美。

其实,在我们的生活之中,也有很多像雾这样心胸狭窄的人。他们因为妒忌他人的美丽与成功,一心想丑化他人、伤害他人,可结果是“竹篮子打水一场空”,反而让别人更上一层楼。雾的行为是不可取的。这个故事启发我们,当别人有更好的表现时,我们应该衷心地、真诚地赞美别人的美丽,为他们的成功喝彩,而不应该一味地妒忌他人。这样的话我们会永远走不出自我的狭隘天地。

这故事也从另一个角度给我们启示:要用一颗清明的、包容的心,去吸收、学习别人的优点和长处,来完善自己,使自己获得进步。俗话说“取人之长,补己之短”,每个人都有自己的优点和长处,我们要学会用欣赏的眼光去看别人的优点和长处,只有这样,我们才能渐渐克服自身的缺点,提高自己各方面的能力,获得进步,完善自我。

手握着亮点,我们就不会总低着头做人,生活将充满阳光,人生将满载自信。

有裂缝的水罐

●文/佚　名

印度有一个人,住在山坡上。家里用水得到山坡下一条小溪边去挑上来,天天挑,习惯了也不觉得太吃力。他挑水用两个瓦罐,有一个买来时就有一条裂缝,而另一个完好无损。完好的水罐总能把水从小溪边满满地运到家，而那个破损的小罐走到家里时，水就只剩下半罐了，另外一半都漏在路上了。因此，他每次挑水挑到家都只有一罐半。这样一天天过去，过了两年。那只完好的水罐不仅为自己的成就，更为自己的完美而感到骄傲。但那个可怜的有裂缝的水罐，则因为自己天生的裂缝而感到十分惭愧，心里一直很难过。

两年后的一天，有裂缝的水罐在小溪边对用它挑水的人说："我为自己感到惭愧，我总觉得对不起你。"

"你为什么感到惭愧？"挑水人问。

"过去两年中，在你挑水回家的路上，水从我的裂缝渗出，我只能运半罐水到你家里。你花了挑两罐水的气力，却没有得到你应得的两满罐水。"水罐回答说。

挑水人听水罐这样说，心里很难过，他同情地对它说："在我回家的路上，我希望你注意，留神看看小路旁边那些美丽的花儿。"

当他们上山坡时，那个破水罐看见太阳正照着小路旁边美丽的鲜花，这美好的景象使它感到欣慰。但到了小路的尽头，它仍然感到伤心，因为它又漏掉了一半的水，于是它再次向用它挑水的人道歉，但是挑水人却说："难道你没有注意到，刚才那些美丽的花儿只长在你这一边？那是因为我早就知道你有裂缝，我是在利用你的裂缝。我在你这边撒下了花种，每天我们从小溪边回来的时候，从你裂缝中渗出的水就浇灌了花苗。这山上的小路很多，却不见有第二条小路像我们这条小路这样，有一边是开满了鲜花的，不是吗？"

发现自己的闪光点

赏析／陈泳妍

生于世上，存于宇宙间，我们拥有的不比别人多，也不比别人少。同顶炎炎烈日，共浴皎皎月光，我们不必去仰视别人而俯视自己。只要我们站在自己的位置上，踏踏实实地干，历史的光辉总会有我们的一抹亮色。

其实我们每个人都有与众不同之处，有独特的闪光点，就像那个有裂缝的水罐，虽然它只能运回半罐水，但它的另一半水却留给了沿路的花苗。它的亮点就是，把甜美的泉水分给了花儿。也许我们的学习成绩平平，但在运动会上总有我们矫健的身影；也许我们没有动人的容貌，却有一颗纯美、睿智的心；也许我们不曾有灵活善变的头脑，但我们却能写出一篇篇文采斐然的美文……

为自己找亮点，是认识自己的过程，是认识自己禀赋、素质及潜力的过程，是自我发展的过程。发现自己的亮点可以明确自己生活的方向，更好地驾驭自己的人生。手握着亮点，我们就不会总低着头做人，生活将充满阳光，人生将满载自信。

让自己的亮点放大，散发出灿烂的光芒吧，也许这将是一片新的蓝天。

西瓜家族以为西瓜只能爬在泥土上生根、开花、结果，但是有一西瓜藤却敢于创新，打破这先辈留下的规矩，偏偏要往树上爬，最后结出了丰硕的果实。“没有想像就没有创新”，一语惊醒了多少梦中人啊！

三个孩子和一堆篝火

美味香口胶

朋友就像天上的星星一样明灭不定，有时会出现，有时会消失，但希望在我的天空里，你是一颗永远也不会消失的星星，当我抬头时你一直都在！

朋友就像是一杯凉白开，无色也无味，平淡无奇，但关键时刻胜过一切。水是生命的主要元素，朋友是人生的基本支柱！

心存善良，世界便是善良的；心存美好，世界便是美好的。

松鼠和狼

●文/[俄]列夫·托尔斯泰

松鼠在树枝上跳来跳去，不小心摔了下来，掉到一条睡着的狼身上，狼猛地跳起来，抓住松鼠，就要吃它。松鼠央求狼说："请你放了我吧！"

狼说："好吧，我可以放你，只要你告诉我，你们松鼠怎么会这样快活，我老是烦恼。"

松鼠说："请你先放我回到树上去，我就告诉你。"

狼把松鼠放了，松鼠爬到树上，说："你觉得烦恼，是因为你太凶狠，心肠太坏啦。我快乐，是因为我心地好，不欺侮别人哪！"

善　良

赏析／叶家成

从这个故事可得出，"善良"是快乐之本。

松鼠觉得自己活得快乐，因为它整天在树枝上玩耍，看着太阳东升西落，感受着树林中的鸟语花香，没有不良念头，不以凶残的行为去欺辱别人。它的心灵是善良的，认为世界是美好的，自己也因此而获得快乐。而狼生存在一个弱肉强食的环境里，每天都以贪婪、凶狠的目光去看待周围的一切。它心肠很坏，随时准备欺辱弱小的动物，甚至把它们吃掉，同时也在担心自己会被其他动物吃掉。正因为它的凶狠使它每天都生活在恐惧和不安之中，觉得整个世界都是不安的，都是凶残的，自己也因此而不快乐。

境由心生。眼前看到什么,很大程度上就是内心的反映。心存善良,世界便是善良的;心存美好,世界便是美好的。心灵是快乐的,那么人生怎么会烦恼呢?我们应该以善良的心灵去对待周围的一切,心地要好,不欺辱别人,这样就会使我们幼小的心灵得到保护,不被世俗污染,才会快快乐乐地健康成长。

鹤很想喝汤,可是,因为自己长着一个长嘴巴,所以费了好大的劲,也只能闻到味道而已。

狐狸和鹤的酒宴

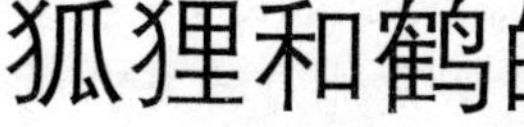

●文/[希腊]《伊索寓言》

有一天,狐狸送了一张邀请卡给鹤。

“晚上请来舍下用餐。”“哇!真罕见!狐狸先生会准备什么酒菜请我呢?”鹤很高兴地前往狐狸的家。

“呀!鹤先生,欢迎!欢迎!请不用客气!”狐狸取出的酒菜只有放在大平盘里的汤而已。“我最喜欢喝汤啦!谢谢你呀!”鹤很想喝汤,可是,因为自己长着一个长嘴巴,所以费了好大的劲,也只能闻到味道而已。盘内的汤,一滴也喝不到。可是狐狸却咕噜咕噜地一下子就把汤喝完了,而且嗤嗤地笑着,觉得很有趣。“真不够意思,你在捉弄我!”鹤恨恨地回家去了。

不久,鹤也送邀请卡给狐狸。“晚上请客,请你一定要来哦!”狐狸是个贪吃鬼。“是什么样的食物呢?”狐狸暗暗地想着。连不久以前的事,狐狸也忘得一干二净,高高兴兴地来到鹤的家。

“狐狸先生,欢迎!欢迎!别客气,尽管用吧!”鹤拿出的东西都是什么呢?原来是装在细颈水瓶里的汤啊!“谢谢!”狐狸将嘴伸进水瓶里,但是怎么喝也喝不到一口汤,只能闻到鲜美的味道。鹤则将长嘴巴轻轻松松地伸进瓶底津津有味地吃着呢!

狐狸肚子饿坏了,眼前的美食却一口也吃不到。

对待朋友

赏析/林 影

狐狸以请客为名捉弄鹤,最终被鹤以其人之道还治其人之身。可见,做坏事还真不会有好结果。害人终害己啊,我们要从中吸取教训。

由此,我想到了人与人之间的相处。有时候,人们之间的相处也会发生与狐狸和鹤相似的状况。有人会像狐狸一样去捉弄他人,有人像鹤一样去报复别人,然后另一方再不甘示弱地报复,如此终会失去这个朋友。

这又何苦呢?其实,我们应该真诚地对待身边的每一个人,去珍惜身边的朋友。毕竟,能遇到一个良友不容易。再者,人难免会做错事,我们应该宽容地对待他人,以宽广的胸怀去容纳别人。

一个小小的寓言故事,却蕴含着大大的人生道理。

“事不关己,高高挂起。”这是一些人的口头禅,正因为这样才会导致本可避免的悲剧发生。

三个孩子和一堆篝火

●文/张秋生

一天清早,三个小孩子在森林里一棵大枫树底下,点起一堆旺旺的篝火。

一只长尾巴鸟儿看见了,去告诉森林里所有的鸟儿。

有一只鸟儿说:“让他们烧去吧,这是地面上的事,与我们有什么相干？”

“有什么相干？”那只长尾巴鸟说，“要是篝火烧着了落叶，落叶烧着了枞树，枞树再把整个树林烧着，这里还有我们鸟儿落脚的地方吗？”

鸟儿们觉得它说得很有道理，可是怎么去阻止孩子们这个危险的举动呢？

长尾巴鸟想出一个挺妙的办法。

在长尾巴鸟的指挥下，所有的鸟儿都飞落在那棵枞树上。长尾巴鸟喊一声口令，鸟儿们就在树上跳一跳。于是，从树枝上落下很多很多的露珠儿。露珠儿掉在小孩们的头顶上，颈项里，而且也熄灭了篝火。

孩子们很生气，它们换到另一棵树下去烧篝火。

鸟儿们也紧随而来，用老办法来对付这三个孩子和他们燃起的篝火。

三个孩子没办法，只好逃出这片森林。

就在第二天，从隔壁森林里逃来一群鸟儿，它们身上的羽毛都被火熏焦了，烧坏了。

那些鸟儿们说：“有三个孩子，他们燃起了一堆篝火……”

伸出你的手，团结起来吧！

赏析／林　影

读完这则寓言故事，心里有沉甸甸的感觉。同是那三个孩子，同是一堆篝火，为什么两个森林的鸟儿的结局会截然不同呢？这值得我们深思。

“让他们烧去吧，这是地面上的事，与我们有什么相干？”这不仅仅是这片森林的鸟儿的起初观点，也是隔壁森林的鸟儿所认为的，也正是这种想法才使隔壁森林的鸟儿受到伤害，被迫逃离家园。幸好有那只长尾巴鸟，才使这片森林得以保存下来，才使鸟儿免于逃离家园。

这则寓言故事不也是在反映着我们的现实生活吗？“事不关己，高高挂起。”这是一些人的口头禅，正因为这样才会导致本可避免的悲剧发生。

我们也会有遇到困难的时候，如果不帮助别人，别人也不乐意去帮助我们。一九九八年长江发生特大洪灾，正是大家同心协力才渡过了难关。与这些人相比,那些袖手旁观的人难道就不惭愧吗?

当别人遇到困难时,伸出你的手,团结起来共同解决吧!

其实,世界上有很多事情,都是看似无情实有情的。

袋鼠妈妈的见闻

●文/肖邦祥

袋鼠妈妈是把自己的小宝宝放在胸前的育儿袋里抚养的,可她到外地只看了三天,就发现一些植物妈妈对自己的种子宝宝与她的方法大不一样。

第一天,袋鼠妈妈遇见了蒲公英妈妈。当时天正刮着大风,蒲公英妈妈竟把种子宝宝放出去,让它们随风四处飘飞。袋鼠妈妈见了,不禁焦急地对蒲公英妈妈说:“哎呀, 你怎么这么狠心, 让大风吹走你的宝宝? ”

蒲公英妈妈说:“只有这样,我的孩子才能到别处生根发芽呀! ”

第二天,袋鼠妈妈遇见了椰树妈妈。椰树妈妈正把一个个成熟的椰子落进海中,小海浪把它们冲得很远很远。袋鼠妈妈见了,不禁责怪椰树妈妈:“哎呀,你怎么一点也不心疼自己的宝宝,让它们被大浪带走? ”

椰树妈妈说:“只有这样,我的孩子才能到远方落户呀! ”

第三天,袋鼠妈妈遇见了喷瓜妈妈。喷瓜妈妈的做法更是奇特,她让自己的种子宝宝从果实的断裂处像炮弹一样飞出去,并且飞到了十几米远的地方。袋鼠妈妈见了,不禁向喷瓜妈妈惊叫道:“哎呀,你也太残忍了! 怎么能把自己的宝宝当做炮弹一样发射呢? ”

喷瓜妈妈说:“只有这样,我的孩子才有生存的地方呀!

当然,袋鼠妈妈最后也终于明白了,这些植物妈妈并不是不爱自己的孩子，只是她们采取的方式一时叫人难接受罢了。

其实，世界上有很多事情，都是看似无情实有情的。

虽是严厉，却是爱

赏析／蔡慧雅

也许，我们会抱怨爸爸妈妈对我们管得太严：不准我们随便出去玩，不准我们乱吃零食，不准我们看电视到深夜，还有，考试不及格要批评，成绩有进步也不给鼓励……

其实啊，严厉是另一种爱的表达方式。他们害怕把我们娇惯了，长大以后不能在社会上独立生存；他们害怕把我们宠惯了，长大以后不能出类拔萃；他们害怕把我们惯坏了，长大以后还像个小孩一样粘在父母身边。他们会像蒲公英妈妈她们那样，严厉地要求自己的孩子，为他们赢得生存的机会。只要我们认真体会，就会明白这种爱的无私。正所谓："东边日出西边雨，道是无晴(情)却有晴(情)。"

所以，不要为拥有一个"袋鼠妈妈"而沾沾自喜，在妈妈温暖的怀里成长的孩子，永远学不会奔跑。每一位父母对子女的爱的方式不尽相同，而严厉并不等于不爱，那只是一种更深沉、更理智的爱！

爱我们的父母，体谅他们的良苦用心吧，做一个真正让父母放心的好孩子。

只要有自知之明，真正了解自己，那么，不管谁对自己吹捧、讨好、拍马、献媚，打击、诱惑、讥讽、谩骂，都等于零。

狐狸与乌鸦

●文/凝 溪

一

克雷洛夫在《狐狸与乌鸦》的寓言里写了“乌鸦嘴里含着一块奶酪站在树上，狐狸吹捧乌鸦的歌声优美，乌鸦高兴得一开口，奶酪掉到地上被狐狸吃了”的故事。后来，还是在森林里的那棵树下，我又看到了这个寓言的继续——

二

第二天，乌鸦嘴里同样含着一块奶酪站在树上，狐狸又看见了，狐狸又用同样方法对乌鸦进行吹捧。乌鸦接受了昨天的教训，没有再上当。狐狸看这样不能达到目的，便说道：

“乌鸦妹妹，您不但有一副漂亮的歌喉，而且有着高度的艺术修养。看，您的嗓音虽然比夜莺还美，但您从不表现自己。说真的，除了您，我还没见过第二个像您这样的歌唱家。”

乌鸦听了狐狸的话后，比昨天还要高兴。一开口，奶酪又掉到地上。乌鸦后悔地说道：

“呀！吹牛拍马的人，手腕真多。”

三

第三天，乌鸦又弄到一块奶酪同样站在树上，狐狸又来了。乌鸦心想，今天无论狐狸怎样吹捧也不理他。狐狸看了看乌鸦，走到树下说道：

“乌鸦妹妹，我听天上的飞鸟们和地下的走兽们都说您的嗓子比蛤蟆的还要难听。不过我可不信，我真想为您辩解，可我又没有听过您的歌声，真是难办……”

“谁说的……”乌鸦听了狐狸的话气愤地张口争辩，可才说了两个字，嘴里的奶酪又掉到了地上。

四

又过了一天，乌鸦也真有办法，又弄到一块奶酪，仍然站在树上。狐狸又来了。可狐狸这天说好说坏乌鸦都不开口。乌鸦懂得了，只要有自知之明，真正了解自己，那么，不管谁对自己吹捧、讨好、拍马、献媚，打击、诱惑、讥讽、谩骂，都等于零。狐狸还唠叨不休，乌鸦衔着奶酪远远地飞走了。

自　知

赏析／陈丽英

人总是要经历无数次跌倒后才能学会走路。乌鸦一次次地被欺骗，一次次地失掉自己心爱的奶酪，一次次地后悔不已……后来，它终于看清了美丽语言背后的阴谋，终于学会了如何保住自己的奶酪。人也是一样，要在不断的失败和挫折中吸取教训，保证下次不犯同样的错误。有一句话说得好，人总会犯错，重要的是不要在同一个问题上犯同样的错误。如果你能够做到这一点，那么你就是一个聪明的人了。

这个故事同样告诉我们：人贵有自知之明。我们应该对自己有充分的了解，知道自己具备什么，需要什么，该做什么，不该做什么。这样才不会轻易掉进别人设下的陷阱。也许我们都会笑话乌鸦兄弟的愚蠢，但我们都会在生活中不知不觉地犯下同样的错误，面对赞美时飘飘欲仙，面对打击时颓丧不已，面对诱惑时蠢蠢欲动……始终不能清醒地保持自己的平常心。

因此，我们要真正地看清自己，看清这个世界。最重要的，还是要有一颗坚韧的心。

我们原谅自己的一切，对别人却毫不宽恕。
看自己是一种眼光，对别人则是另一样。

褡　　裢

●文/［法］拉封丹

一天，朱庇特说："一切生灵都可以到我的宝座前来申诉，谁对自己的外形不满意，他可以大胆前来说一说，我会想办法来补救。猴子你来，你先说，你有充分的权利，你瞧这些动物，他们长得有多美，你应该和他们比一比，你对自己满意不满意？"

"我吗？"他说，"为什么不满意？像别的动物那样，我不也有四条腿？到目前为止我的画像还无可指摘。不过我的熊老弟，别人刚刚着手给他画像，要是他听我的话，最好别让人画他。"

熊也来谈谈这件事。大家都以为他会抱怨自己的长相，不，原来他对自己的外表赞不绝口，对大象他倒是品头论足，说象耳朵该去掉一块，尾巴该加长，说他的体形毫无美感，粗笨的身材，没个好模样。

大象尽管十分老实，听了这话他的回答也一样，按他的口味他认为鲸夫人显得过胖。

而鲸夫人呢，自以为是个庞然大物，她觉得太小的是微生物。

他们彼此批评，对自己却都很知足，所以朱庇特只好叫他们都回去。

确实是这样，在最疯狂的生物中要数人类最突出，对人家，我们的眼睛像野猫；对自己，我们的目光像鼹鼠。

我们原谅自己的一切，对别人却毫不宽恕。

看自己是一种眼光，对别人则是另一样。

创造万物的主宰给我们每个人都创造了一种两个口袋的褡裢，不论是过去的人或是现在的人，他们总把自己的错误放进后面的口袋，而前面的那个口袋是留给别人的。

正视自己

赏析／陈丽英

“他们总把自己的错误放进后面的口袋，而前面的那个口袋是留给别人的”，说明了他们往往只看到别人的错误和不足，却忽略甚至宽容了自己的过失。

有句话说得好，叫“严于律己，宽以待人”，可在现实生活中，你却发现更多的人是“严于律人，宽以待己”的。看！有的人喜欢对别人评头论足，自以为自己完美无瑕，犯了错误就将责任推卸给别人，从来不会在自己身上找原因。他们常常在埋怨：我学习不好，是爸爸没有给我请好的家教；我考试不及格，是妈妈没有给我买名牌的钢笔；我上学迟到，是闹钟坏了，没有叫醒我。这种人总是对别人要求太多，对自己要求太少。这实际上是一种蒙昧无知、缺乏修养的表现。

要知道，真正有修养有知识的人是不会随便对别人说三道四的，他们总是严格要求自己，做到每天“三省吾身”。他们对别人尽量宽容，对自己却丝毫不放松，只有这样的人才能赢得别人真正的尊重。

双层保险总比一层好，虽然是过分谨慎，但决不会把事情搞糟。

狼、母山羊和小山羊

●文／［法］拉封丹　译／远　方

母山羊想要使下垂的乳房充满乳汁，就去吃新鲜的青草。

她把门关好，对小山羊说：“为了你的生命安全，只有听到这样的口

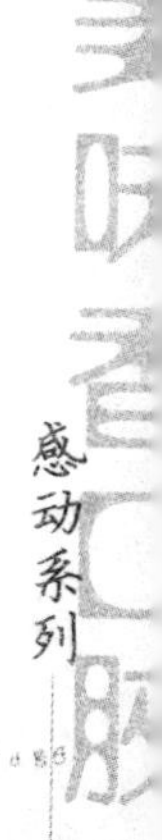

令和暗号‘狼和他的一伙，见鬼去吧！’之后，才可以把门打开。”

在她说这话的时候，一只狼正好走过那里，他听到了这句话，就把它记在心里。我们可以相信，山羊没有看到那只贪馋的畜生。

狼看见她走了之后就模仿她的声音，用一种温柔的假声假气的语气这样去叫门：“狼，去你的！”他以为这一下就可以进去了。

但是谨慎的小山羊从门缝往外看，接着说：“把白蹄给我瞧瞧！要不我绝不开门！”

大家都知道，白蹄是问题的关键，狼是很少有白蹄的。

他听了这话大吃一惊，他是饿着来的，结果还是饿着回去。

要是小山羊相信了狼偶然听到的暗号，那他又会落个什么样的下场呢？

双层保险总比一层好，虽然是过分谨慎，但决不会把事情搞糟。

谨慎一点，安全一点，放心一点

赏析／蔡慧帆

试想，若小山羊只相信一个暗号而打开了门，恐怕它已成为狼的美餐了。是谨慎，让它逃过一劫。

谨慎，是周密思虑，小心行事。它是一种思考方式，又是一种行事态度。保持谨慎的态度，遇事三思而后行，方可以无忧，方可以做好事情。因此，我们要谨慎。是谨慎，让我们考虑得更周密，把问题探讨得更透彻，让我们看得更深。是谨慎，让我们拥有坚定的信心，勇于去抓住机遇，让我们做得更好。

谨慎，不是吹毛求疵，不是虎头蛇尾，而是以平静的心去分析，去判断，以做出更好的选择，迈向更高的平台。

世界上任何事情不可能是一蹴而就的，在如此纷繁复杂的世界里，更需要谨慎。只有用谨慎铺垫，用谨慎作梯，才能逐步走向成功。

人应该踏踏实实地做好自己，不要总不切实际地幻想自己是完美的，不要把理想建立在海市蜃楼上。

小乌龟谈理想

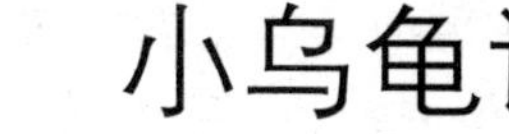

●文/汪 鱼

几只小乌龟聚在一块儿，谈起各自未来的理想。

一只说："我长大后，一定要出息成敏捷的兔子，永远脱去这无比沉重的甲壳！

一只说："不，我要做一只大象！把这腹甲和披甲统统封闭起来，建立一个只有我说了算的王国。"

又一只说："我要变成一条美丽的小金鱼，彻底与我们乌龟家族的丑陋决裂！"

这几位互议短长、宏论大发、滔滔不绝，仿佛他们现在就已经成为兔子、大象和小金鱼了似的。只有最小的那只小乌龟坐在一边一声不响。大家问他："小弟，你的理想是什么？准备变成什么呢？"

谁知，这只小乌龟出语惊人，他回答说："我只希望自己能够成为一只真正的乌龟，不给我们的先辈丢脸！"

做好自己

赏析／黄碧滢

人应该踏踏实实地做好自己，不要总不切实际地幻想自己是完美的，不要把理想建立在海市蜃楼上。金无足赤，人无完人，人是有缺陷的。只有在做好自己本分的基础上，不断完善自己，改变自己，才不会给自己丢脸，才能实现自己的理想。最后获得成功的人，只有那些能够正确认识自己的人,而不是滔滔不绝、只懂议论长短的人。

社会不断发展,有些人却变得迟钝了。这些人变得不会表现自己,不会欣赏自己,自以为受到了外貌的束缚和拖累,因而他们期待自己能彻底改头换面,他们不断地幻想着,却完全没有想到发挥自己的特长,去实现自己的价值。瞧瞧那只最小的小乌龟,它不怕沉重的甲壳,不担忧丑陋的长相,只希望自己能够成为一只真正的乌龟。学学这只小乌龟吧,一心做好自己,欣赏自己的优点,改正自己的缺点,实事求是,脚踏实地,去达到自己的目标,实现自己的理想。

生命是有限的,生活是实在的。既然成为一粒种子,就要安心地努力地生根发芽;既然成为一个有生命的灵魂,就要散发出属于自己的光芒。

这究竟是怎么回事?本以为丢人现眼的腿,在危急的时刻可以救我,而沾沾自喜的角,却在我即将逃脱危险的时候使我丧命。

逃命的鹿

●文/佚　名

一头美丽的长角鹿渴得要命,来到一处清澈的泉水边喝水。她喝了清凉的泉水觉得很舒畅,便端详起自己在水中的影子来。鹿孤芳自赏,为自己端庄美丽的犄角而洋洋自得,但当她看到自己的细腿时就觉得难为情了,闷闷不乐起来。

正在这时,一头狮子突然向她扑过来,鹿吓得掉头就跑,她的细腿很有力量,跑起来很快,马上就把狮子甩得好远好远。可是,狮子穷追不舍,到了丛林地带,鹿不慎被树枝绊住了犄角,怎么也跑不动了,结果狮子冲过来一把就把鹿给捉住了。

临死时,鹿自言自语地说:"这究竟是怎么回事?本以为丢人现眼的腿，在危急的时刻可以救我，而沾沾自喜的角，却在我即将逃脱危险的时候使我丧命。”

扬长补短

赏析／林　琳

俗话说：爱美之心，人皆有之。是的，谁不爱美？谁不像长角鹿一样为拥有那美丽的犄角而洋洋得意，为那天生的细腿而闷闷不乐？难道这就是我们面对自己长处和短处的态度吗？

倘若有着和长角鹿同样的遭遇，我们是选择美丽的犄角，还是丢人现眼的细腿？那时的我们已经无暇思考，一定会毫不犹豫地选择细腿。鹿最满意的身体部分是长角，可最终令它丧命的偏偏就是这美丽的角。细腿可以让鹿飞奔，逃过狮子的追捕。那时它才认可细腿是美的，眼中的缺陷已变成逃命的法宝。所以我们面对自己的短处时，不该自卑，而是要挖掘它的内在潜质，在关键时候发挥它独特的作用，为我们服务。比如有些同学做事速度很慢，但是会做得更仔细，做得更妥当，那么效果很有可能就会比别人做得要好。

任何事物都是“双刃剑”。正确运用自己的长处可以打败困难，若是自恃优点而骄傲自大，那就等于搬起石头砸自己的脚，优点反而害了我们。有的时候，我们认定的“短处”却能在关键时刻帮助我们。尺有所短，寸有所长，我们要把“扬长补短”的精神铭刻于心。

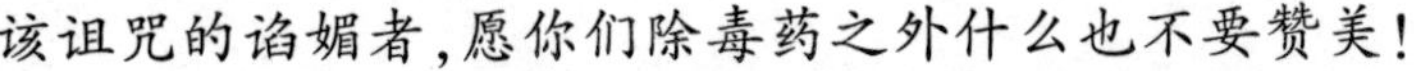

该诅咒的谄媚者，愿你们除毒药之外什么也不要赞美！

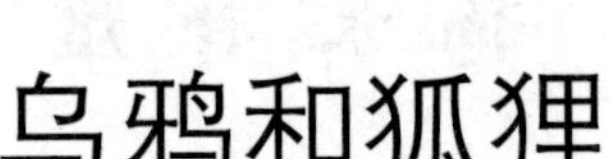

乌鸦和狐狸

●文/[德]莱　辛

一块有毒的肉，原是生气的园丁掷给邻居的猫吃的，却被一只乌鸦抓走了。正当乌鸦在一棵橡树上想吃这块肉时，一只狐狸悄悄地走过来，对他喊道：“请接受我的祝福吧，朱庇特的鸟！”乌鸦问：“你把我看作谁呢？”狐狸反问：“我把你看作谁吗？难道你不就是那只奉宙斯之命，天天飞来这棵橡树上给可怜的我施恩的强悍的鹰吗？为什么你还要假装？在你战无不胜的利爪里，我不正看到了上帝要你送给我的那些馈赠物吗？”乌鸦很是惊讶，心中暗自高兴自己竟被看成一只鹰。他想，我不应点明狐狸的这个差错。于是，他大方地将他的食物掷给了狐狸，尔后傲慢地飞走了。

狐狸笑着叼走了肉，带着一种狡黠的快意撕咬起来。很快，这种快意却变成了一种痛感，毒性开始发作，他倒毙了。

该诅咒的谄媚者，愿你们除毒药之外什么也不要赞美！

谄媚是一剂毒药

赏析／李伟强

狡猾的狐狸用花言巧语骗得了有毒的肉，最终导致自己送命。那么狐狸致死的元凶是谁呢？是可恶的乌鸦？是可恨的园丁？还是那块毒肉？不，是它自己那可耻可悲的谄媚。

记得苏洵说过：“乐道人之善而不为谄。”难道不是吗？我们提倡的是出自真诚的赞美而非假意的逢迎。出自真诚的赞美是对别人成果的尊重和肯定，它能促进人与人之间的交往，甚至可以转化为前进的动力。运用得当的时候，它就像夜明珠一样闪烁着美丽的光彩。而谄媚是一种虚伪的手段，或许能得意一时，做到短暂的“左右逢源”，但当使用谄媚来讨好别人时，一旦被对方识破，便会变得孤立无援，得不到别人的信任而陷入困境，最终受伤害的还是自己，就像寓言中的狐狸。这时的谄媚就像一剂毒药，散发着罪恶的气味。

既然如此，何不从现在起，丢掉谄媚的外套，披上友善的衣裳，保持真诚的心灵呢？

那条狮子狗竟然不知道您是世界上最不爱听恭维话的人，像您这样清正廉明的大王，我敢发誓，我还是第一次看到呢！

另一种恭维

●文/佚　名

狮子坐上了森林之王的宝座，统治着林中的百兽。有一些小动物经常对它阿谀奉承，溜须拍马，久而久之，它对这些话已经感到厌恶，对于臣民的恭维已经听厌了。

“真讨厌！它们每天对我说一大堆恭维的话，我的耳朵听得都快要生老茧了！它们真愚蠢，以为我真是一个喜欢受人恭维的大王！”

这时，一只金毛狮子狗，一边摇着尾巴，一边战战兢兢地走到狮王面前奉承道：“大王您统治森林王国十分辛苦！没有您，我们如何能安居乐业呢？我们全体臣民都誓死效忠于您。为了您，牺牲生命也在所不辞。”

“滚开！”狮王咆哮着，从宝座上跳了起来，“你这个溜须拍马的家伙，不要在这儿烦我。”

狮子狗夹着尾巴走开以后，来了一只温文尔雅的狐狸，它一本正经，显得极有修养。它对狮王行了一个不亢不卑的礼,然后瞟了那只狮子狗一眼,轻声说:“大王,您何必生气呢?您是最明白的,像狮子狗那么无聊的家伙,嘴里能吐出象牙来吗?”狮子点了点头。

狐狸舔了舔嘴唇接着说:“那条狮子狗竟然不知道您是世界上最不爱听恭维话的人,像您这样清正廉明的大王,我敢发誓,我还是第一次看到呢!”

“你说得很对,”狮王眉飞色舞地说,“来,这只老母鸡就归你了!”

披着羊皮的狐狸

赏析/冯婷婷

读完寓言后,只想用一句话来形容森林之王狮子:江山易改,本性难移。狮王不喜欢臣民们曲意逢迎,不喜欢听恭维的话。或许是因为它真的“听得耳朵都快要生老茧”——厌烦了。它想掩饰自己爱慕虚荣的虚伪,向大众昭示它的清高廉洁。事实上,它是在掩耳盗铃。清者自清、浊者自浊,它的假面具最后还是被狡猾的狐狸摘下来了。难道真正的清高廉洁连几句简单的甜言蜜语都抵不过?

现实生活中也有很多这样的“狮王”。很多人偶然取得了一点小成绩,便沉醉于别人的奉承和恭维之中,表面上满不在乎,实际上却心花怒放,仿佛一刹那成了王者,天下唯我独尊,如此顾影自怜!殊不知,成绩可能来自侥幸;殊不知,恭维会让我们停滞不前。

美的就是美的,即使不给它穿上华丽的衣裳,它的婀娜多姿还是会为人所知。狐狸就永远是狐狸,无论给它披上多么温驯的外衣,可它终究还是狐狸。拒绝别人的阿谀奉承,狮王的做法是欲盖弥彰,它的真实面目也如同一匹披着羊皮的“狼”。

农夫当街哭诉道："国王呀，大象固然贵重，对我却毫无用处呀！如今，卖又卖不得，还又还不得，养又养不起，叫我怎么办呢？"

国王的奖赏

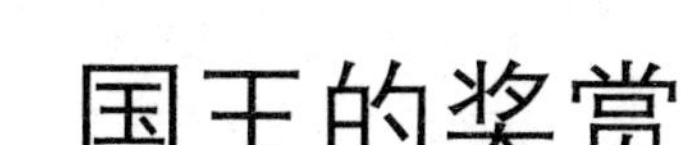

●文/薛贤荣

国王下乡视察，见农夫辛苦劳作，非常满意，就奖赏他一头大象。

大象胃口大极了，它每天要吃五百斤食料，农夫供养不起，就想牵到街上卖掉。

衙役听说了，气势汹汹前来问罪："你竟敢出卖国王的奖品，还想不想活？"

农夫就把大象牵到京城，想还给国王。卫士拦住他，斥责道："国王的奖赏你也敢拒绝，你有几颗脑袋？"

农夫绝望极了，当街哭诉道："国王呀，大象固然贵重，对我却毫无用处呀！如今，卖又卖不得，还又还不得，养又养不起，叫我怎么办呢？"

旁观者说："国王的好心变成了坏事，不知他自己知不知道？"

不是我所要的

赏析/刘国玲

这位好心的国王见农夫辛苦劳作便奖赏他一头大象，可是没想到事与愿违，赏赐变成了一件让农夫为难的事，大象对农夫毫无用处，养又养不起，卖又卖不得，还又还不得，农夫陷入了两难的境地。

也许国王还没意识到自己的好心做了坏事，这归根到底是因为养尊处优的环境蒙蔽了他看待周围人和事的双眼。他没有看到大象的贵重对于一贫如洗的农夫来说其实是一种负担；他没有看到辛勤的农夫真正需要的是什么东西。这是因为他没有站在农夫的角度去看问题，才产生了这样的反面效果。由此可见，我们要学会站在他人的角度去看问题，这样做事才能不偏不倚，深得人心。

这好比任长霞始终十年如一日的走访贫苦民众，站在人民的立场去为人民谋福利；恰似周恩来总理始终从人民的角度去看问题，心系民众，为人民排忧解难。

学会站在他人的角度去看问题，是理解的表现，是真诚的写照，也是生活的魅力所在。

面对困难，应当努力地去寻找突破口，换一种方式，或许"蓦然回首，那人却在灯火阑珊处"。

毛驴开荒

●文/杨绍军

狮王要毛驴负责开垦一块五百亩的荒洼地。

毛驴接到命令后马上行动起来，它领着众毛驴们起早贪黑，干得非常起劲。

过了几天，狮王前来视察，看到后对毛驴说："怎么这么长时间了，还没开垦出来，要抓紧时间，争取下个月完成。"

毛驴一听傻了眼，自己没白天没黑夜地干，还落了不是，下个月完成？这怎么可能呢？这么大一片地！

毛驴整天愁眉不展，茶饭不进，又加上日夜操劳，瘦了一大圈。一天，一只狐狸悄悄地跑来对毛驴说："毛驴兄，你干活也要讲究点策略，你没见狮王每次来都在公路上转一圈便走吗？什么时候到地里去看一次了！你若听我的，先把路边的地开垦好就行，至于里边的，你再慢慢来嘛！"

"唉,也只好如此了!"毛驴无奈,便听从了狐狸的意见,只把路边的地开垦了出来,并种上了庄稼。

一个月后,狮王又来视察,它看见地已开垦出来,庄稼也已长出了小苗苗,很高兴,当即表示奖励毛驴十万元钱。

毛驴用这些钱雇了几十台机器,把余下的也开垦了出来。

第二年,毛驴因"政绩突出",被调到了狮王府。

换一种方式

赏析/卢宛琳

毛驴开始时勤勤恳恳,踏踏实实地干活,可却得不到狮王的肯定,后来他换了一种工作方式,却获得了圆满的结果。

这说明了一个什么道理呢?我们做一件事情的时候,有时候也许会屡屡碰壁。这时候我们不妨停下来想一下,还有什么更简便、快捷的方法吗?做事情不能只做不想,否则就会白花力气而又没有成效。只有多开动脑筋,多想法子去寻找更加有效的方法,再加上自己原有的勤奋努力,事情也就都迎刃而解了。

做一件事情不可能只有一种解决方法,此路不通,那就尝试去寻找另一条,不要"一条路子走到黑"。面对问题,不能僵化思维,要灵活变通,这样才能达到事半功倍的效果。现实生活中有很多人,他们像驴子一样只会按部就班地照搬老办法,结果却不理想,而另一些人就像狐狸总能找到巧妙的方法更省时、省力地完成任务。这大概就是智者与愚人的区别了。

"上帝关上一道门的同时,为我们敞开了另一扇窗"。所以我们面对困难,应当努力地去寻找突破口,换一种方式,或许"蓦然回首,那人却在灯火阑珊处"。

我们应随时有着高度的危机感与警惕心，面对敌人，要积极勇敢地寻找解决方法。

比 胆 大

●文/凡　夫

小兔黑黑和黄黄在一起争论谁的胆子大。

黑黑问黄黄："你说，对兔子来说，最危险的敌人是什么？"

黄黄说："自然是老鹰啊，他从空中俯冲下来，对我们的威胁太大了！"

黑黑说："我敢等他飞到离我只有一百米的时候开始逃跑，你敢么？"

黄黄一拍胸膛说："那算什么？我敢在离我只有五十米时开始逃跑！"

这时，小兔古利特走过来，黄黄和黑黑一起问他："如果老鹰在空中发现你，你敢在离你多远时开始逃跑？"

古利特说："我只要发现老鹰在空中飞，马上就会找个安全的地方躲起来。"

黑黑和黄黄都笑古利特的胆子太小。

一年后，"胆大"的黑黑和黄黄都不见了，而"胆小"的古利特仍警惕地生活在草丛中。

真正的勇敢

赏析／张辉民

兔子黑黑敢在老鹰离它一百米时开始逃跑，而兔子黄黄更"勇敢"，可以在老鹰离它五十米时才开始逃跑，它们自以为这才是勇敢。然而，它们为了呈现自己所谓的勇敢，而付出了沉重的代价——丧生于鹰爪之下。其实真正的勇者是发现老鹰就马上找地方躲起来的兔子古利特。也正是这种果断，使兔子古利特能够在弱肉强食的大自然中安全地活下去。

在现实中，我们也应像兔子古利特那样，随时有着高度的危机感与警惕心，面对敌人，要积极勇敢地寻找解决方法，这样，我们才能在高手如云的社会竞争中立稳脚跟。

遇到敌人，我们不要像兔子黄黄和黑黑那样，只等着敌人冲到面前，才开始手忙脚乱地逃跑，我们应马上拿起自己的武器；遇到困难我们不应坐以待毙，而是要勇敢地克服它；遇到挫折，我们不应等待着挫折日渐摧毁我们的自信与决心，而是应坚强起来，勇敢面对失败的原因，以便有朝一日打开成功的大门。

勇敢地面对生活的一切，做一个真正的生活强者，我们会得到更多，我们的生命也将因此而更精彩。

任何事物都是"双刃剑"。正确运用自己的长处可以打败困难，若是自恃优点而骄傲自大，那就等于搬起石头砸自己的脚，优点反而害了我们。

感动系列

美味香口胶

来自井底之蛙的邀请

春风和煦的天气里，去把风筝放上天空，一只漂亮的小蜻蜓，在你的手里，越飞越高。渐渐地，随风飞向了远方，远方有我们多姿多彩的美丽的梦。

打开紧闭的心灵之窗吧，为你的心灵也插上一双神奇的翅膀，让它尽情地在人生的旅途上自由飞翔！

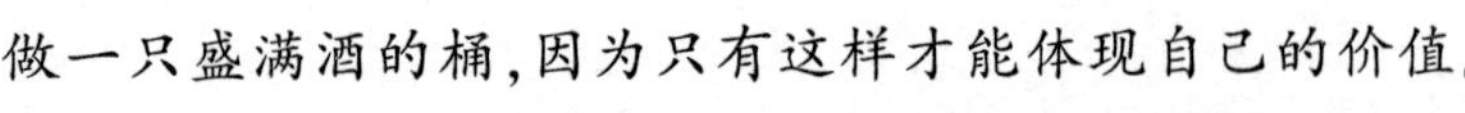

做一只盛满酒的桶，因为只有这样才能体现自己的价值。

两 只 桶

●文/[俄]克雷洛夫

车子上运着两只桶，一只盛着酒，另一只空无所有。前者一路上沉静地没有发出一点儿声音；后者跳跳蹦蹦，闹得一路上回声震耳，尘土像云雾似的飞扬，焦急的路人老远就听到吵闹的声音，诚惶诚恐地躲在一边。然而，不管后者怎样的哗众取宠，像前者那样的价值，它却没有。

哗啦哗啦把自己的事业讲给大家听的人，他的价值一定是微不足道的。踏实苦干的人往往不是高谈阔论的，他们惊天动地的事业显出了他们的伟大，可是在筹划重大事业的时候，他们是默不作声的。

做一个充实的自己

赏析／郑德想

两只桶，一只盛满酒却能沉静无言，而另一只桶空无所有却哗众取宠。沉默的前者自有它的价值，而后者的价值却不会因为它的喧嚣而增加一丝一毫。

“桃李不言，下自成蹊”说的是桃树和李树并不去炫耀自己，当它们硕果累累的时候，人们就自然来摘果子，这样来的人多了，树下就有一条小路了。桃树和李树是伟大的，它们用自己的果实证明了自己的存在。这教给我们一个道理：只要我们有真正的才能，就能得到别人的认同。

如果我们是一只鸟，就要做一只飞得很高的鸟，不做只会唱歌而不会飞的鸟。从现在开始，我们要学会“飞”，父母教给的知识要学，老师教给的知识也要学，并且要主动地去学。总有一天，我们会变成一只飞得很高的“鸟”。

如果让我选择，我会毫不犹疑地选择做一只盛满酒的桶，因为只有这样才能体现自己的价值。如果我是一只桶，那么知识就是那酒了，从现在开始，我要好好地学习，用知识来充实自己。不管遇到什么困难，我都不会放弃，我坚信我能行。

做一个充实的自己，从现在开始。

懂得为自己骄傲！相信自己总有独到之处。脚踏实地地生活，一步一个脚印地为理想而奋斗，总能闯出属于自己的一片蓝天！

羡慕鹤腿的花母鸡

●文/[德]莱　辛

有一只花母鸡很羡慕鹤的高腿。她梦想自己的双腿能变得像鹤腿那么高。

有一天，她听说鹤医生研制成功一种名叫“矮脚增高剂”的药物，并且是一种针剂，便兴高采烈地找上门去请求鹤医生给自己打一针。

鹤医生说：“我这种药剂是治疗那种双腿过分低矮的鹤的。因为我们鹤类属涉禽，常要到水中去寻找食物，腿太矮是不行的。你是鸡，生活在陆地，完全没有必要具备一双长腿呀！”

可花母鸡一心只想增高，总缠住鹤医生不放。鹤医生没办法，只好给她打了一针。

药剂是神奇的。鹤医生的针头刚拔出，花母鸡的双腿就嘎巴嘎巴往上蹿。只片刻工夫，花母鸡的腿就长得如鹤腿一般高了。

花母鸡见自己的梦想变成了现实，心里简直乐开了花。她一路咯咯地唱着歌，迈着一双高腿往家里走去。

然而，她一到家，苦恼就来了。瞧，她的尖嘴巴根本无法啄到地上的食物。因为双腿变得那么高，她的脖子就显得太短了！

懂得为自己骄傲

赏析／黄玉平

很多时候，我们由于过于羡慕别人而忽略了自己的优点，像这只花母鸡一样，一味地去羡慕鹤的高腿，却不知自己的矮腿才是最适合自己的，等到费尽周折地让自己的腿变成像鹤腿一样高之后，才发现原来高腿并不适合自己！

我们可以去羡慕别人的某一长处，但最重要的是要懂得，有些东西是我们该有的总会获得，不该有的再羡慕也羡慕不来。古语云：天生我才必有用。别人有的，我们或许没有，但我们拥有的，别人也未必有呀！比方说别人有一张漂亮的脸蛋，但是我们拥有聪明的头脑或者动听的歌喉。

要懂得肯定自己。每一个人都有自己擅长的一面，每一个人都拥有一分别人无法拥有的“珍宝”。上帝对我们每一个人都是公平的，他绝不会特别优待某一个人，他赐予我们的每一样东西都很珍贵，没有高贵与低贱之分，所以我们也不要抱怨上帝对我们不公。相反，我们更应该懂得为自己所拥有的每一样东西感到满足和骄傲！

懂得为自己骄傲！相信自己总有独到之处。脚踏实地地生活，一步一个脚印地为理想而奋斗，总能闯出属于自己的一片蓝天！

让幸福插上自由的翅膀，飞向幸福的国度。

风　筝

●文/［俄］克雷洛夫

风筝飞上云端，停在高处往下看，见河谷里有一只小蝴蝶，不由得对它高声叫喊：“喂，你相信吗，我好不容易才看见你。见我飞得这样高，你一定很艳羡。”

“艳羡？一点也不！你把自己想像得太美了一点！你虽然飞得高，却被人牵着线。这样的生活，朋友，离真正的幸福太远。而我，我确实飞得不高，但我愿意去哪儿就去哪儿，无人能管，像你那样给别人当玩物，我永远不会干。”

幸福，在自由中进行

赏析／谭玉婵

幸福女神对自由女神说：“你是我最终的追求。”

被禁锢自由的幸福是高高飞在云端上的风筝，虽然至高无上，但还是受到绳子的羁绊。

被禁锢了自由的幸福也是困在笼子里的金丝雀，虽然吃住无忧，但却不能自由地飞翔。

自由是色彩纷纷的画笔，可以描绘出蓝蓝的天、绿绿的草、青青的湖，描绘出幸福的颜色。

自由是奔放驰骋的思想，可以把月牙看作是绿绿的豆角、黄黄的香蕉，为我们画出幸福的形状。

自由是孩童在雨中奔跑溅出的一朵水花，而幸福就是那满脸灿烂的笑颜。

自由是在草地上打滚的小孩，而幸福就是他的笑语。

所以，让幸福插上自由的翅膀，飞向幸福的国度。

真正的富有不是物质上的虚荣，而是精神上的充实！有了精神上的充实，才能求得梦想的实现。

西蜀和尚

●文/彭端淑

从前，西蜀有两个和尚，其中一个很有钱，过着衣食无忧的日子；另一个很穷，每天除了念经，还得到外面去化缘，日子过得很清苦。

有一天，穷和尚对富和尚说："我很想到南海去拜佛，求取佛经，你看如何？"富和尚说："路途那么遥远，你怎么去？"穷和尚说："我只要有一个钵、一个小瓶、两条腿就够了。"富和尚听了哈哈大笑，说："我想去南海想了好几年，一直没成行，原因就是旅费不够。我都去不成，你又怎么去得成？"

过了一年，穷和尚取经回来，他还从南海带了一本佛经送给富和尚。富和尚惭愧得面红耳赤，一句话也说不出来。

吃得苦中苦

赏析／黄玉平

两个同为西蜀的和尚，一个贫穷，一个富有。穷和尚能够实现自己的梦想，取得佛经，而富有的和尚却不能，真是奇怪！

因为穷和尚敢于吃苦，勤劳又有毅力，最终取回佛经，而富和尚呢？空有钱财，空有梦想，却不愿意付出艰辛和汗水，注定不能收获成功的喜悦。

父母辛辛苦苦把我们养大，供我们读书，又给予我们这么好的物质条件，我们实在不应该不懂得好好珍惜，嫌弃父母给我们的还不够，要求他们满足我们更多的物质需求。而我们应该做的，是好好把握住我们所拥有的每一样东西，吃苦耐劳，勤勤恳恳，脚踏实地地为人生目标而奋斗。

记住，老天不会辜负有心人，也不会辜负肯为理想付出艰辛和汗水的人！而成功也永远都垂青于那些不慕虚荣且脚踏实地的人。

成功不是以钱财的多少来衡量的，而是要靠自己努力奋斗。真正的富有不是物质上的虚荣，而是精神上的充实！有了精神上的充实，才能求得梦想的实现。

相信自己，也要相信别人，只有这样，才能使你永远立于不败之地。

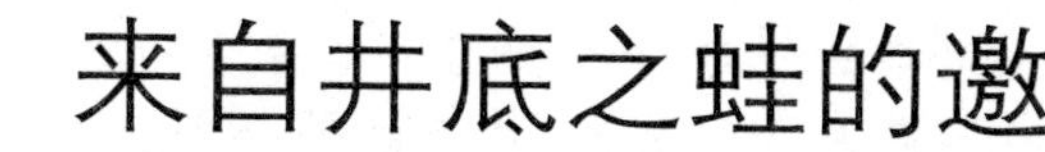

来自井底之蛙的邀请

文/俞春江

一只青蛙生活在小河里，它白天捉虫子，夜晚唱歌，过着幸福的生活。

在不远处的深井里，还生活着它的朋友，另外一只青蛙。尽管水井阻隔了他俩的来往，但他们还是好朋友。每到夜幕降临，他俩就大声地唱歌、聊天，相互倾吐心声。

可是，河水被污染，变得又黑又臭，河里青蛙的歌声越来越少了。井底之蛙十分同情朋友的遭遇，热情地发出了邀请：“你快过来吧，我这里的水可舒服着呢！又清澈，还凉快！”

“怎么可能呢？”河里的青蛙根本不相信，“你一定记错了！水流清澈那是很久以前的事了。现在太臭了，到处都一样！”

“不对，不对！井里的水确实很好，你快来吧！”

“唉！”河里的青蛙长长地叹了一口气，“难道我的见识还会比你少吗？在这条小河里，我游过很多地方，没有一点纯净的河水了！我的朋友，你别安慰了。我再等等吧,或许,下一场大雨会好些的……”

奇迹终于没有出现,河水再也没有清澈起来。几天后,河里的青蛙死了。

朋友的歌声没有了,井底之蛙难过极了。“井水确实是清澈的啊!如果它肯接受我这个井底之蛙的邀请,也许不会被污水害死的。”

井底之蛙为这个残酷的事实而伤心,而它的朋友到死也不知道井底之蛙的见识虽然有局限,但是对于那口深井来说,它可是最有发言权的啊!

他信与自信

赏析/欧昌建

读罢此文,不禁为河里的青蛙感到惋惜。如果它接受了井底之蛙的邀请,那么它面对的就不是死亡的威胁,而是幸福的眷顾。

其实,生活中也有很多这样的忠言劝告,可我们却拒之于千里。对于别人的劝告,我们毫不在意,总以为别人的智慧比不上自己,但这却是犯错的根源。漫漫人生路,谁能保证自己不会犯错?要知道,兼听则明,偏信则暗。我们现在的境况或许别人早已经历过,对此他们可是最有发言权的啊——正如文中的“井底之蛙”,虽见识有限,却能提出铮铮良言。我们必须多听取别人的意见,吸取他人的经验教训,不要重走前人的错路,才能让自己的人生大放异彩。

当然,也不能盲目地听从他人,因为我们不能做没有主见的影子。要想到,自己不可能永远生活在师长、朋友的庇护下,他人的意见也不都正确。这个时候,只有自信才能通往成功。

相信自己,也要相信别人,只有这样,才能使你永远立于不败之地。

当你遇到无法逾越的障碍时，不妨换一种方式，这就像面对一扇无法打开的门一样，换一把钥匙，希望之门或许就会为你敞开。

蚂蚁的醒悟

●文/华　阳

一只十分勤奋的蚂蚁，有一天误入了牛角。

蚂蚁很小。弯弯的牛角，在它看来就像是一条极其宽阔的隧道。它想，走出隧道，定会是一个草美水丰的洞天福地。谁料，脚下的路却越走越窄，到后来竟难以容身。为此，蚂蚁不得不停下来进行认真思考。经过一番激烈的思想斗争，它决心掉过头来，重新开始。

这一回，它从牛角尖向牛角口进发，结果它惊喜地发现道路越走越宽广，而且步出牛角后，天空蓝盈盈的，极其高远，大地郁郁葱葱的，宛如绿浪滚滚的大海。一时间，它觉得自己就是天上自由飞翔的小鸟儿，大海中随意竞游的小鱼儿。

之后，蚂蚁逢人便说："当你遇到无法逾越的障碍时，不妨换一种方式，这就像面对一扇无法打开的门一样，换一把钥匙，希望之门或许就会为你敞开。"

寻找希望之门的钥匙

赏析／林梦玲

故事让我们深受启发，它蕴含了这样一个朴实的道理：不断地努力寻找钥匙，希望之门总会被打开。

学习、生活本来就是一个布满荆棘、充满坎坷的过程，不经意间，我们常会遭受风吹雨打、日晒雨淋。也许很多时候我们会为横亘在眼前的绊脚石难倒，因孤立无助而徘徊不前；也许在困难的大山面前，我们会感到希望渺茫,认为自己永远也达不到理想的终点,但请不要轻言放弃,人生没有跨不去的坎,只是我们暂时还没有找到合适的解决方法而已。正如解数学难题,也许我们演算许久,也找不到正确的方向,少安毋躁,我们可以尝试一下别的方法,问题极有可能就迎刃而解了。"横看成岭侧成峰,远近高低各不同",在挫折和困境面前,我们一定要保持冷静,从不同的角度寻找解决办法。天无绝人之路,出路在于人为!

上帝为我们关上门时,也总会为我们打开另一扇窗。我们要努力地去寻找这扇"窗",才能做成功的主人。

"妈妈,我知道了,努力了就会有机会。"枣红马笑答道。

枣 红 马

●文/袁家勇

和妈妈一道生活的枣红马渐渐懂事了。这天,马妈妈见邻居家的小马驹被伯乐相中成了千里马,问道:"孩子,你也能成为千里马吗?"

"妈妈,人家的爸爸是千里马,有背景,我呢?全家人跟千里马没一点关系,哪有机会啊?"

"是吗?"妈妈听后,思索了一会儿,然后点了点头。

第二天,妈妈带着枣红马,到草原上练习跑步。坚持了一段时间后,它又领着枣红马来到条件恶劣的荒郊、沙滩,接着又来到崎岖的山道。不管是炎炎夏日,还是严寒冬天,他们都坚持天天练跑。

三年后的一天,枣红马参加了草原三年举行一次的赛马大会。只见枣红马用风驰电掣般的速度,战胜了邻居家的千里马,一路遥遥领先,获得了冠军。

妈妈见枣红马手捧冠军奖杯回家,兴奋地问道:"孩子,你现在觉得有机会了吗？”

“妈妈，我知道了，努力了就会有机会。”枣红马笑答道。

孩子不笨

赏析／黄柱衡

枣红马，名字不错，应该是千里马吧？但实际上，它只不过是一匹普普通通的马。幸亏有马妈妈的执著与坚毅，带它顶着困难，坚持天天练跑。功夫不负有心人，枣红马赢得了“千里马”的称号。

是的，每个孩子都不笨，他们都能像枣红马那样，通过自己的努力来获取表现自我的机会。举个例子来说，有一个孩子在美术课上，总爱把画纸涂得乱七八糟，许多同学都嘲笑他为“笨小孩”，唯独美术老师以丰富的想像力为每一幅“乱七八糟”的画命名，鼓励这个小孩子继续创作。这个孩子好像千里马遇到了伯乐一样，浑身充满了创作的热情与力量，异常努力地画画，终于成了一名优秀的画家。

每个孩子自来到世界的那一刻起，就拥有别人所无法代替的优点。世上有没有伯乐无所谓，只要能发现自身的优点，坚信自己不比别人差，然后努力地朝着既定目标前进，人人都可以实现自己的理想。孩子不笨，每个人都能成为自己生活的主宰。“骐骥一跃，不能十步；驽马十驾，功在不舍”，所以，要相信一句话：“一切皆有可能，努力了就会有机会！”

要获得真知就要深入下去，浮在表面上什么也得不到。

木偶探海记

●文/刘　征

木偶想测量大海的深浅，他到海上考察了一番。

回到海滩上召开大会，向听众介绍他探海的观感："海，人们常说海是很深的，其实，这是不可靠的传言。我在海上走了几千里地，海水只能没过我的脚面。我躺在海上东摇西晃，海水也只能沾湿我的后肩。我生怕自己的体验不可靠，还特地观察了海鸥和海燕，他们从高空俯冲下来，浪花也只在胸脯下轻轻飞溅……"

话没说完，全场乱起来了。老蚌掩着嘴唇哧哧地笑，螃蟹举起大锤咚咚地敲，连沉默的石子也又蹦又跳。

木偶气得浑身发抖，用手拍着讲台大声叫道："你们为什么不好好听讲？你们为什么乱吵乱闹？难道我没有到海上去考察？难道我的见解是主观臆造？"

怎么能跟木偶说得清楚呢？一个简单的道理他不知道：要获得真知就要深入下去，浮在表面上什么也得不到。

海的深度

赏析／黄晓珊

这是一篇关于木偶探测大海深度的饶有趣味的故事。木偶埋头苦干，在海上游了几千里，认定"海水只能没过我的脚面"。经过它所谓的努力，木偶肤浅地把它探测到的"真理"告诉了大家，结果自然招来了大家的嘲笑。殊不知，木偶是用木材制造而成的，它可以轻易地测量大海的广度，因为它可以随意漂浮，但想要知道大海的深度，除了需要借助仪器的帮助，还得有科学、实用的方法。

从中，我们可以认识一个"简单而深刻"的道理：只停留在事物的表面什么也得不到，想要获得真理就必须深入下去。因为简单，所以人们很容易对此视而不见；因为简单，所以人们很容易对此不屑一顾。如果是这样，我们将永远是没有重量的、浅尝辄止的木偶人。

贝弗里奇说过："真理的小小钻石是多么罕见难得，但一经开采琢磨，便能经久、坚硬而晶亮。"没错，做任何事都应该这样，只要发现了问题，就一定要深入，这样才能获得真知灼见。

肉眼所见不一定就是事物真实的本质，其中蕴涵的真理需要实践和探索才能获得。

猴子捞月亮

●文/佚　名

在一座山上住着一群猴子。

一天晚上，月亮又圆又亮。猴子们都下山来玩。它们蹦蹦跳跳，东瞧瞧西看看，玩得很快乐。

一只小猴子看见一口水井，它趴在井沿上朝井里一看，咦！井里有一个又圆又亮的月亮。小猴子吓得撒腿就跑，一边大声喊道："不好了！不好了！月亮掉在井里了！"

大猴子听见了，连忙跑过来，朝井里一看，真的，井里有一个又圆又亮的月亮。大猴子也吓得大叫起来："不好了！不好了！月亮掉到井里了！我们赶快把月亮捞上来吧！"

小猴子说："我们爬到大树上，一个接一个倒挂下来，一直挂到井里就可以把月亮捞上来。”

大家都说这个主意不错,都爬上了大树。老猴子用两只脚紧紧钩住了树枝,倒挂下来,大猴子从老猴子身上爬过去,用两只脚钩住了老猴子的手。就这样,一个猴子接着一个猴子一直倒挂到井里。最后一个是小猴子,听见它在井底喊:“行了,行了,够得着了。”

小猴子把手伸进水里去捞月亮,井水给他一搅,月亮碎成一片一片,在水里飘荡。小猴子吓得喊了起来:“哎呀!不好了,月亮让我给抓破了!”

老猴子听了生气地说:“唉,这么点小事都干不好!月亮抓破了,可怎么办呢?”

大家都埋怨起小猴子来。

一会儿,井水慢慢平静了,又出现了又圆又亮的月亮。小猴子高兴地喊:“好了,好了,月亮又圆了!”小猴子又伸手去捞,捞呀,捞呀,捞了半天,还是捞到一把水。小猴子捞不到月亮,急得吱吱直叫唤:“哎呀,累死我了,月亮一碰就破,再也捞不起来了!”

小猴子这么一叫唤,上边的猴子也都叫了起来。这个说:“我的腿酸了,挂不住了!”那个说:“我的手疼了,抓不住了!”

这时候,老猴子突然抬头一看,又圆又亮的月亮还好好地挂在天上,就对大家说:“你们看月亮不是好好地挂在天上吗?在井里的是月亮的影子,傻孩子快上来看月亮吧!”

听老猴子这么一说,小猴子,大猴子,一个一个都爬上来了。大家看着又圆又亮的月亮,吱吱地笑起来了。

不是简单的失败

赏析/黄晓珊

读完猴子捞月的故事,我们通常会莞尔一笑。它们在树上一只接一只挂着,为的就是捞起井中的月亮,也许很多人会认为这是愚蠢可笑的行为,结果只会竹篮子打水——一场空。其实我们不能简单地把愚蠢可笑的帽子扣在它们头上。因为它们通过实践自然会明白,那水中的月亮不过是个影子,而非月亮实体。

肉眼所见到的不一定就是事物真实的本质，其中蕴涵的真理需要实践和探索才能获得。很多事情要去尝试了才能领会其中的内涵，从而使自己的见识和才干得到增长。“发明大王”爱迪生在发明电灯的试验中，不知失败了多少次，吃了多少苦头。可面对失败，他并不气馁，因为失败让他明白刚刚试过的这种方法是行不通的，这也鼓励着他努力寻找另一种途径。爱迪生就是这样不断尝试、修正，才为人类留下了这么多伟大的发明。

从原始社会的衣不蔽体、食不果腹走到今天繁荣的物质生活，是经过了不断地实践和创新的，只有经受了暗淡无光的曲折和艰辛，才能来到流光溢彩的世界。

世界上没有不劳而获的宝藏，要想挖到属于自己的“珍宝”，就应该付出汗水，用自己的劳动换取钻石般闪亮、美丽的宝藏。

葡萄园里的珍宝

●文/[希腊]《伊索寓言》

在山的那一边，住着一个老农夫和他的三个儿子。这个老农夫有一片广大的葡萄园，每年都会长许多紫红色甜美多汁的大葡萄。可是，老农夫的体力日渐衰弱，再也不能到园里去工作了，而他三个儿子又很懒惰，园子就这样一天天地荒芜了。

于是，他把儿子们召集在一起，对他们说：“我的孩子们，在葡萄园里，我埋着一批财宝，以后生活困难时就挖出来补贴家用吧。”说完他就咽了气。儿子们见父亲已死，便纷纷找来锄犁，挖的挖，耕的耕，翻土三尺，始终也没有找到财宝，可整座葡萄园等于来了一次精耕细作。他们虽然没有找到意外之财，而土地却给了他们奖赏，这年的葡萄获得了空前未有的大丰收。

紫红色的葡萄，串串晶莹，像钻石般散发着闪耀的光芒。三兄弟高兴

地绕着葡萄藤欢呼雀跃。

葡萄成熟后，他们把它运到镇上去卖或酿制成葡萄酒，赚了一大笔钱。

"虽然没找到宝物，但把园子松了土总是对的！"老三开心地说着。老二说："现在我总算明白爸爸的用心了！其实他是要咱们辛勤劳动，将来的收获便是无穷的。"

老大感慨地说："你们看，那满园的葡萄不就像钻石般闪亮、美丽吗？"

宝藏的秘密

赏析／郑迎紫

当你看到别人带着无比灿烂的笑容走上领奖台，接过那一份份令人羡慕不已的荣耀时，你是否也曾想过有一天你也会站在那里收获这样的鲜花和掌声？

一个农夫在临死前告诉了他的儿子们宝藏的所在地——葡萄园的地里，儿子们领到遗嘱后就兴致勃勃地去挖取那可以让他们过上富裕日子的"宝藏"。其实，哪里有所谓的"宝藏"？农夫的遗愿，只不过是想告诉他的儿子们，世界上没有不劳而获的宝藏，要想挖到属于自己的"珍宝"，就应该付出汗水，用自己的劳动换取钻石般闪亮、美丽的宝藏。

我们也曾想过那领奖台上的风光，在我们看来，那是不可多得的宝藏，有了它，我们就有了属于自己的辉煌。但是，鲜花的背后需要付出辛勤的汗水，这一切，并不是轻轻松松便可以获得的，它需要我们坚持不懈的努力。

对农夫而言，信念和勤劳就是宝藏的秘密。对于我们，又何尝不是？

朋友，就像黑夜里的星星，让你感到前途在闪闪发亮；朋友，就像一股甘泉，让你甜在心窝；朋友，就像一缕春风，让你焕发出青春的朝气。

海　鸥

●文/中国民间寓言

有个男孩很喜欢海鸥，每天早晨，总是划着船来到海上，跟海鸥一道玩耍。你瞧，那些海鸥有的站在他的肩上欢叫，有的在他的头顶欢快地盘旋，有的索性停在手腕上啄他的手掌心。

一天，男孩从海上回家，父亲板着脸对他说："听说你很喜欢跟海鸥一起玩耍，我想吃海鸥肉，你给我抓两只回来！"父亲说着，舔了舔嘴唇，似乎已尝到了海鸥的美味。

男孩在父亲的逼迫下只得带着网兜再次来到海上。奇怪！这回，海鸥看到了男孩并没有马上下来和他亲热，而是在他的头顶上不停地盘旋。

"海鸥，快下来吧！我爸爸要吃你们的肉，我只能来捉你们了！"说完，男孩拿着网兜往空中撒去。海鸥扑腾着翅膀闪开了，怎么也不肯飞下来了。从此以后，海鸥再也不愿意和男孩玩耍了！

别让友谊飞走

赏析／曾倩瑜

有人说，没有朋友的人是孤单的，没有友谊滋润的生活是一片沙漠，了无生气。朋友，就像黑夜里的星星，让你感到前途在闪闪发亮；朋友，就像一股甘泉，让你甜在心窝；朋友，就像一缕春风，让你焕发出青春的朝气。

友谊是一门精深的艺术。友谊的经营需要用你真诚的心，就像一块农田需要用水来灌溉。寓言中的小男孩，为了帮助父亲"尝到"海鸥甜美的味道，忍心捕捉他最可爱的朋友，这深深地伤害了海鸥，最后，他们之间的友谊“不翼而飞”。

那么，我们怎样才能建立真挚而深厚的友谊呢？对朋友，应多点关怀，多点问候，不让对方感到寂寞空虚；对朋友，要推心置腹，言而有信，要让对方感到踏实，具有安全感；对朋友，把对方当作自己身体的一部分，不能只顾着自己的利益！此时，朋友定会感觉到你就是自己生命中的一部分，你们的友谊也会更加坚固。

友谊就像一只风筝，它可以飞到无限远的地方，但不会迷途，因为线被紧紧地握在了你的手中。一旦你把线扯断，它就会飞走，离你越来越远，越来越远……

赶快播下帮助的种子吧！等种子破土而出，生长在大地上时，那人间将是爱的天堂！

农夫与鹰

●文/佚　名

有个农夫到森林里砍柴，走着走着，他忽然发现一只鹰，这只鹰被捕兽夹夹住了，动弹不得。农夫见鹰长着一双炯炯有神的眼睛、色泽光亮的羽毛，觉得很可惜，就松开夹子，把鹰放了。

鹰感激地对他说：“谢谢你救了我，我永远不会忘记你的救命之恩。”

说完，鹰一展巨大的翅膀，腾空飞去。

过了几天，这只鹰几次飞回来探望农夫。这天，农夫坐在一堵墙下吃烧饼，鹰疾速飞来，用脚爪抓起农夫的头巾，转身飞去，农夫见鹰抢了他的头巾，急忙站起来去追，鹰见他离开了那堵墙，便立即把头巾丢还给他，农夫拾起头巾，猛听得背后一阵轰然倒塌的声音，回过头一看，发现自己刚才靠的那堵墙已倒塌了，农夫知道是鹰救了自己，心里十分感动。

为收获播种

赏析／梁泰辉

我们在遇到困难时，总希望有人来帮助自己；当别人前来帮忙时，我们总会对他们心存感激之情。而当别人遇到困难时，我们也应热情地帮助他们，因为自己曾得到过别人的帮助。

《农夫与鹰》的故事中，农夫帮助了受伤的鹰，而农夫得到了鹰的回报。可以想像一下，若是农夫没有救鹰，那么他就会死在倒塌的墙下。其实，我们在给予别人帮助的同时，实际上也为自己播种了接受帮助的种子。当那些受过帮助的人又再帮助另一些人，另一些人又帮助其他人，这样，在我们遇到困难时，就会有人来帮助我们——先前播下的种子已长成果实了。帮助别人，实际上就是帮助自己。虽然我们帮助别人并不是期待"等价交换"，帮助了别人，并不是要奢求从别人那里得到什么，我们将助人的种子播种下了，比任何现成的回报都更为可贵，因为种子的希望是无限的。

那么，还等什么呢，赶快播下帮助的种子吧！等种子破土而出，生长在大地上时，那人间将是爱的天堂！

蓦然回首，却发现苦恼、自卑、虚荣、任性都是刺人的棱角，但是，再凸现的棱角，母爱轻抚过后，都是一片平整和无瑕。

神 和 猴 子

●文／佚　名

天神郑重地对森林里的动物们发布了一个消息："我将要举办一次

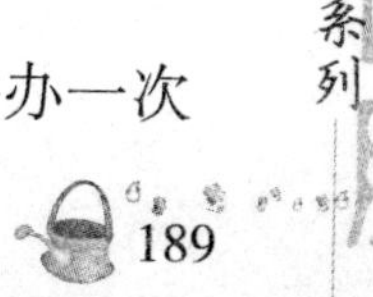

选拔大会，找出一个能够生下最美丽孩子的动物，给予它贵重的奖赏。”

这在动物中引起了一阵骚动，它们都想当能生下最美丽孩子的动物。

选拔会的这一天，动物们早早地把自己的孩子梳洗得干干净净，穿上漂亮的衣服，带到会场上来参加比赛。

一只母猴抱着小猴也来报名参加比赛，其他动物见了，嘲笑说：“看看这只小猴子，鼻子扁扁的，身上又没有几根毛，还想竞争最美丽的小动物哩！”

小猴子听了这些话，非常伤心。

这时候，母猴亲了亲小猴子的额头说：“在我的眼里，你就是最美丽的孩子！”

母爱最美

赏析／陈乐婵

我们曾经苦恼，只为自己平凡的外貌，于是妈妈说：“孩子，你要记住，一个人仅有外在美，这并不能掩饰内在灵魂的缺陷。”

我们曾经自卑，只为不能做好一只飞翔的风筝，于是妈妈说：“孩子，你要记住：你虽没有草原的辽阔，却可以有小草的嫩绿；虽没有太阳的光辉，却可以有白云的清逸。野百合也有自己的春天，只是这个春天还没到来而已。”

我们曾经虚荣，只为不能穿上邻家小女孩漂亮的花裙子，于是妈妈说：“孩子，你要记住，虚荣是最无用的东西，如果把它装进了脑子，损害最大的只能是自己。我们应该把更多的心思放在合适的地方。”

我们曾经任性，只为了能够早日摆脱妈妈的唠叨和束缚，于是妈妈说：“孩子，你要记住，如果鱼儿抱怨水的缠绕，一上岸便要承受生命的危机。”

蓦然回首，却发现苦恼、自卑、虚荣、任性都是刺人的棱角，但是，再凸现的棱角，母爱轻抚过后，都是一片平整和无瑕。

我不见了

美味香口胶

清晨的阳光
从睁开双眸就发现
昨夜的繁星
随记忆一直闪耀在眼前
走到阳台望着天空
好想拥抱阳光
却忽然被一场春雨抚慰
啊，童年的惊蛰雨
我好想再淋一遍

无论做什么事情都要弄清真相，不要疑神疑鬼，迷信虚像，否则受伤害的就是自己。

杯弓蛇影

文/佚　名

从前，有个人在外地做官，成天忙于公务，很少有空闲时间。

一天，一位从老家来的老朋友找到他，两人很久没有见面，这次见面，格外高兴。

他推辞了一切公务，专门在家里备好一桌酒席款待老朋友。席间，他问老朋友，为什么这么长的时间没有来看自己，是不是对自己有意见。

老朋友笑着说："是有意见。"

他听后，心中一惊，忙对朋友说："请讲明原因。"

那位朋友说："上次在您家里做客，您也是热情摆酒宴款待。我刚刚要饮，看见酒杯里有一条蛇，心里十分厌恶，喝酒后就生了病，这病到现在还没有好。"

官人听朋友说完后，回想起来了。他记起当时摆酒席的厅堂墙壁上挂着一张角弓，弓上画有蛇的形状。官人心想，酒杯中的蛇一定是角弓的影子。

于是，官人请朋友来到厅堂，把酒杯放在原来的地方，对他的朋友说："酒杯里还看见什么东西了吗？"

朋友答道："啊！现在所看见的和原先看见的一样。"

官人就把酒杯里有蛇影的原因告诉了他。

朋友心中的疑团一下子解开了，久治不愈的疾病顷刻间就好了。

误　会

赏析／叶　博

故事中官人的朋友以为酒中有蛇而闷闷不乐，饮下后担惊害怕，以致染病上身。当他知道那蛇是弓影后，方感释然。可是，他一看见"蛇"的时候没有寻根问底，弄清楚原因，才会闷闷不乐而染病上身。最后，好在友人为他解释清楚，才消除了这场误会，否则这怪病不知道要困扰他多久呢！

生活中也不乏这样的人，他们不通过严密考证，就轻信眼前所见耳边所闻，以致造成"弓蛇不分"的误会，无端为自己增加压力，最后导致谬论、讹误接踵而至。就如契诃夫《小公务员之死》里面的伊万——一个小公务员，他看戏时打了个喷嚏，把唾沫星子弄到了部长的大衣上。这下可不得了，无论他怎么一次次地怎么解释、道歉，部长大人好像都不以为然，而且越来越不耐烦地对待他。这个可怜的小公务员在巨大的精神压力下，竟然一命呜呼了。可这场悲剧竟然源于一个小误会——对于这些唾沫星子，部长并不太介意，伊万反复道歉反而让他觉得讨厌。

从中我们可以得出启示，无论做什么事情都要弄清真相，不要疑神疑鬼，迷信虚像，否则受伤害的就是自己。

柏拉图说："决定一个人心情的，不在于环境，而在于心境。"

重要的是心境

●文／凡　夫

苏格拉底是单身汉的时候，原来和几个朋友一起住在一间只有七八平方米的房间里，他一天到晚总是乐呵呵的。

有人问他："那么多人挤在一起，转个身都困难，有什么可乐的？"

苏格拉底说："朋友们在一块儿，随时都可以交换思想，交流感情，这难道不是很值得高兴的事儿吗？"

过了一段日子，朋友们一个个成了家，先后搬了出去，屋子里只剩下了苏格拉底一个人。每天，他仍然很快活。

那人又问："你一个人孤孤单单，有什么好高兴的？"

苏格拉底说："我有很多书啊，一本书就是一个老师。和这么多老师在一起，时时刻刻都可以向它们请教，这怎能不令人高兴呢！"

几年后，苏格拉底也成了家，搬进了一座大楼里。这座大楼有七层，他的家在最底层。底层在这座楼里是最差的，不安静，不安全，也不卫生，上面老是往下面泼污水，丢死老鼠、破鞋子、臭袜子等杂七杂八的脏东西。那人见他还是一副喜气洋洋的样子，好奇地问："你住这样的房间，也感到高兴吗？"

"是呀！"苏格拉底说，"你不知道住一楼有多少妙处啊！比如，进门就是家，不用爬很高的楼梯；搬东西方便，不必花很大的劲儿；朋友来访容易，用不着一层一层地去叩问……特别让我满意的是，可以在空地上养一丛一丛花，种一畦一畦菜，这些乐趣呀，没法儿说！"

过了一年，苏格拉底把一层的房间让给了一位朋友，这位朋友家有一个偏瘫的老人，上下楼很不方便。他搬到了楼房的最高层——第七层，每天，他仍是快快活活。

那人揶揄地问："先生，住七层楼有哪些好处？"

苏格拉底说："好处多哩！仅举几例吧：每天上下几次，这是很好的锻炼机会，有利于身体健康；光线好，看书写文章不伤眼睛；没有人在头顶干扰，白天黑夜都非常安静。"

后来，那人遇到苏格拉底的学生柏拉图，他问："你的老师总是那么快快乐乐，可我却感到他每次所处的环境并不那么好呀？"

柏拉图说："决定一个人心情的，不在于环境，而在于心境。"

幸福是自己给的

赏析／谭雅倩

我们所处的现实世界,总是和我们的理想王国存在差距。生活并不是一帆风顺的,有时候会不美满,于是我们开始频频抱怨。抱怨理想和现实之间的差距,抱怨过去和现在之间的差距,抱怨自己和别人之间的差距……

柏拉图却这样告诉世人:“决定一个人心情的,不在于环境,而在于心境。”

是啊,心境是很重要的。在我们生活的世界里,任何事情都有阴暗的一面但也都有光明的一面。生活并不能尽如人意,每件事也并非只有坏的一面,我们何不尝试着像苏格拉底一样,换个角度看问题,寻找和发现事情的光明面,从而改变自己的心情,改变自己的态度呢?

记得看过一句话:“并不是生活压抑了自己,而是自己压抑了生活。”自己一天天地只顾着抱怨,而错过了更多美好的事物,这样岂不是增加了生活的不幸?其实,也许生活并没有自己想像中的那么糟糕。只要我们肯花点心思,多往好的方面去想,也许就会惊奇地发现——“原来生活是这样的美好呢!”

别再抱怨自己的不幸了,只要我们乐观地面对生活,拥有一分好心情,认为自己是幸福的,那么我们就是最幸福的了。

真正有涵养的人从不执拗于无谓的小事,更不会喧嚣尘上,有的只是脚踏实地。

好辩论的人

●文/佚　名

有一个读书人,本来没有大学问,可不论见到什么事都喜欢与人争论。

一天，这个读书人到艾子那儿去，表面上是请教艾子实则是刁难人。他问艾子：“凡是大车的车身下面和骆驼的脖子上，都系着铃铛，这是为什么呢？

艾子回答说：“大车和骆驼都是很大的，而车和骆驼又经常在夜间赶路，如果它们一旦狭路相逢，就难以回避而相撞。因此，给它们挂上铃铛正是为了在离得还较远时就互相给对方送个信号，以便提前回避。”

不等艾子说完，那人又问：“佛塔的顶端也挂着铃铛，佛塔永远都固定在一定的地方，难道佛塔也需要挂上铃铛以便夜间行走避免相撞吗？佛塔为什么也要挂上铃铛呢？”

艾子有点儿不高兴地说：“你这个人真是死板。你没看到那些雀鸟总喜欢在高处筑巢吗？它们筑巢的地方总会撒下污秽不堪的粪便，在塔上挂着铃铛，雀鸟飞来时，铃铛便摇晃作响，这样，雀鸟就不敢来筑巢了。这和大车、骆驼挂铃铛完全是不相干的事。”

这个读书人好像很不知趣，他又问：“猎鹰、鹞子的尾巴上也都带着小铃，这也是为了防止雀鸟在它们的尾巴上筑巢吗？”

艾子一听，忍不住“扑哧”一声笑了，说：“看你也是个读书人，是故意装傻呢还是真不开窍呢？猎鹰、鹞子捕捉鸟兽常常进入树林或灌木丛中，束脚的绳子有时会被树枝挂住，挣脱不开，于是它们在振动翅膀时铃声就会响起来，猎人听到铃声，就可以知道它们在哪里，从而找到它们。猎鹰、鹞子脚上系铃铛当然跟雀鸟筑巢没什么关系啦。”

读书人还不罢休，继续纠缠着艾子：“我见过那送葬的队伍，前面有个人总是摇着铃铛唱挽歌。我原先还不明白是为什么，现在才知道了，原来是怕树枝缠住他的脚，以便让人们循着铃声好找到他呀。只是我还想问您，那个人脚上的带子是用皮条做的呢，还是用丝线编成的呢？”

艾子实在不耐烦了，生气地回答读书人说：“那个摇铃铛的人是死者的向导，因为这死者生前好狡辩、刁难人，实在难缠，所以才摇着铃铛让他的死尸感到快乐呀！”

读书人至此终于无话可说了。

问要有理

赏析/林　琳

《爱辩论的人》叙述了一个读书人围绕铃铛的用处提出各种问题来刁难艾子的故事。读书人是个十分滑稽的人,明明肚里没半点墨水,却偏偏还要不懂装懂,与人争辩,实在是愚蠢至极。

其实,做学问的人最讲究脚踏实地,实事求是,最忌讳的就是不懂装懂,打肿脸来充胖子。有些同学为了炫耀自己的学识,专门跑去问老师一些刁钻古怪的问题,而且往往还要装模作样地争论一番。这样不仅困扰了别人,对自己也是百害而无一利,因为我们不但没有学到半点知识,还白白地浪费了宝贵的时间。换个立场想一下,你愿意别人死缠烂打地追着问你一些无聊的问题吗?

师长们教导我们"不懂就要问",但"问",不是盲目地问,而是有目的、有根据地问,要问到点子上,一味地不懂装懂是没有任何意义的。腹中空空而去刁难别人,反而更加显得无知。我们真正应该做的是,努力汲取更多的知识来充实自己,真正不懂的就要虚心向别人请教。真正有涵养的人从不执拗于无谓的小事,更不会喧嚣尘上,有的只是脚踏实地。

生活是一面镜子,我们只有对它微笑,它才会回报给我们微笑。

狮子的答谢

●文/[古罗马]鲁穆路斯

有一次,一只凶猛的狮子在树林里四处捕食。它走到灌木林中,不小心脚底踩进了一根很大的刺。没几天,它的脚掌便肿得非常厉害,痛得它几乎无法站立，它只好用三条腿一瘸一瘸地跛着走路。狮子去找附近放羊的牧人。这个牧人一见狮子钻出树林，并朝他走来，吓得面无人色，他赶紧躲进羊群里逃命。但是狮子既不看绵羊，也不瞧小羊羔，只是跛着腿穿过羊群，径直向牧羊人走来。它彬彬有礼地站在牧羊人前面，用脸轻轻地擦着牧羊人的肩膀。接着，便将自己受伤的脚爪伸到他的怀里。牧羊人一见它那脓肿的脚掌，这才明白狮子为何对他如此恭维有礼。他拿了一把锋利的小刀，划开伤口，将那根刺带着脓血取了出来。狮子顿时感到舒服多了。它万分感激地舔着这位牧羊人的手，并在他身边躺了下来。狮子一直在牧羊人那儿待到伤口愈合了，才回到树林中去。

事隔不久，这只狮子掉到陷阱里被捕了。人们将它牵回去，并把它送到斗兽场同那些被判处了死刑的犯人决斗。说来也巧，那位牧羊人也在这些犯人之中。仅仅是由于一点小小的失误，他竟被判处了死刑，并被第一个送进斗兽场。只见人们打开铁门，那头饿慌了的狮子咆哮着冲了出来。可是，当它一见牧羊人，马上站住了，并慢慢地朝他走去。当它走到牧羊人跟前时，终于认出了自己的恩人。它大声地吼叫起来，并用种种方式向他表示恭维和感激，然后卧倒在他的身边。这时，牧羊人也认出了这头狮子，他抱着那威武的狮头，轻轻地抚摸着。

人们对狮子的举动非常惊奇，便问牧羊人，为什么狮子对他如此温顺。牧羊人便讲述了事情的全部经过。于是，大家一致请求宽赦牧羊人和狮子。他们苦苦地哀求着，直至牧羊人和狮子重新获得自由。狮子重新回到树林里，牧羊人也回到他的茅舍和羊群身边了。

世界本无刺

赏析／谭雅倩

有人说，我们都戴着一张面具。如果真是这样，那么面具戴得久了，会不会失去自己真实的面孔？如果真是这样，人与人之间产生了鸿沟，甚至连微笑也夹杂着防备。最后，干脆连笑也不笑了，而急着向别人展现自己的“利爪”和“尖牙”，显示出自己是如何地威严和强大……

如果我们能像文章中的狮子和猎人一样，放下心中的防备，施人以信任、关爱和帮助，这样不是很好吗？生活是一面镜子，我们只有对它微笑，它才会回报给我们微笑。同样，在人与人的交往中，只有我们向别人微笑，别人才会对我们微笑。给别人一次关爱和帮助，并不需要花费太多的精力和心血，只需一句话、一个微笑、一个动作、一个眼神……别人就会长久地记着自己的好，难道这样不好吗？

故事的最后，狮子和猎人因为善良终于跨过了灭顶之灾的关口，过上了幸福的生活。没有谁会时刻想着要打败我们、欺骗我们，因为世界本来是没有“刺”的！我们生活的星球应是一个和平的星球，让我们一起撕下面具、褪下伪装，变得善良起来吧！

他立即在客店中大叫起来：“和尚还在这里！和尚还在这里！”不过，他马上又迷惑不解了：“和尚在，那我到哪儿去了？”

我不见了

●文/佚　名

从前，淮河上游有个和尚到吴地来化缘。

有一天，和尚在街市上的一间酒店里喝酒，喝得酩酊大醉，然后他就撸起袖子，袒开衣服，站在路口对行人撒起野来。

过往的行人非常害怕，见了他都纷纷躲开。

官府知道了和尚在街上撒酒疯的事情，就派人将他抓了起来。

县官命令衙役把和尚捆绑起来，戴上枷锁，又写了道公文交给一名里长(里长，相当于现在的居委会主任一职)，让他把和尚押送回老家去。

古时候，押送犯人是个苦差事。

这名里长很不情愿地接了这个苦差，他心中憋了一肚子怨气，于是就把这一腔愤怒都发泄到和尚身上。他责骂和尚说：“你这个秃和尚，因为你犯罪，我才摊上了这千里之外的苦差事，我非让你知道知道我的厉害不可！”

一路上，天不亮他就把和尚踢醒赶路。为了折磨和尚，他手里拿个大板子，使劲儿地驱赶、殴打，让和尚休息不得。即使在晚上睡觉时，也用绳子把脚给捆绑起来，和尚苦不堪言。

就这样，他们一路往前走。和尚实在是不甘忍受虐待，就琢磨着怎么才能逃跑。

有一天晚上，他们俩照例在一家客栈里住了下来。吃晚饭的时候，和尚掏出腰间的钱，买来一壶好酒。

然后，他一个劲儿地给里长劝酒。和尚说：“差官，走了一天您也怪累的，多喝几杯解解乏。再过一两天，咱们就该到了，您回去以后，押送我有功，肯定会得到县官大人的奖赏。”

那里长见和尚请他喝酒，非常高兴，不假思索地端起酒杯一饮而尽。他喝完一杯，和尚就给满一杯。再喝一杯，和尚再给满一杯。就这样一直喝到深夜，直喝得烂醉如泥。

和尚见里长醉倒了，躺在床上鼾声如雷，便轻手轻脚地打开自己身上的枷锁给里长戴上，又脱下自己身上的囚衣给他穿上，再用大绳子把他的脚捆绑住。和尚又穿上这位里长的衣服，找来了剃头刀，剃光了里长的头发，然后就连夜逃跑了。

第二天早晨，里长酒醒了。他迷迷糊糊地睁开眼睛，先摸摸包袱：“包袱在。”

又摸摸文书：“文书在。”

“咦！和尚……和尚呢？”里长大惊失色，“哎呀，和尚跑了！”

他想起来去追，却看见自己身上穿着犯人的衣服，戴着和尚的枷锁。他想动一动，脚却被绑着，他摸摸头，头发被剃得光光的。他立即在客店中大叫起来：“和尚还在这里！和尚还在这里！”

不过，他马上又迷惑不解了：“和尚在，那我到哪儿去了？”

心中的启明星

赏析／林圣坚

看完寓言，不禁觉得里长可笑。难道只换了一身衣服，戴上枷锁，剃个光头，就连自己也无法辨清了吗？“和尚在，那我到哪里去了？”里长的这句话，触动了我们的心灵之弦，也带给我们很多思考。

在追求真知的过程中，有时我们会被过程中的细枝末节分散精力，扰乱视线，以至不得不停下来。这些迷雾使我们感到彷徨、无助，从而迷失了最初的自己。连心中的目标也被埋进了大脑深处，尘封起来而最终泯灭。寓言里的里长，要是目标确定，意志坚定，他会说出这么荒唐的话吗？可见，要想不迷失方向，就必须拥有一颗启明星在前方照耀。这颗启明星，就是我们的方向。如果生活、学习没有方向，我们就会像水流中的一艘小船，只能随波逐流。

在任何时候，我们都不能迷失自己，要是遇到了迷雾，就想起远方那颗明亮的启明星。它将会带领我们，走出迷雾，走向成功的彼岸。须谨记，坚定的目标才能构筑永远的信念，拥有它你才不会彷徨无助，才不会不分东西，才不会迷失自我！

“不，我今天的收获比任何一天都要大，”猎人说，“你舍己救人的美德净化了我的心灵。这种美德，在我身上已经泯灭很久了。”

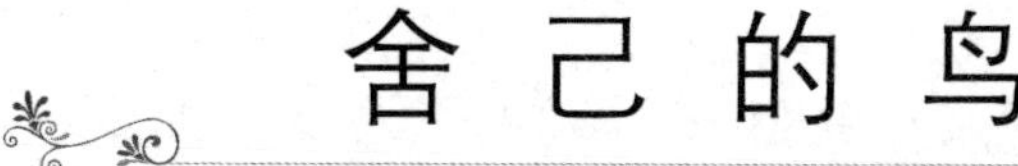

舍己的鸟

●文/薛贤荣

猎人捉住了一只鸟儿，把它关进笼子里。

鸟儿拼命用脑袋撞击笼子。猎人很惊讶，便问：“你不想活了吗？”

“是的，我只想早点儿结束生命！”

“为什么？”

“因为我的同伴们如果知道了我的处境，一定会不顾一切地赶来救我，那样，它们也将会被捉住。”

猎人听了此话，沉思良久，决定将这只鸟儿放了。

“好心的人啊，谢谢你！”鸟儿说，“不过，你放了我，今天不就一无所获了吗？”

“不，我今天的收获比任何一天都要大，”猎人说，“你舍己救人的美德净化了我的心灵。这种美德，在我身上已经泯灭很久了。”

为他人着想

赏析／林圣坚

笼中鸟儿为了不让同伴前来解救自己而被猎人捉住，毅然选择了结束自己宝贵的生命。一只小鸟竟然如此伟大，为了同伴不惜牺牲自己。它舍己救人的美德，令猎人深感惭愧，也令我们感动不已。

为他人着想，看似简单，但做起来却不容易。例如，生活中随时可以看见塞车的现象，这是为什么？还不是某些人为了一己之利，不肯为他人着想。若是司机们懂得这个道理，懂得礼让，那么塞车问题就可以得到很大地缓解。

在日常生活中，由于各种原因，每个人都会有这样或那样的过错。如果我们都能为他人着想，对他人的过错宽容以待，并适时地送上一句安慰的话，这比一味地指责更为有效。因为这就等于给对方一个改过的机会。

为他人着想，其实存在于我们一念之间。为他人着想是一种情操，只要我们本着“以人为本”的原则，多为他人考虑，就能确立良好的人际关系，营造和谐的社会。

这则寓言给我们敲响了警钟。

貌似强大的东西并不可怕，只要敢于斗争，善于斗争，就一定能战而胜之。

黔之驴

●文/柳宗元

从前，贵州一带没有毛驴。有个喜欢多事的人，用船从外地运来一头驴子。驴子运来后，又没有什么用途，这人就把它放在山脚下。

一天，山中的一只老虎看见驴子身躯高大，以为是个神物，便吓得赶紧躲藏在树林里偷偷看它。看了一会儿后，没有发现什么大动静，老虎稍稍放下心来，悄悄从树林里出来，慢慢靠近它，然后又小心翼翼地接近它，但老虎仍然不知道它是什么东西。

有一天，老虎慢慢靠近驴子，驴子大叫一声，老虎大惊，以为驴子要咬自己，便逃到远处，非常的害怕。但是它来来回回看了一遍，觉得驴子没有什么特殊本领，而且慢慢也听惯了它的叫声，于是老虎又在它的周围走来走去，但还是不敢与它搏斗。

后来，老虎又渐渐靠近它，耍弄它，冲撞、冒犯它。驴子很生气，大怒，用蹄子去踢老虎。

老虎很高兴，心里盘算："你的本领也不过如此罢了！"

于是，猛扑过去，大吼一声，咬断了驴子的喉管，吃饱了，方才离开。

做到名副其实

赏析/施媛媛

老虎对初来乍到的驴子非常畏惧，但后来了解到驴子是只会号叫、蹄踢，是个只有"三脚猫功夫"的窝囊废后，便逐渐胆大起来，最终把无能的驴子给吃了。

驴子没有真本事，只会装腔作势，而老虎则小心谨慎，思维灵活，一旦了解了情况便果断勇敢地采取行动，最终取得胜利。有些人如驴子一样，看起来凶猛无比、高深莫测，其实是外强中干，不具备解决实际问题的能力——虽然他们"形之庞也类有德，声之宏也类有能"，但其实是无德无能的。如果他们像黔驴那样毫无自知之明而肆意逞能，必然自招祸患。这也告诉我们，每一个人都要学好真本领，如果光是"金玉其外，败絮其内"的话，那我们也会落得"黔驴技穷"一般可悲的下场。

这则小寓言可谓是寓意深远、耐人寻味。它还有另一层寓意，图有其表的驴子被老虎吃了，说明貌似强大的东西并不可怕，只要敢于斗争，善于斗争，就一定能战而胜之。

世界上总有数不清的陷阱在诱惑着我们，若想在陷阱密布的生活中安然无恙，就得学会拒绝诱惑。

飞虫与猪笼草

●文/肖邦祥

有一大一小两只飞虫在草丛上空飞行时，发现下面有一种形状特别的草。这种草的叶子变了形态，一片叶子分成了明显的三部分，且有一个瓶子状的东西，瓶口朝上，上面还有个叶状的小盖子。揭开的盖子和瓶口上有不少蜜汁，散发着诱人的香味。

"哇，下面有瓶蜜汁，盖子都揭开了，咱们去尝尝吧！"大飞虫叫道。

"这种草长得很奇怪，最好别去碰！"小飞虫提醒道。

"你呀，不光个子小，而且还胆子小！"大飞虫说，"这么好吃的蜜汁不去吃，不是太可惜了吗？"

"反正我不去！"小飞虫说。

"你不去更好，我一个人吃个饱！"大飞虫说，"再见，我去单独享用了！”

大飞虫于是喜滋滋地飞下去，尽情地吃着瓶口的蜜汁。“啊，太香甜了！”它边吃边叫。

忽然，大飞虫脚下一滑，竟然滑进瓶子里面去了。而它刚落下，上面的盖子就立即盖住了瓶口。瓶中盛有许多液体，且四周非常光滑。大飞虫掉进去后，想爬也爬不出来，只好不停地喊救命，但此时，谁也救不了它了……

原来，这种草叫猪笼草，因为这个瓶状的东西极像是关猪仔的笼子。它里面的液体是消化液，大飞虫过不了多久就会被消化掉，成为猪笼草的营养了。

对诱惑说NO

赏析／何映璇

大飞虫因贪吃蜜汁而白白丧命，让我们懂得了一个道理：世界上总有数不清的陷阱在诱惑着我们，一旦靠过去，便会粉身碎骨万劫不复。若想在陷阱密布的生活中安然无恙，就得学会拒绝诱惑。

诱惑是荆轲怀里的文书，表面上是对你有利的地图，实际上却暗藏匕首，随时准备要你的性命；诱惑是猎人所设的陷阱，草堆上有你爱吃的美味佳肴，草堆下却是布满利刃的陷阱，只要一掉下去小命便不保；诱惑是别人赠送的礼品盒，里面装的是大捆的钞票，也是监狱坚固的四面墙。生活是一片广袤的森林，里面有大大小小数不清的诱惑，那里有颜色鲜艳的毒蘑菇，引你去采集；还有披着羊皮的狼，招呼你过去同它一起玩耍……

在我们的周围，同样存在着不少的诱惑。比如现在的网络游戏，就吸引了不少的学生。一旦玩上瘾了，他们便会不分昼夜整天对着电脑打游戏，耽误了学习，熬坏了身体。它就好像是那装满蜜汁的猪笼草，当你正津津有味地品尝鲜甜的蜜汁时，它已经悄悄把你盖住，慢慢消化。到了那时，可真是叫天不灵叫地不应了，没有谁能帮得了你。

但愿我们都不是那只大飞虫。

现实生活中有太多像八戒这样的人，对付这样的人就要牢牢护好自己的馅饼。

猪八戒吃烙饼

●文/唐占全

猪八戒有七个哥哥一个弟弟，连他总共弟兄九人组成了一个十分和睦的家庭。

猪八戒嗜好吃烙饼。因此，他们家一日三餐顿顿吃烙饼。开始时，猪八戒总是早早坐在桌子旁，先把大戒、二戒、三戒、四戒、五戒、六戒、七戒、九戒碗里的饼依次咬一大口，然后再拿起自己的饼，细嚼慢咽起来。

为了维护家庭团结，大戒、二戒、三戒、四戒、五戒、六戒、七戒、九戒看在眼里，谁也不作声，一个个将残缺不全的饼悄悄吃下去，心里都在说，他会慢慢改的，他会慢慢改的。

可是，几年过去了，猪八戒却没有一点儿改的样子，还是先咬别人的，后吃自己的。终于有一天，大家忍不住了，就在八戒又要张开大嘴咬别人的饼时，弟兄几个一齐伸手按住了碗，说："八戒，你这毛病还没改？我们让了你几年，你怎么一点儿也不自觉？"

"怎么了，怎么了？你们要惹是生非闹矛盾是不是？"猪八戒瞪着血红的眼睛嚷道，"你们尽在这鸡毛蒜皮的小事上斤斤计较，太没水平！太没水平！让外人看见了，还以为我们真是些贪吃无知、自私自利的人呢！你们还要不要家庭团结？你们还要不要我们猪家的声誉？"

大戒、二戒、三戒、四戒、五戒、六戒、七戒、九戒愣了半晌，只好松开了按碗的手……

现实生活中有太多像八戒这样的人，对付这样的人就要牢牢护好自己的馅饼。

宽容的限度

赏析／黄玉莹

猪八戒可真是贪得无厌,老是爱在兄弟们的饼上咬一口。

寓言读完后,不禁陷入了思考之中。现实中,贪婪的人也是存在的,对这类人,须要用规章制度去约束、去规范。无规矩不成方圆,少了规矩的束缚,也许社会就会乱成一团了。当不小心越规逾矩的时候,也许大家都会原谅你,因为你是初犯。但以后再犯相同的错误,也许就是不可原谅的了,因为宽容是有限度的。正如猪八戒一样,兄弟们对他的宽容就成了他继续犯错误的借口,这显然是一种过度的宽容——纵容。宽容并不代表无视他人的过错,宽容只是帮助他人步向正途的一种手段。

宽容的限度,有时仅像毫米那么小,有时却像大海那么辽阔。因此,宽容不可滥用,否则就会起反作用。对贪婪成性的猪八戒之辈,绝不能一味地迁就、退让,应自觉地维护“宽容的禁地”。因为在对待别人的过错时,有时候失之毫厘,就会谬以千里。

正确把握宽容的限度,会给你带来意想不到的效果!

接受总比固执好,只有认真地接受,我们才能更健康、更快乐地成长。

小 麻 雀

●文/[苏联]高尔基

麻雀跟人完全一样:成年麻雀不管公的母的都单调死板,说什么都照书本上写的;小麻雀却自作聪明。

以前有一只黄嘴麻雀,名叫卜吉克,住在澡堂小窗户上面的框子后

头。它那个暖和的窝是用麻屑、苔藓和其他软乎乎的东西铺成的。小麻雀还没有试飞过，但是已经抖动着翅膀，一个劲儿地向窗外张望——它真想快点知道，外面的世界到底是什么样，自己能不能适应。

“怎么样？怎么样？”麻雀妈妈问它。

它扑扑翅膀，瞧着地面，啾啾地说：“黑漆漆、黑漆漆！”

麻雀爸爸飞来，给卜吉克带来一只小甲虫，自夸道：“我有本事吧！”

麻雀妈妈在一旁称赞道：“有本事，有本事！”

卜吉克吞下小甲虫，想到：“这有什么可骄傲的——给我一条有腿的青虫，就算奇迹了！”

它不断地把头探到雀窝外，不断地东张西望。

“孩子，孩子！”麻雀妈妈担心地说，“当心，别掉下去！”

“怎么？怎么？”卜吉克问道。

“不怎么，你要是摔到地上，猫——啾！就把你给吃了！”麻雀爸爸说明白了结果，就飞去寻食了。

日子就这样过去了，可翅膀却长得不快。

有一天，刮风了，卜吉克问道：“什么，什么？”

“风朝你一刮——哧！把你刮到地上，喂猫！”妈妈解释道。

卜吉克不爱听这话，它说：“树为什么摇晃？让树别摇，风就不刮了……”

麻雀妈妈告诉它，情况不是这样，但是它不信——它什么都由着自己的意思解释。

一个庄稼汉走过澡堂，摆动着两只胳膊。

“他的翅膀给猫完全咬坏了。”卜吉克说：“光剩下骨头了！”

“这是人，他们都没有翅膀！”麻雀妈妈说。

“为什么？”

“他们就是这样，不用翅膀生活，总用腿蹦蹦跳跳的。”

“为什么？”

“如果他们有翅膀，就来捉我们，像我和你爸爸捉小虫子那样……”

“瞎扯！”卜吉克说，“瞎扯，胡说八道！谁都应该有翅膀。在地上大概不如在空中好！等我长大了，我要想法让所有的东西都能飞。”

卜吉克不信妈妈的话，它还不知道，不信妈妈的话，以后准得倒霉。

它蹲在雀窝的紧边上，放开喉咙唱它自己编的歌：

哎呀，没翅膀的人，只长两条腿。
你虽然高大，却得喂虫子！
别看我个儿小，虫子吃进肚。

卜吉克唱着唱着，就从雀窝里摔下去了，麻雀妈妈跟在它后面。这时，一只黄毛绿眼的猫已经过来了。

卜吉克吓坏了，它张开翅膀，用两只灰不溜秋的小脚摇摇晃晃地站在地上，啾啾地叫道："荣幸，荣幸……"

麻雀妈妈拼命把它推向旁边，麻雀妈妈浑身的羽毛竖了起来，样子凶猛、勇敢，张开了嘴，直盯着猫的眼睛。

"走开！走开！飞呀！卜吉克，飞到窗户上去！飞呀……"

小麻雀害怕了，竟从地上一跃而起，它蹦了个高，扑扑翅膀，扑了一下，又扑了一下，就到了窗户上面！

这时，妈妈也飞过来了——妈妈的尾巴没有了，但它非常高兴，落在卜吉克身边，啄了一下卜克吉的后脑勺，说道："怎么样？怎么样？"

"那有什么呀！"卜吉克说，"不能一下子样样都学会。"

猫坐在地上，清除着爪子上麻雀妈妈的羽毛，这只黄毛绿眼猫正望着它们，惋惜地喵喵叫道："嫩嫩的小麻雀，活像小老鼠……喵喵喵……"

如果不提麻雀妈妈没有尾巴这件事，可以说是一切平安无事……

接受总比固执好

赏析／赵一帆

这个故事告诉我们，在平时的生活中，不能固执地认为自己的想法一定是正确，特别是我们的社会经验还相当匮乏，还不能够全面、深刻地考虑问题时，要多请教他人，不能鲁莽行事，否则吃亏的是自己。

正因为我们在平时经常出错，所以长辈们总会不辞劳苦地教导我们，而他们给予我们的就是他们在生活的日积月累中得出的经验。只有不断总结经验，汲取教训，不断跌倒、爬起后，我们才能渐渐长大。那时，我们才能明白，哪些事情我们能做，哪些事情超出了我们的能力范围，以及该做的时候应该怎么做。面对长辈的教导，我们要虚心接受，不能总以为自己的观点千真万确，而一意孤行。他们只是为了我们能健康地成长，让我们少走弯路，让我们少遭受危险，所以试图将所有的心得传给我们。

在面对长辈如此深沉的爱的时候，我们不应满脸不耐烦，不应左耳进右耳出，更不应不分良莠地一味反驳。接受总比固执好，只有认真地接受，我们才能更健康、更快乐地成长。

人们只听得进和自己看法一致的意见，只有当大难临头时才体会到忠言逆耳利于行。

自以为是的小鸟

●文/佚　名

俗话说，行千里路读万卷书。一只燕子在飞行途中就学到了不少知识。

这只燕子已经能够预见到常见的雷雨了，因此在暴风雨袭来之前，它能向航行在海上的水手发出警报。

在播种的季节，它看到农民在耕种，便对小鸟说："我看到了潜在的危险，我很同情你们。因为面对这一危险，我可以及早就远远地躲开，到一个安宁的地方生活。可你们不行，你们看到农民在空中挥动的手，他们撒下的东西，用不了多久就会毁掉你们，各种捕捉你们的工具都会出现，那时到处都是陷阱，你们不是身陷鸟笼就是等着下油锅，反正是死路一条啊！"燕子顿了一下接着说，"所以请你们相信我，赶快把那些该死的种子全吃掉。"

小鸟觉得燕子说的疯话十分可笑，因为田里可吃的东西太多了，区区种子值得劳神吃吗？

转眼间，田里长出了绿油油的禾苗，燕子着急地对小鸟说："趁现在还没有结出可恶的果实，赶紧把这些苗统统拔掉，不然的话，遭殃的是你们自己。”

“你这个预言灾祸的丧门星,别整天瞎唠叨!”小鸟不耐烦听它的。

庄稼就要成熟了。燕子痛心疾首地来相告:“可怕的日子就要来到,至今你们还不相信我,一旦人们收割完庄稼,秋闲下来的农民将拿你们开刀,等着你们的是捕鸟的夹子和罗网。你们最好呆在家里别乱跑,要么学候鸟飞到温暖的南方,可你们又不能越过沙漠和海洋去寻找其他的地方。你们最好找些隐蔽的墙洞躲起来。”

小鸟把燕子的忠告全当了耳边风,于是当年先知卡桑德拉不幸言中的悲剧发生了,小鸟就像七嘴八舌不听劝阻的特洛伊人一样落得了同样悲惨的结局。

人们只听得进和自己看法一致的意见,只有当大难临头时才体会到忠言逆耳利于行。

不做笨小鸟

赏析 / 刘慧珊

小鸟因为不听见多识广的燕子的劝告而落得了可怜的下场,其悲哀在于它的自以为是。

如果小鸟在决定吃不吃掉那些种子时,听一听燕子的意见,在决定拔不拔掉那些禾苗时,听一听燕子的忠告,或许它就不会死路一条。小鸟过于执著于自我的世界中。有人说,执著是一种艺术,但小鸟的这种一味执著算得上艺术吗?它的执著让它忘却了别人,忽视了世界,迷失了自我,这种执著便成了自以为是。

生活是很现实的, 如果自以为是, 就会失去许多原本属于自己的机会,甚至连生存的机会都会丧失。往小的方面来说,会失去可以学习的机会,失去可以改正错误的机会,失去可以得到快乐的机会……因为自以为是,老师传授知识时,你却充耳不闻;因为自以为是,同学指出你的错误时,你却不以为然;因为自以为是,朋友向你敞开心扉时,你却漠然处之……结果是可想而知的。如此看来,自以为是乃是走向成功和快乐的一大障碍。

“有容乃大”,如果我们能虚心地接纳别人的建议,或许就不会有错失机会的悔恨了。

谢谢您的招待，您的声音真的非常动听，您若有头脑，我想您是可以当鸟中的皇后的，但还需努力哟！这块肉权当是您教的第一期学费。

爱听奉承话的结果

●文/佚　名

一只乌鸦刚刚偷回了一块肉，衔在嘴里，停在树上休息。正好被一只路过树下的狐狸看见了，饥肠辘辘的狐狸急得口水直流，非常想把乌鸦嘴里的肉弄到手。

于是，它不露声色地站在树底下，装出很平常的语气对乌鸦说："我们有些日子没见面了，但不管在什么时候，什么地方见到您，您总是这么英俊潇洒，每次我都为您的美丽而倾倒。瞧！您的羽毛越发的乌黑亮丽，您的身材越来越魁梧。请您相信，我并不是在恭维您，我真的是太羡慕您了。另外，我还听说您的歌声非常的动听，百灵鸟也不及您的十分之一，真可惜，我还不曾听过。啊！如果真的像它们说的那样，您应该成为鸟中的皇后了。您能用您洪亮的嗓子为我高歌一曲吗？"

乌鸦听了，明明知道这是狐狸对自己的奉承话，却还是高兴得飘飘欲仙，很想显示一下自己的唱功。于是，它便张嘴放声唱了起来。乌鸦刚一张嘴，嘴里的肉就掉了下来，狐狸轻轻一跳，就接住了掉下来的肉吃了。

狐狸一边吃一边余味无穷地舔着嘴说："谢谢您的招待，您的声音真的非常动听，您若有头脑，我想您是可以当鸟中的皇后的，但还需努力哟！这块肉权当是您教的第一期学费。"

乌鸦这时才知道自己吃了大亏，但只好自认倒霉，谁让自己那么轻信别人又虚荣心强呢！

不要轻信奉承话

赏析／李丽青

爱听奉承话的乌鸦最终被狐狸骗走了嘴里的肉，这是一个我们都很熟悉的故事，它给了我们很多启发。它告诉我们不要轻易听信别人的话，更不能因别人的假意赞美而得意忘形。我们应提高警惕，不要轻易上了坏人的当。

但是，拒绝奉承话说来容易做来难。有一则相声就讲到，有一个人靠嘴皮子功夫吃饭，他认为普天之下没有人不爱听奉承话。圣人对此表示质疑，他说万一遇着不喜欢奉承的人，单凭嘴皮子怎么能养活自己。那人停了一下，不紧不慢地说："是啊，如果徒儿遇见您这样的伟人，徒儿就没饭啦，因为您才高智广，文韬武略无所不知，三教九流无所不晓，徒儿所知道的还不都在您心里装着吗？"圣人点点头："那倒是。"圣人尚且如此，何况我们这些平凡的人呢？

为什么会这样呢？因为奉承话能满足一个人的虚荣心。要想远离奉承话，不被别人的花言巧语迷惑，首先得放下自己的虚荣心。否则，奉承就会使我们"头晕"，从而失去"嘴里的肉"。

"胡说！哪会有那么大的锅！"
"这锅就是为煮您那棵白菜而造出来的呢！"

口若悬河

●文／［法］拉封丹

两个爱好旅游的人碰到了一起，他们大吹神侃了一番。

“我在欧洲见过很多稀奇古怪的东西，像上次我就看到一棵白菜，大过一栋房子，由不得你不信啊！”一个说道。

“我的经历更离奇，有一口锅比我们的教堂还要大些。”另一个接着说。

“胡说！哪会有那么大的锅！”

“这锅就是为煮您那棵白菜而造出来的呢！”

鹰与鹦鹉

赏析／梁耀欢

两个大吹神侃的旅行者，一个说自己在欧洲见到比房子还大的白菜，另一个说见到了比教堂还大的锅，锅是为了煮这棵白菜而建造的。自古以来就不乏喜好大吹大擂的人，但其中能够办实事的人却屈指可数。

记得飞机的发明者莱特兄弟在参加一次聚会时哥哥所说的话吗？鸟中最善叫的无疑是鹦鹉，但鹦鹉是飞不高的。鹰和人类飞行先驱莱特兄弟一样是沉默的飞行家。鹰是很少叫的，但鹰有矫健的双翅、锋利的双爪和锐利的眼睛。那如风的速度和有力的抓取，使它成为“鸟中之王”。正因为身手敏捷，被它盯住的猎物很少有生还的机会。而鹦鹉呢？空有美妙的歌喉，却只能在不高的空中扑扇着翅膀缓缓地飞行。

做人也是一样的道理。如果两个旅行者都是脚踏实地的人，他们走遍四方，见多识广，又怎么会吹嘘那荒唐的白菜和不着边际的大锅呢？看来那个口若悬河的旅行者，必不是像徐霞客那样踏遍千山万水的坚定而无畏的行者。

真与假，很多时候是一对令人难以区别的矛盾体。正因如此，人们常常会把真的当成假的，把假的当成真的。可是真的永远假不了，假的也永远真不了。

蜘蛛落网记

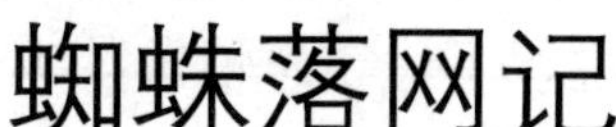

●文/肖邦祥

昆虫王国将要召开一次重要的军事会议。为了防止外人混入，国王派卫兵金龟子在门口检查所有前来参加会议的昆虫。

金龟子认真地查看着与会者的身份证。参加会议的代表如瓢虫呀、蚂蚁呀、蝴蝶呀等等都顺利通过检查进入会场。

忽然，门口来了一位戴帽子，身穿长袍的客人。金龟子拦住他，要看他的身份证。来客神气地甩出一张名片。金龟子接过一看，只见上面写着“蜘蛛”的大名，这两个字的虫字旁还特意用了显眼的红色。上面还印着“昆虫艺术家协会会长”的头衔呢！

“先生，您的身份证呢？”金龟子问道。

“这张名片不比身份证更有说服力吗？”来客骂道，“真是没见过世面的乡巴佬！”

金龟子想：人家是艺术家协会的会长，咱可得罪不起。再说，它的名字均是虫旁，应是昆虫无疑！于是金龟子礼貌地说道：“请进吧！”

可当蜘蛛刚准备进门时，身后传来一声威严的断喝：“慢！”

蜘蛛转身一看，原来是马蜂警长带着一群昆虫警察来了。它们一拥而上，将蜘蛛来了个五花大绑。

“警长，”金龟子问道，“难道它不是昆虫？”

警长点点头：“尽管它的名字有虫旁，但它不是昆虫。因为昆虫的特点是身体分为头、胸、腹三部分，还要有三对足，一对分节的触角，绝大多数还有两对翅。”

“可你看看它，”马蜂警长一把扯掉来客的帽子和长袍，“它的头上光秃秃的，没有触角；它的身体只有头、胸两部分，而不是三部分；它的脚也不是三对，而是四对；身上根本就没有翅膀！”

“可它怎么会有名片呢？”

“名片是假的，”警长说，“昆虫艺术家协会还没成立，怎么会有会长呢？”

“它不但是个骗子，而且是我们昆虫的死敌。它经常用蜘蛛网来捕杀我们的同胞！”马蜂警长说，“不过它恐怕做梦也没料到，它这个结网高手竟然落进了我们的法网！”

蜘蛛见一切均已败露，不禁垂头丧气，但它还是有些纳闷：“这次我伪装得够巧妙了，可为什么还是被发现了呢？”

马蜂警长回答道：“因为真的永远假不了，假的永远真不了！”

真与假的辨别

赏析／曾昭凤

真与假，很多时候是一对令人难以区别的矛盾体。正因如此，人们常常会把真的当成假的，把假的当成真的。可是真的永远假不了，假的也永远真不了。

因为有真假存在于这个世界，所以我们需要有很强的辨别能力，否则就会乱了套。像金龟子这类人，其实是现实生活中那些没有足够辨别能力的人的代表，因为他们认识不清，那些假的东西往往被赋予了“真”含义，从而使真的世界充满了杂质。马蜂警长恰好与金龟子相反，它代表了有敏锐洞察力、知识面广，并能很好地辨别事物真假的一类人。他们聪明、机智，并能够运用自己的知识去辨别真假，因此才会将蜘蛛这一个昆虫的冒牌货识别出来。蜘蛛简直是一个大骗子，戴着帽子，身穿长袍，掩盖起自己的本来面目，以为可以轻而易举地蒙混过关，可还是逃不过马蜂警长的火眼金睛。我们的生活需要多一些“马蜂警长”。

当面对真与假时，不要做“金龟子”，只看到表面，不去追究其中的真相，而要做“马蜂警长”，不被表面的假象蒙住眼睛，勇敢地揭开那一层虚伪的面纱，看清楚里面到底是什么东西，这样才能更好地辨别真假。

她在心里默默地对自己说，以后无论对谁，都要平等相待，永远做一个真正高尚的人。

孔雀与蜂鸟

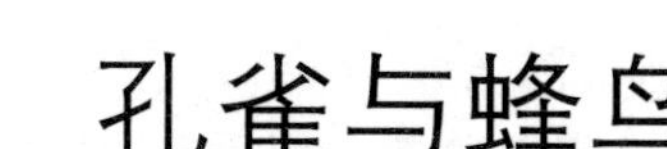

●文/蔡丽莎

孔雀女主人的掌上明珠——绿孔雀公主到南方森林中视察时遇到一只小蜂鸟，绿孔雀见到蜂鸟体态如此娇小玲珑，竟和蜜蜂差不多大小，便感到十分好奇，再加上她今天的心情特别好，就兴致勃勃地和小蜂鸟玩了起来。蜂鸟为尽地主之谊，十分卖力地表演了纯熟的超低飞行、空中静止平衡等绝技让绿孔雀公主欣赏。她还靠精湛的采蜜技艺采来了许多香甜醇厚的花蜜请公主品尝，绿孔雀公主一时高兴，也为蜂鸟奉献了一场精彩的时装表演，还慷慨地拿出王宫珍藏的琼浆玉液让蜂鸟喝。他俩你来我往玩得很高兴，最后还亲昵地合了影。

玩了许久，孔雀公主要回王宫了，临走时，她对蜂鸟说："小东西，回去告诉你妈妈，说今天和你玩的是大名鼎鼎、倾国倾城、高贵无比的绿孔雀公主，还要告诉你妈妈，你曾经和公主亲密地合过影，共进过午餐，她会感到无限荣耀与自豪的。"

可是蜂鸟却说："我现在有点怀疑了，你不会是孔雀公主吧？我想真正的公主必定品格高洁，与人友善，而你骨子里却这样傲视别人，那么，我也请你回去告诉你妈妈，就说今天同你玩的是只微不足道的小蜂鸟。"

绿孔雀公主诧异了，突然感到浑身有一种触电的感觉。她后悔极了，她感到自己的自以为是是多么渺小和可笑呀！

她在心里默默地对自己说，以后无论对谁，都要平等相待，永远做一个真正高尚的人。

尊重的天平

赏析 / 林海烨

人生就如同马戏中的走钢丝表演一样,人生需要你握着别人的尊重与对别人的尊重走“钢丝”。只有握着平等的重量,才能保持平衡,一直走下去。

最初的绿孔雀只是一个只懂得骄傲自满、不可一世的“假”公主,而蜂鸟却是那么的谦虚与真诚,绿孔雀最终意识到自己虽身为公主,却少了一样最可贵的品德,那就是尊重。只有懂得平等与真诚地对待每一个人,无论其身份贵贱,都要平等相待这才是“真正”的公主。不要让自以为是如同沉重的枷锁,束缚住你,让你放弃触摸世界的美好;不要让骄傲自满挡在你眼前,如同隔着沾满灰尘的玻璃,看不见人间的温暖;不要让自负成为压得你喘不过气的千斤重担,让你无暇欣赏人与人之间的真情。

即使高贵优雅如同美丽的绿孔雀,就算微不足道如同娇小的蜂鸟,生命都是平等的存在,大自然赐予的都是同样珍贵的生命,并没有所谓的高低贫贱之分。生命是如此的宝贵,如同高挂夜空的星辰,因为不可及而珍贵无比,不因你是公主,而眷顾你,也不因我平凡而丢弃我。我们都是真实地存在于世界上,尊重他人便是尊重生命。想成为高尚的人,便要尊重他人、平等待人。

小猴弄了个好大的没趣,心里说道:“大叫驴真不是个好东西,不帮忙就算了,还向我大发脾气,哼!”

求援的小猴

●文/海　星

小猴背了一袋玉米棒,走了很长的路,累了,想找个朋友帮帮忙。

小猴看见了一只鸭子就说:“鸭兄弟,我马上要累倒了,你帮助我把这袋玉米棒背一段路程吧?”

鸭子一步三摇地说:“不,不,不,我可背不动呀!”

小猴很不高兴,心里怨恨道:“鸭子是个不帮忙的懒东西!”

这时候,过来了一头驴,身上还驮着两袋沉重的粮食,它已经走了一天的路,累得不停地喘着粗气。

小猴来到驴的跟前说:“驴大哥,你帮帮我把这袋玉米棒背一段路程吧?我快要累死了!”

毛驴一听这话,气得火冒三丈,对着小猴“昂嘶——昂嘶”一阵大叫,说:“我驮了这么些粮食,走了一天的路,我也快要累死了,你没有长眼睛吗?”

小猴弄了个好大的没趣,心里说道:“大叫驴真不是个好东西,不帮忙就算了,还向我大发脾气,哼!”

夕阳西下,一头老黄牛愉快地哼着快乐的歌曲,慢悠悠地往家走。

小猴远远地向老黄牛打招呼:“牛大叔好啊?”

老黄牛也点头向小猴问好,并且对小猴说:“看你背那几斤重的东西就累得东倒西歪的,来来,把东西放到我的背上,你也爬到我的背上来,我索性把你送到家里去。”

小猴骑在牛背上,高兴地手舞足蹈,放声高歌。

记得,别找错了星星

赏析/张爱文

十分疲惫的小猴想借朋友的一臂之力帮忙背上犹如千斤般沉重的玉米棒。一步三摇的小鸭子没有答应,怒气冲冲的毛驴也龇牙咧嘴不肯接受。

看到这里,也许我们会为身心疲惫的小猴屡吃闭门羹感到难过,觉得小鸭子自私自利,毛驴暴躁无比。但细心一想,如果能把活蹦乱跳的小猴累得气喘吁吁的一袋玉米棒,对于小鸭子来说,它的重量应该是“重于泰山”了。所以说,小鸭子的做法,是情有可原的。

再想想“暴龙一族”的毛驴,你看他负担多重,只要稍微懂得体谅,就不会再给他添加麻烦吧。可偏偏小猴子要钻牛角尖，脾气再好的人也有忍不住的时候，可怜的毛驴只有大发脾气借以发泄心中的不快了。

所幸的是，善良是无处不在的。和蔼可亲的老黄牛终于帮助了小猴子，这不仅仅是因为老黄牛品性善良，还因为它庞大的身躯足以承担这一切。

蜿蜒曲折的成长之路犹如苍茫的大海，也许我们会因为丢掉了指南针而找不到方向，望着茫茫大海与飞翔而至的沙鸥，感到不知所措，但别忘了头顶上的启明星，它是我们的路途之神。

记得，别找错了星星哦！

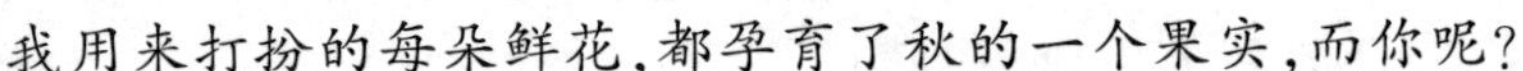

我用来打扮的每朵鲜花，都孕育了秋的一个果实，而你呢？

春天和女孩

●文/方崇智

春天总是把自己打扮得花团锦簇，香味四溢。

有个女孩也想把自己打扮得花枝招展，四处招摇。

春天见了，关切地劝道："孩子，你正当生命的春天，为什么只讲究外表修饰，不注重充实内心呢？"

少女振振有辞地反问："咦，你不就是爱打扮的吗？"

春天听了，长叹一声说："傻孩子，你误会了，要知道，我用来打扮的每朵鲜花，都孕育了秋的一个果实，而你呢？"

那是为了果实

赏析/温韵娴

虽然女孩和春天一样打扮得花枝招展，但是她们的意图却有很大的不同。女孩的精心打扮只是为了修饰自己的外表,而春天的悉心装扮注重的则是鲜花的实质——秋的果实。

每一种事物都有它外在和内在的一面,但是很多人只看到了它们的外在显现而往往忽略了内在的实质。其实,每件事情的内在涵义才是最重要的。世界上很多事情都是表里不一的,如果我们只注意到了它们的外表,而忽视了它们的实质,那么,这些事情也就永远都找不到真正的答案了,这样的人生就失去了意义。

在生活中也是一样,内心的塑造远比外在的修饰更重要。外在美往往是给人带来视觉上的享受,但华而不实;而使内心充实,可以让自己在人生中找到方向,就像给自己插上一双飞向梦想的翅膀。

我们正值生命的春天,应该好好把握现在,丰富自己的内心世界,使生活更加充实。内心世界华美的人,外在即使不加任何修饰,也会透露出那分美丽的气质!

占有书的多少,并不和知识成正比。只有那些认真读得知识的人,才是知识的主人。

玻璃书柜

●文/叶　澍

图书馆里,装满新书的玻璃柜前挤满了人。书柜好不得意:“瞧我满腹书文,难怪学者、作家也得毕恭毕敬地站在我的面前……”

柜中的一本书听不下去,回敬道:“占有书的多少,并不和知识成正比。只有那些认真读得知识的人,才是知识的主人。”

书柜听罢,不禁大怒:“什么,受我管的书也配来教训我?没见人们不时地向我鞠躬吗?”(可怜,他竟把人们凑上前去细看书名,当成向他“鞠躬”了。)

不多久，一柜新书全被借完，玻璃柜子茕茕孑立，尽管漂亮闪光，却没见谁再去瞧他一眼。

以藏书多为荣，而不认真读，警惕成了“玻璃书柜”。

真正的目的

赏析／谭艳珠

当书柜里的书全部被借完，剩下的只有华而不实的空玻璃柜子时，没有一个人会去看它一眼，这说明了人们来图书馆借书，他们的目的是借书，是要吸收知识和养料，而不是来看书柜的漂亮与否。从书和书柜的对话中，我们可以明白一个道理：只有认真读书的人才会是书的主人。

因而，我们要时刻提醒自己，在做某一件事的时候，要清楚地知道做事的目的，而不要被事物表面的东西蒙蔽了。对我们来说，重要的是我们怎么样才能学到知识并且学得更好，而不是把眼光盯在那些漂亮的书包、华丽的钢笔、香喷喷的橡皮擦上。那些东西只是我们学习的工具，要知道，徒有其表永远比不上真才实学。

我们只有搞清楚学习的真正目的，才能戒骄戒躁，认真读书，虚心学习，不做像漂亮的书柜那样只供摆设的玻璃柜子。

感动系列

小乌龟当作家

美味香口胶

轻轻摊开在书桌上的课本，仿佛是一块肥沃的土地，散发着文字秧苗的清香气息，沁人心脾，令人沉醉。

打开的书本就是一双展开的翅膀，不知不觉间，这双翅膀让心也飞了起来，飞向明天，飞向梦想……

对企图两利兼得的人，南宋诗人范成大对此也提出了善意的批评：“东家就食西家宿，世事何缘得两全？”

东食西宿

文/佚　名

齐国有个姑娘到了该出嫁的年龄，有两家人送来聘礼求婚。东面人家的儿子长得又矮又丑，可是家中很有钱财；西面人家的儿子呢，倒是一表人才，只是家境贫苦。姑娘家的父母左右盘算，还是决定不下来，便把女儿唤到堂上，叫她自己拿定主意。

父亲见女儿低头红脸，一副羞羞答答的样子，便说：“你要是不好意思说出口，就袒露手臂表示一下吧，喜欢东家儿子，就袒露右边，爱上西家儿子，就袒露左边。”

姑娘怔了半天，才解开衣襟，把两边的手臂都袒露出来。

“这是什么意思？”父母惊诧地问。

“我……”姑娘忸忸怩怩地说，“我想在东家吃饭，在西家住宿。”

选　择

赏析／梁耀欢

“劝君莫似新栽柳，一遇风来便折腰。”这句话把矛头指向那些“新栽柳”一样趋利避害的人，告诫他们要有坚定立场。

《东食西宿》通过齐国姑娘选婿的故事深深地讽刺了这种毫无立场的趋利避害的人。或许，人才和钱财是一个两难的选择，但袒露两只手臂，选择了东食西宿，如此“两袒”！将贪心进行到这个地步，真算得上是极致了。

做人要有一个坚定的立场。看那参天的大树,直插云天的摩天大楼,还有巍峨的高山,无不是根基稳固,任那风吹雨打,世间沧桑变化,依然在大地上看云卷云舒,而那柔弱的长袖善舞的柳树,也将自己的根扎在地下,遇风却只会折腰。战国时期,那些朝秦暮楚的诸侯国,最终还不是被秦国吞并?历史上善于见风使舵,但最终沉没在历史的狂风巨浪中的人并不少见。对企图两利兼得的人,南宋诗人范成大对此也提出了善意的批评:“东家就食西家宿,世事何缘得两全?”

对我们而言,要么东家,要么西家,切莫试图一石二鸟!

帮助别人既是救人,又是自救。只有为别人着想的人,别人才会为你着想。

隔岸观火者

●文/佚　名

一家人失火了,小河对岸的另一家人觉得与自己无关,便隔岸观火。突然间,刮起了大风。火星吹到了小河对岸,吹到了他家的屋顶上,结果,将他家的房子也燃着了。

心怀他人

赏析/张顺媚

寓言用简短的语言勾勒了一个不为他人着想、自私自利的人物形象,结果自己的房子也被烧着,他也由一个观火者变成失火的受害人。

观火者以为失火的不是自己的房子,就与自己无关。可是,当刮起大风时,也燃着了他家的房子。他也没想到会变成这样,别人的事也变成了他的事。如果一开始,他就帮失火者救火,把火扑灭,刮风的时候自己的房子也不会被烧着。

心里只想到自己的人是自私的，这样的人在困难的时候往往只能独自面对，被人孤立。我们是否也有这样的经历——当自己有困难想得到帮助时，别人却对自己不理不睬。其实，我们的心里不应该只装有自己，要想到尽己之力去帮助别人解决难题。这样，别人就会感激你，当自己有困难的时候，也能得到别人的帮助。

帮助别人既是救人，又是自救。只有为别人着想的人，别人才会为你着想。

真正的朋友，应该建立在共同的思想基础和奋斗目标上，一起追求，一起进步。

割席断交

●文/刘义庆

管宁和华歆在年轻的时候，是一对非常要好的朋友。他俩成天形影不离，同桌吃饭，同桌读书，同床睡觉，相处得很和谐。

有一次，他俩一块儿去劳动，在菜地里锄草。两个人努力干着活，顾不得停下来休息，一会儿就锄好了一大片。

只见管宁举起锄头，一锄下去，“当”一下，碰到了一个硬东西。管宁好生奇怪，将锄到的一大片泥土翻了过来。黑黝黝的泥土中，有一个黄澄澄的东西闪闪发光。管宁定睛一看，是块黄金，他就自言自语地说了句：“我当是什么硬东西呢，原来是锭金子。”接着，他不再理会了，继续锄他的草。

“什么？金子！”不远处的华歆听到这话，不由得心里一动，赶紧丢下锄头奔了过来，拾起金块捧在手里仔细端详。

管宁见状，一边挥舞着手里的锄头干活，一边责备华歆说：“钱财应该是靠自己的辛勤劳动去获得，一个有道德的人是不可以贪图不劳而获的。”

华歆听了，口里说："这个道理我也懂。"手里却还捧着金子左看看、右看看，怎么也舍不得放下。后来，他实在被管宁的目光盯得受不了了，才不情愿地丢下金子回去干活。可是他心里还在惦记金子，干活也没有先前努力了，还不住地唉声叹气。管宁见他这个样子，不再说什么，只是暗暗地摇头。

又有一次，他们两人坐在一张席子上读书。正看得入神，忽然外面喧哗起来，一片鼓乐声中，夹杂着鸣锣开道的吆喝声和人们看热闹吵吵嚷嚷的声音。于是管宁和华歆就起身走到窗前去看究竟发生了什么事。

原来是一位达官显贵乘车从这里经过。一大队随从佩着武器、穿着统一的服装前呼后拥地保卫着车子，威风凛凛。再看那车更是豪华：车身雕刻着精巧美丽的图案，车上蒙着的车帘是用五彩绸缎制成，四周装饰着金线，车顶还镶了一大块翡翠，显得富贵逼人。

管宁对于这些很不以为然，又回到原处捧起书专心致志地读起来，对外面的喧闹完全充耳不闻，就好像什么都没有发生一样。

华歆却不是这样，他完全被这种张扬的声势和豪华的排场吸引住了。他嫌在屋里看不清楚，干脆连书也不读了，急急忙忙地跑到街上去跟着人群尾随车队细看。

管宁目睹了华歆的所作所为，再也抑制不住心中的失望。等到华歆回来以后，管宁就拿出刀子当着华歆的面把席子从中间割成两半，痛心而决绝地宣布："我们两人的志向和情趣太不一样了。从今以后，我们就像这被割开的草席一样，再也不是朋友了。"

真正的朋友，应该建立在共同的思想基础和奋斗目标上，一起追求，一起进步。如果没有内在精神的默契，只有表面上的亲热，这样的朋友是无法真正沟通和理解的，也就失去了做朋友的意义了。

朋友与志向

赏析／陈俏菲

朋友是一把伞，晴天能为我们遮挡烈日，雨天能为我们遮挡风雨；朋友是一棵树，能够庇护着我们，给我们一份绿阴；朋友是一双温暖的大手,在我们劳累时为我擦去汗水。

可是,什么样的两个人才能成为真正的、永远的朋友呢?《割席断交》这个故事就告诉我们这样的道理:真正的朋友,应该建立在共同的人生志向和奋斗目标上,一起追求,一起进步。

就像蛋糕里没有放巧克力不能叫做巧克力蛋糕一样,朋友若是没有共同的志向也不能成为永远的朋友。只有拥有远大的志向,我们才可以到达成功的终点,而朋友就是在走向成功的路上和我们一起风雨兼程的人。如果像管宁和华歆那样没有相同的志向和情趣,没有相同的精神默契,只有表面上的亲热,即使是再要好的朋友也会有断交的一天,正所谓“道不同,不相为谋”。

只有拥有共同志向的朋友才会是永远的,才会像一盏明灯,照亮心灵深处的黑暗,才会像一座桥梁,帮助我们走到理想的彼岸。

请记住,爱决不等于溺爱。

翠鸟爱子

●文/冯梦龙

有一只翠鸟在很高的峭壁上做窝，即使很会爬山的人也很难上去，因而一直很安全。不久,翠鸟孵出了小翠鸟。老翠鸟非常爱它的儿女们,生怕它们摔下去受了伤,便把巢向下移了一点。不久,小翠鸟长出羽毛了,老翠鸟更加疼爱,更担心小鸟会不慎掉下去有个三长两短,于是把鸟巢移到峭壁脚下。老翠鸟以为这样就万无一失了。

过了几天，正当老翠鸟和小翠鸟们在温馨的家里共享天伦之乐时,一个捕鸟人路过此处,一网扑过来,翠鸟一家都成了捕鸟人的囊中之物。

让孩子学会单飞

赏析／苏小惠

当看到路边生机无限的野花时，我们是否会觉得它们比温室里的花朵更美丽可爱，更让人赏心悦目。为什么会有这样的感觉呢？因为温室里的花朵从小在玻璃房的保护下，免去了风吹雨打日晒雨淋，而生长在路边的野花不仅没有受到任何的保护，甚至还要经受大自然无数严峻的考验，是磨砺让它们变得更加美丽动人。

现在许多父母，总是过于溺爱孩子，不愿让孩子受到外界的伤害，总是竭尽所能地无条件满足孩子的需求，把他们保护得就像那生长在温室里的花朵——娇柔脆弱，经不起半点风雨。孩子在这种溺爱的氛围下长大，最终会变得过于依赖父母，依赖别人，遇事不能独立思考解决，遇到危险也不能保护自己。父母对孩子的宠爱反而成了遏制孩子生存本能的根源。特别是身处竞争激烈的社会环境，更需要放手让孩子学会单飞，而不是一味地把孩子保护在安全的羽翼下，不然可能会因为一时的溺爱而害了孩子的一生！

请记住，爱决不等于溺爱。

一页书，作为一本书的一部分，无论它多么文采飞扬、妙语连珠，脱离了这本书，都只是一张无用的废纸。

书页一百号

●文／邬朝祝

印刷厂里有一页书，页码是一百号。她跟许多书页一起，在工人手上依次排列，有条不紊，装订成了一本内容丰富的好书。

这本书到了图书馆里，人们借到它，用心地阅读，每读到一百号这页书，都不禁满意地称赞着："好！这里写得好！好书！"

在一次又一次的赞扬声中，这书页一百号有些飘飘然了。她想："人们都讲我好，我不跟那些书页结在一起，我一定会更突出。"

前页九十九号和后页一百零一号发现了，劝道："一百号啊，你可不要单独行动，那是危险的事呀！"

"嘻嘻，怎么危险！"一百号心里想，"哼！我底子好些，人家每次看了我都赞不绝口，你们这些不及我的书页，怕我走了沾不了光了！"她嘴里没有这么讲，却说："我危险与你们不相干！"

"话不能这么说，"好心的九十九号说，"我们都是一本书的页子，是一个整体啊！"

"是啊！"老实的一百零一号也说，"没有你，我们会接不上的！"

"这……"一百号看了看前页九十九号，又看了看后页一百零一号，有点儿心动了，沉默了一会儿。但是，她接着又想："我不能为他们让自己受拘束，我如果没有他们的累赘，没有他们碍手碍脚，人们一看到我，那会给我更大的赞美。最重要的是我可以自由活动，逍遥自在。"于是她说："对不起，我不能照顾你们了。"

"不是要求你照顾我们，你自己应该为自己着想啊！"九十九号说。

"哈哈！我正是为自己着想，才和你们分开，对不起！"一百号说着，哗啦一声，她得意洋洋地离开了这本厚书，自由自在地飘呀飘呀，飘到了地上。

有个人看见她了，拾起一看，说："啊，一页破书，无头无尾的！"说完随手一丢！

一百号第一次受到这样的轻视，心里很难过，但有什么办法呢？她卧在地上，希望碰到一个知心的人，看出她是一页底子好，值得赞美的书页。

可是风一刮，她不能自主，又飘到泥坑边，一只角浸到了污水里。她想，这下完了！

幸好第二个人又看见她了，拾起一看，说："啊，一页污水浸了的烂书，别可惜了，把它做废纸吧！"

一百号听了，想："唉，做废纸总比浸在污水里好一些。唉，要是我不离开书该多好！"

正在这时，来了第三个人，他从第二个人手中发现这一页书一百号，说："老兄，这是一页书吧，请给我看看！"

接着一看，不禁大喜："啊，正是我失落的那页书一百号。"说着，从腋下取出那册厚书。

于是，一百号又回到了书中，成了那厚厚的、内容丰富的好书的一部分。不过，她再也不想离开集体单独行动了。有个顽皮的孩子曾试探着扯她，她也一动不动哩！这孩子高兴地说："好了，好了，这一页书粘紧了，扯都扯不下来了！"一百号在心里说："因为我知道爱集体的重要啊！"

集体才是完美的

赏析／陈俏菲

一本包装精美的书，只有一页一页地接连起来，才能成为一本扣人心弦的好书。一页书，作为一本书的一部分，无论它多么文采飞扬、妙语连珠，脱离了这本书，都只是一张无用的废纸。人也一样，一个人作为集体中的一分子，也和一页书一样，无论自己多么才华横溢，脱离了集体，最终也只能庸碌无为。

有一句话说得好："一根筷子易折断，十根筷子抱成团。"可见，集体的力量是巨大无穷的。我们生活在这个大千世界，如果谁脱离了集体，遗世而独立，就会被孤独和空虚所充斥。集体中有各种各样的人，每个人都有自己的长处和短处，结合在一起可以互相取长补短，资源整合的优势才得以充分发挥。

集体是一个有机整体，缺少了任何一个元素和环节都是有缺憾的。我们作为集体的一分子，不应该处处炫耀自己的得意之处，摆出咄咄逼人的架势，而应该积极融入其中，团结他人，使集体变得更和谐、更完美。

无论情况有多糟糕，我们都还有上天赐予我们的法宝——智慧。

偷牛贼

●文/[印度]民间寓言

从前有一个农夫，养了一头牛。

一天早晨，他发现拴在牛棚里的牛不见了。他到处寻找，但哪儿也没找到。他想，牛一定是被偷走了。

泰米尔有句谚语说："找到丢失的牛要比买八头牛还难。"农夫想起这句谚语，决定不找了，再买一头牛。

一天，他到附近的一个村子，那里正逢赶集，集市上有很多牛，他偶然发现了自己的那头牛。

他一看到自己的那头牛，就一把抓住了它，并大声说："我可找到我的牛了，它已经被偷走好几天了。"

那卖牛的人正是偷牛贼，他说："这是我的牛，是我去年买的。也许你的牛和它长得一模一样，但这牛是我的。"

蓦地，农夫用手捂住牛的双眼说："既然这头牛你已经买了一年，那你一定很了解它。请告诉我，牛的哪只眼睛是瞎的？"

贼偷了牛还没有几天，并不知道牛的眼睛有没有毛病。于是他就壮着胆子瞎说道："牛的左眼看不到东西。"

农夫马上说："不，牛的左眼并不瞎。"

偷牛的人有点儿慌了，立刻改口说："我刚才糊涂，说错了，是牛的右眼看不见东西。"

农夫对贼说："这证明，你不仅是个贼，而且还是个大骗子。"

然后，他对围观的群众说："朋友们，你们大家来看看牛的眼睛，它的两只眼睛完全是好的。我刚才那样讲，就是为了证明他是个贼。"

那贼听了撒腿就跑。于是，在场的人喊道："把他抓起来！别让他跑了！

官府的差役穿过拥挤的人群，抓住了偷牛贼，把他送到法官那里。法官听完事情的经过，判了他半年的徒刑。

善用智慧

赏析／曾光宇

农夫凭着智慧抓住了偷牛贼，夺回了属于自己的东西。

这则寓言也给了我们不少启迪。众所周知，人之所以能成为万物之长，最重要的原因就是人会思考，能利用智慧去思考问题，解决问题。故事中的农夫也是这样：当他遇到在卖他的牛的贼时，他并没有大喊大叫，或者是二话不说就冲上前去动粗，而是利用偷牛贼没有注意到的细节特性，令偷牛贼自露马脚。如果农夫是一介莽夫，仅凭蛮力去硬抢牛，那么不仅围观的群众不相信那头牛是他的，还有可能会被偷牛贼倒打一耙——本是受害者的农夫反而成为无理取闹的“恶人”。

生活中，当我们遇到问题时，首先要做的就是像故事中的农夫那样，利用自己的智慧，找出解决问题的最佳方案。鲁莽的行动无论在任何情况下都是不可取的下下策，不仅不能解决问题，还会带来很多不必要的麻烦。

所以，我们要紧紧牢记，无论情况有多糟糕，我们都还有上天赐予我们的法宝——智慧。凡事要多动脑筋，相信山穷水尽过后，总会逢上“柳暗花明又一村”。

虽然故事中的木工干活时很有耐心，也很有毅力，但仍一次次失败。这到底是为什么呢？

粗心的人

●文/方崇智

有一个木工，从森林里砍了一棵大树，准备盖房子时做栋梁。他好不容易把大树拖回家，心里有说不出的高兴。

他趁着高兴劲儿，也没有多想，拿起锯子就锯。吭哧吭哧锯了半天，费了好大的劲儿，累得大汗淋漓，终于锯完了。锯完以后，才发现锯得太短了。

怎么办呢？那就改做门框。于是，他又提起斧子，连忙就砍。叮叮当当砍了半天，累得直喘气，终于砍好了。一看，砍得又太薄了，根本不能做门框用了。

唉！没办法，只好改做扁担了。于是，不管三七二十一拿起刨子来就刨。刨呀刨！刨了半天，刨光以后，一看，哎呀！又刨得太小啦！根本没办法做扁担啦。

这可如何是好呢？好！那就改做刀把儿吧！对，就这么决定了！他马上操起削刀，咬着牙，一个劲儿地狠削。因为用力过猛，好几次差点儿削了手。真是功夫不负苦心人，刀把儿削好了。试试看！往刀上一安，不好了，又削得太细了，不能用。扔了吧，太浪费了。

这可太不好办啦！嘿！有啦！可以改做牙签嘛！尽管如此，他还是很耐心地用小刀慢慢地削，最后，终于把牙签做成了。

这时，他已经筋疲力尽，浑身大汗。他累得一屁股坐在了椅子上，把牙签含在嘴里，终于可以喘一口气了。突然，听见“咔嚓”地一声，连牙签也断成了两截。

成功属于细心的人

赏析／莫震球

读完这个故事，我们可能都会捧腹大笑。如果我们深入思考，不难发现这样一个深刻的道理：成功属于细心的人。

虽然故事中的木工干活时很有耐心，也很有毅力，但仍一次次失败。这到底是为什么呢？原来，他过于粗心大意了。这不仅白白浪费了许多时间和力气，而且永远与成功擦肩而过。

在日常生活中，粗心常常使我们吃亏。在考试时，有些同学很顺利地把试卷完成了，却还是无法得满分，这便是粗心惹的祸。我们也常常因为粗心而察觉不到父母对我们的爱，老师对我们的关心，同学对我们的帮助。所以生活在快乐中我们却老是感到伤心痛苦，就像丑小鸭一样自卑。这无疑会让我们的生活充满失意的灰暗，难以见到成功的阳光。

相反，如果我们能够事事留心、处处细心，做每一件事之前都先定下周密的计划，再努力付诸行动，就不会像故事中的木工那样成事不足，败事有余了。

这个故事带给我们的启示是，成功总是属于细心的人。

果园主人知道自己的果园地下有一座金矿后，他会怎么做呢？

果园主人

●文／林植峰

一位勤勉的园艺师，苦心经营着自己的一片果园。每年，在那块肥沃的土地上，鲜花盛开，果实累累，连各种鸟儿也都乐意到这绿色王国安家落户,纵情歌唱。

果园的主人,从早到晚,忙忙碌碌,用汗水浇灌着生命之树,他的日子过得充实而欢快。

有一天,来了一支采矿队伍,他们利用各种仪器和手段,精细地勘探之后,十分兴奋地对果园主人说:“先生,您要发大财了,我们愿用巨款收购这块果园,因为,这下面是座金矿。”

“有金子在底下,就让它们安静地睡觉吧。”园艺师幽默地笑道。

“天哪,那可不是一般的石头啊。”来客说,“只要你肯将这块土地转卖,你马上就能成为大富翁,住进世上最豪华的别墅,吃到世上最昂贵的食物,随心所欲地到世界各地旅游。你再不用干任何活儿,就能享受到最奢华的生活,也不用日晒雨淋地遭罪了。”

“你所鼓吹的偏偏是我厌恶的。”园丁说道,“因为,成堆的金子,永远也换不来劳动的愉快。”

果园主人不再理睬那巧舌如簧的说客。当前是收获季节,他正忙着采摘那令他心醉的果实呢。

园艺师的快乐哲学

赏析/谢克航

两人同往窗外看,一人看到了泥土,一个却看到了星星。看泥土的人是因为喜欢泥土的芬芳,喜欢脚下踏实的感觉;看星星的人是因为钟情于神秘的天文学,向往深邃的天空。两人看待事物的出发点不同,却得到了同样的快乐。

故事里采矿者的眼中只有金矿,而园艺师眼中看到的则是绽放的鲜花、成熟的果实,还有辛勤劳动和丰收季节的喜悦。这些快乐,对园艺师来说是用金子也换不来的,因为这是一种朴实的快乐,心灵上的慰藉,并非物质上的简单快乐。富人眼中的快乐,可能是奢华的山珍海味;对穷人来说,两根面条支撑起的一段日子也是快乐的。

我们要有自己的快乐哲学,要时时度量自己的标准,从身边找快乐,从追求理想的过程中寻找快乐,是因为这种快乐才是恒久不变的。

每个人看待事物的标准、角度是不同的,收获的果实自然也就不同。

但又一点却是相同的：善于给心灵寻找欣慰、快乐的机会的人，必将收获七彩的人生。

蚊子打败了强大的狮子，却被一只弱小的动物消灭了……

蚊子与狮子

●文/[希腊]《伊索寓言》

有只蚊子飞到狮子那里，说：“我不怕你，你并不比我强多少。你的力量究竟有多大？是用爪子抓，还是用牙齿咬？仅这几招，女人同男人打架时也会用。可我却比你要厉害得多。你若愿意，我们不妨来比试比试。”蚊子吹着喇叭，猛冲上前去，专咬狮子鼻子周围没有毛的地方。狮子气得用爪子把自己的脸都抓破了，最后终于要求停战。蚊子战胜了狮子，吹着喇叭，唱着凯歌，在空中飞来飞去，不料却被蜘蛛网粘住了。蚊子将被吃掉的时候，悲叹道：“我已战胜了最强大的动物，却被这小小的蜘蛛所消灭。”

这故事是说，骄傲是没有好下场的，有些人虽然击败过比自己强大的人，但也会因为骄傲而失败。

正确认识自我

赏析／张童谣

有些人总是那么奇怪，对他人的缺点了如指掌，却无视自身的不足。正是因为忽视了自己的缺点，自以为是，才一步步迈向失败的深渊。尺有

所短,寸有所长。每个人都有自身的优点与缺点。狮子的确很强大,而蚊子避己之短、扬己之长,认识到自己与狮子在力量上的悬殊,找准了狮子的弱点成功地将其击败。然而,它缺乏对自我的深入认识,最终导致了被蜘蛛捕食的悲剧。

人各有差异,而正确的自我认识是至关重要的。做人既不要浮夸,又不能过分谦虚。一般来说,除非本人自觉改变,自我认识不应因外界因素的改变而变化。

有些人之所以能击败比自己更强大的对手,是因为他们善于扬长避短,能以冷静的头脑分析自己。需要记住的是,某一次的成功并不代表永远的成功,若因此产生骄傲的情绪就形同自掘坟墓了。

时刻保持清醒的头脑,正确地认识自我是打开成功大门的钥匙。这是狮子和蚊子给我们的告诫和启示。

爱说谎的人,终会失去别人的信任。

狼来了

●文/[希腊]《伊索寓言》

有个牧童赶着羊到离村外较远的地方去放牧。他常常开玩笑,高声向村里人呼救,说:“狼来了!”有两三回,村里人惊慌地跑来,又都笑着回去。后来,狼真的来吃他的羊了,他放声呼救:“狼来了!”村里人都以为他仍在开玩笑,没有理他。结果,牧童和他的羊全被狼吃掉了。

这故事是说,说假话的人会得到这样的下场:他说真话,也没人相信。

诚　信

赏析／钟健明

一个简短的寓言却蕴含着一个意味深长的道理：爱说谎的人，终会失去别人的信任。

在我们的生活中，需要真诚把我们的心团结在一起。没有相互的信赖，我们的生活便缺少了爱。有时候我们出于贪玩，编造了一些谎言去欺骗我们的同伴，也许你不是恶意的，但你的同伴会认为“你骗了我，我们没有真正的友谊和信赖”，而且不再相信你，甚至也以谎言来欺骗你。当你真的需要帮助时，你同伴就会认为你仍在骗他而拒绝伸出援助之手，像放羊的男孩在真正需要帮助的时刻却没有一个人相信他一样。

同时我们也应该知道，诚实是一种美好的品质，是个乖孩子的标志。当别人对人你说了一个谎话，你却信以为真，一旦你发现自己被戏弄了，你还会像以前一样相信他吗？我们的父母和老师也一样，如果我们对他们撒谎，就会伤他们的心，乖孩子的形象也会受损。

诚信，是一条彩虹，连着你和同伴，彼此真诚地对待，在困难的时候才会有帮助你的双手。记住：爱说谎的人，得不到别人的信任。

一根非常自负的美丽的羽毛会有什么样的下场呢？

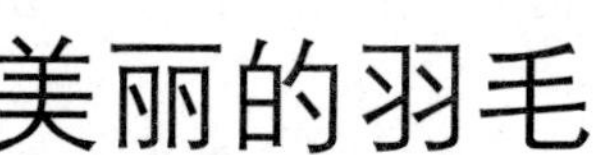

美丽的羽毛

●文／佚　名

一根非常绚丽耀眼的羽毛，生长在大鹏鸟的翅膀上。在众多羽毛中，这根羽毛与众不同，它每时每刻都闪闪发亮，光彩夺目，令其他羽毛羡慕

不已。它自己也常常引以为豪，得意忘形地摆出一副不可一世的样子。

有一天，亮丽的羽毛得意洋洋地对其他羽毛说："大鹏鸟展翅飞翔时看起来如此壮观伟岸，还不都是因为有我。"其他羽毛听后都随声附和。又过了一段日子，那根漂亮的羽毛更加自以为是地对其他同伴说："我的贡献最大了，没有我的话，大鹏鸟哪里能够一飞冲天呢！"

漂亮的羽毛整天沉浸在自傲自负的泥沼里无法自拔，终于有一天，它兴高采烈地对大家宣布："我觉得大鹏鸟已经成为我人生沉重的负担，要不是大鹏鸟硕大的躯体重重地压着我，我一定可以自由自在、无拘无束地飞翔，而且会飞得更远更高。"说完，它就使出浑身解数，拼命地脱离大鹏鸟，最后，它终于如愿以偿地从大鹏鸟的翅膀上抖落下来。可是，它在空中没飘多久，就无声无息地落在了泥泞的土地上，从此再也无法飘扬远飞了。

重视他人存在的价值

赏析／张玉婷

这个故事颇有讽刺意味。原本非常绚丽耀眼，为众人所羡慕的一根羽毛，却由于自负，过于高估自己存在的价值而忽视了他人存在的价值，最后落得了个无声无息地消失在众人面前的下场。

一个人即使拥有一些先天的优势，也不能把这作为藐视他人存在的资本。有依靠必定会产生负担，可能你所依靠东西同时也增加了自己的"体重"，使你无法飞得更高。但如果你脱离了它们，你就会连原有的高度都保持不了而逐渐坠落，以至永远也飞不起来了。任何人都有其存在的价值，人与人是相互依存的：他会因为你的存在而闪光，而你又会因为他的存在而辉煌。

在我们的现实生活中，有一些人因为自己某方面有些许优势，而过于高估自己的价值，因而忽视了他人存在的价值，最终使自己陷入失败无望的沼泽里。

这个故事告诉我们一个深刻的道理：要重视他人存在的价值，我很重要，他人同样很重要。

它们三个谁都离不开谁，它们就像一条链子，一环扣着一环，不能分离，无论缺了谁，都不能再使用了。

粉笔、黑板和黑板擦

●文/韩雅博

黑板正在睡觉。粉笔在黑板的身上踩来踩去，把黑板的美梦给打断了。黑板气冲冲地说："粉笔你干什么！没看见我在睡觉，眼睛跑到哪儿去了？"粉笔温和地说："对不起。"黑板说："小小一句对不起就行了？你还是走吧！"这时，黑板擦说："黑板，粉笔都说对不起了，你就原谅他吧。"黑板反过来说："你这个老东西，我们的事，你管得着吗？你也该退休了。"

黑板把粉笔和黑板擦赶出去了，从此黑板非常寂寞。有一天，小主人看见没有了粉笔和黑板擦，把黑板也扔了。

黑板寂寞地躺在一个不起眼的角落里，后悔极了。经过一番思想斗争，黑板鼓足勇气把粉笔和黑板擦找了回来，从此他们又变成了好朋友。

团结才是力量

赏析/关珊珊

粉笔、黑板和黑板擦都是我们平时常用的东西。老师用它们把知识传授给我们。可是你有没有想过，它们之间也会发生这样的故事呢？

我们都知道粉笔能在黑板上写出漂亮的字体和美丽的图画，会使黑板顿时漂亮很多，而黑板擦可以为黑板扫除一些碍眼的污迹，使黑板更加好看。可是黑板一旦缺少了粉笔和黑板擦，那么黑板还有用吗？其实，它们三个谁都离不开谁，它们就像一条链子，一环扣着一环，不能分离，无论缺了谁，都不能再使用了。

只有大家团结合作,才能把事情做得更好。如果人人都像黑板一样只为自己着想,不同别人合作,那么没有一个人可以活下去。相反,如果大家都团结起来,那么大家都可以很好地生存下来。我们是集体的一分子,缺少了谁都是不完整的。我们每个人都在集体中发挥着各自的作用,为集体献上自己的一份微薄的力量,这一份份力量慢慢积累起来,就会形成一股不容忽视的力量,这是我们全班人一起努力的结果。

我们必须学会团结合作,因为只有大家团结起来,互相合作,才能使事情做得更加完美。方便别人,也方便自己,何乐而不为呢?

在众人眼里,小乌龟非常普通,长得又不好看,认为它不是当编辑记者的材料,但它却做得非常好,还当上了作家。这是为什么呢?

小乌龟当作家

●文/陈 模

在森林小学里,每次考试,小乌龟总是考第一名,因为它平时听课认真,按时完成作业,还爱看课外书籍,河马老师很喜欢它,让它当《学习报》的编辑。

这消息一传开,课堂上像炸开了锅。

小猴子说:“小乌龟也只长了两只眼睛、四条腿,它凭什么当编辑?”

小麻雀说:“老师对它偏心眼儿,它又爱巴结老师,才得到这份美差。”

小乌龟听了这些话,心里虽然不舒服,但是它不和大家计较,而是谦虚地说:“我和大家一样是学生,工作能力很差,要请大家多帮助啦!”

小白兔说:“出报也是咱的事,咱们不能只看小乌龟的笑话,要帮助它才好哩!”

小乌龟准备好出报的纸和颜料笔，开始组织稿件了，找小猴子写文章，小猴子说："我不是写作的料。"

小乌龟说："你有你的长处，老师表扬过你的一篇日记，改一改，给我吧！"

它又找小麻雀，小麻雀见了就躲，小乌龟追上去，麻雀说："我最笨，每次写作文，都得零分，吃鸭蛋。"

小乌龟说："你很聪明，就是不用功。你跟爸爸学飞行，不是挺好吗？就把这件事写出来吧！"

放学后，小乌龟虽然走得很慢，但它不灰心，把每个同学都找到，请它们写稿子。大伙儿说："小乌龟干事特认真！"

儿童节这一天，全校要开庆祝会，《学习报》创刊号也出来了。河马老师画的报头，一块大黑板上面，布满了文章，有小猴子写的日记《给妈妈过生日》，有小麻雀写的《我跟爸爸学飞行》，有小白兔写的《种白菜》，十几个同学都写了文章。这些文章都经过了小乌龟的修改，大伙儿说："小乌龟最爱帮助同学！"

此后，《学习报》又出了十几期，一期比一期有进步，大家都很爱看。

小乌龟从小学毕业后，《森林日报》聘请它去当小记者。乌鸦说："小乌龟才几两重，它有啥本事？我不相信，它能当好记者。"

黄莺小姐说："它那丑八怪的模样，让它当记者还不如让花狗来当！"

小乌龟听了这些话，心里挺难过，它想：别人不了解自己，它们爱怎么说，就怎么说吧！

小乌龟当了记者，一点儿也不摆架子，每天到森林各处采访新闻。大家有事求它，它都尽力办。它替梅花鹿妈妈写了《寻找小梅花鹿》，原来小梅花鹿走失了。羚羊妈妈看了报，把小鹿送回到了梅花鹿妈妈的怀抱。山羊伯伯很伤心，因为它的两个孩子都被大灰狼吃了，小乌龟替它写了伸冤的稿子。大灰狼的坏名声被大家知道了，它轻易不敢到森林里来了。森林里开了歌舞比赛大会，黄莺唱歌被评为第一名，仙鹤的舞蹈也被评为第一名。小乌龟替它们拍了照，写了特写。哦，小乌龟的文章，大家越来越爱看啦！

三年以后，小乌龟出了一本书《大森林的报告》。大伙说："小乌龟真的当作家啦！"

小乌龟说："没有大家的帮助，哪有我这个作家。"

别怕别人不了解自己

赏析／梁宗玺

小乌龟不怕别人的误解和嘲讽，坚守自己的梦想，并付诸实际行动，终于当上了森林里的大作家。

自认为有点本事的人容易产生这样的想法："我是独一无二的，只是可惜了，时代不了解我，别人不了解我，连父母、朋友都不了解我。如果他们了解我，给我机会的话，我就可以怎样怎样。"因为有了这样的想法，所以总是想尽办法通过各种渠道让别人了解自己。把力气放在这方面，可真是荒芜了梦想的良田。

小乌龟正是因为不怕别人不了解自己，勇于追求，才得以成功。孔子在两千多年前就说过："不患人之不己知。"就是说不要担心别人不了解自己。别人不了解我，我还是我，对我并没有什么损失。所以，不值得为此忧虑，更不应该怨天尤人。我们应学会更多地去倾听，更多地去观察，更多地去了解别人，更多地去理解别人。学会了这些，也就学会了不把更多的心思放在自己不被人理解的痛苦中。如果做到这样，就根本不用担心别人不了解和不理解我们了。

无论是学习、工作还是生活，我们都应该根据实际情况去做事情。千万不要好高骛远，追求不切实际的东西，这样我们才能够办好事情。

井蛙归井

●文／梅　燕

井里的青蛙向往大海，请求大鳖带它去看海，大鳖欣然同意。

青蛙见到一望无际的大海，惊叹不已，急不可待地扑进大海的怀抱，却被一个浪头打回海滩，摔得晕头转向。大鳖见状，就叫青蛙趴在自己的背上，背着它游海。

青蛙逐渐适应了海水，能自己游一会儿了。过了一阵子，青蛙有些渴了，但是喝不了又苦又咸的海水；它也有些饿了，却怎么也找不到一只可以吃的虫子。青蛙对大鳖说："大海的确很好，但以我的身体条件，不能适应海里的生活。看来，我还是回到我的井里去吧，那里才是我的乐土。"

实际最重要

赏析／邓小青

青蛙的选择是明智的，从青蛙身上我们受到了启发。

天高任鸟飞，海阔凭鱼跃。波澜壮阔的大海是多少动物向往的地方，但它对习惯生活在井底的青蛙来说，毕竟是不合适的。它喝不了海里的咸水，搏击不了大海的惊涛骇浪，因而只能回到适合它生存的井里。

很多人好高骛远，处处碰壁，为什么会这样呢？其根源就在于没有看到实际情况怎么样，没有真正做到从实际出发。很多人虽然口头上说从实际出发，但一旦到了真正要从实际出发的时候却又不会这么做了。其实，如果我们用曾经度过最艰苦时刻的状态去面对现在的话，那么将会很快可以攻克这个难关。

做人要以自己的实际为限度，不做超越限度的事，不说超越限度的话，否则会害了自己。很多成功人士并没有盲目地去追求完美，而是从实际出发，他们通常都有冷静思考、分析形势的能力，因此总能因地制宜，做事总能得心应手。

无论是学习、工作还是生活，我们都应该根据实际情况去做事情。千万不要好高骛远，追求不切实际的东西，这样我们才能够办好事情。

养鸟人起初对鹦鹉很偏爱，但最后却讨厌它了。原因是什么呢？

会唱歌的鹦鹉

●文/湛　卢

有一个人养了很多种会唱歌的鸟，为了使鸟儿们能唱他喜爱的歌，他选了一支歌来训练它们。但是，除了鹦鹉以外，所有的鸟儿都不愿跟着学唱，它们对自己的歌更有兴趣。

这样，养鸟人就偏爱鹦鹉了。选最好的饲料给它吃，每天让它洗两次澡，照料得细致而周到。对别的鸟儿，却不给同等的待遇。

鹦鹉也果然听话，没有辜负主人的期望，很快就把教的歌唱会，使主人感到满意。

可是，无论怎么好听的歌，听上很多遍，谁也会厌烦的。因此，过了一些时候，养鸟人不得不对鹦鹉说："得啦，另外唱一支新歌吧！"

鹦鹉也说："得啦，另外唱一支新歌吧！"

养鸟人说："对，那就开始：一、二、三！"

鹦鹉说："对，那就开始：一、二、三！"

停了片刻，没有歌声。

"怎么？"养鸟人问。

"怎么？"鹦鹉也问。

"喂！你是怎么搞的？"

"喂！你是怎么搞的？"

"唉！你原来是这样的笨蛋！"

"唉！你原来是这样的笨蛋！"

养鸟人拍了拍自己的脑袋，不禁大笑起来："说得对！我的确是笨蛋，才欣赏你这个只知道学舌的家伙。"

要勇敢创造，不要一味模仿

赏析／邓小青

鹦鹉娇小、玲珑、可爱，它深受人们的喜爱；它还有一个会唱歌的嗓子，可以很快就学会养鸟人教给它的曲子。

然而，鹦鹉只是一只会学舌的小鸟，主人怎么教它，它就怎么唱，只是一成不变地按照主人的话去重复，丝毫不会自己发挥。而其它的鸟儿虽然不会唱养鸟人教它们唱的歌，但是它们对自己的歌更感兴趣，因为它们有自己的个性。

鹦鹉不能唱出一点属于自己的歌，这是没有创新意识的表现。那些读死书、死读书的人就如鹦鹉一样只会学舌。他们不肯去探究，只知道死读书。伟大的科学家爱迪生，为什么一生会有一千多种发明？正是由于他敢于去探索，敢于去做前人所没有做过的事情，敢于去创造，敢于去发现，从而成为世界赫赫有名的大发明家。

勇于创造，勇于创新，对于每个人都很重要，没有了创新就犹如失去了灵魂；没有了创新，我们只能做一只学舌的鹦鹉；没有了创新，我们就不能立足于社会。

敢于尝试才会更具创造力，因为不学舌才能唱出自己的歌声！

习惯能成就一个人，也能摧毁一个人。

聪明的儿子

●文／朱彬彬

五岁时，儿子从邻居家里不声不响地拿回一个小玩具。父亲见了夸

道："真是一个聪明的孩子。"

七岁时，儿子从学校默不作声地拿回了同学们的书本、文具。父亲见了说："我儿子真是越来越聪明啦！"

十八岁时，儿子推回一辆新自行车，父亲见了高兴地说："儿子哟！你现在更聪明了。"

二十三岁时，儿子一天晚上牵回一头牛，父亲看到了称赞道："你现在是天下最聪明的人了。"

二十七岁时，儿子去偷银行，被人捉到判了个无期徒刑。父亲知道了，哭道："我真是愚蠢透顶，害了儿子也害了自己。"

养成良好的习惯

赏析／关珊珊

我们一生中会形成很多很多的习惯，这些习惯足以影响我们的生活、学习，乃至我们的人生。

拿破仑·希尔说过："习惯能成就一个人，也能摧毁一个人。"习惯有时会成为你成功的障碍，特别是坏习惯。故事中的儿子就是因为从小养成了随便拿别人的东西的坏习惯，而他父亲却表扬他、纵容他，最后才导致他走上了犯罪的道路。他父亲这才后悔不已，可是悔恨又有什么用呢？

当发现自己已染上不良习惯时，应该及时纠正。不要等到看到别的同学骄傲地拿着奖状的时候，才后悔当初为什么不努力。那些成功人士之所以会取得成功，并不是因为他们的智商比我们高很多，也不是他们的才能比我们多很多，而是因为他们有着良好的习惯。因为他们知道好的习惯会带给他们机会、财富和成功。

因此，我们应该从小养成好的习惯，用习惯来铺设我们的成功之路。

一颗自命不凡的红枣

美味香口胶

如果思想盲目，视力再好也没有用处——如果精神近视，奇美的世界在我们眼里必然就会浅显成一片简单的色斑。

自命不凡的人往往对自己过于自信，过于自信会导致惨败的下场。自命不凡，自以为是，是成功的大忌。我们要做到：在成功面前，保持谦卑；在失败面前，永不退缩。

在监督别人之前，首先要检查自己是否干净，如果连自己都不干净，又怎能监督好别人？

小镜子的监督

●文/王俊楚

因为有“以铜为鉴，可正衣冠”的古训，小镜子便理所当然地子承父业，担负起监督人们衣冠仪容的神圣使命来。最近它发现身边的人越来越不讲究了。

小猫来了，小镜子抬了抬眼，便说：“出门时也不看看，脸都脏成什么样了？”小猫很委屈，请小狗帮忙瞧瞧，小狗说：“很干净呀！”

小松鼠来了，小镜子毫不客气地说：“你看你，衣服都快成抹布了，也不洗一洗。”小松鼠的朋友小猴在树上听见了很纳闷，小松鼠身上是刚穿上的新衣服，小镜子怎么说是脏的呢？

小刺猬来了，小镜子又说：“也不瞧瞧你的鞋，花一块绿一块的，还能穿着出门？”小刺猬低头仔细瞧了瞧，心里又嘀咕，我这鞋明明是干干净净的嘛！

于是，大家一起来找小镜子评理，等大家仔细一看，才明白是怎么回事！原来呀，小镜子好长时间没洗澡，浑身落满灰尘，所以看别人都是满身污点！

于是，小动物们就给小镜子提了个建议：在监督别人之前，首先要检查自己是否干净，要不连自己都不干净，又怎能监督好别人？

助人有道

赏析／廖伟雄

我们知道，镜子是为爱美之人“正衣冠”而设的，心灵的镜子则让我们重新审视自己，为了让自己看清内心思想，让自己有自知之明。

在这个故事中，小镜子没有看到自身的缺点，而一味盲目地去批评、指责别人。不可否认，它的出发点是好的，因为它能为别人提出善意的批评，只是做事的方式不对罢了。它口无遮拦，说话带刺，还没有弄清楚情况就武断地下结论。没有调查就没有发言权，它这么做实在是过于鲁莽了。

众所周知，“互帮互助”是中华民族的传统美德，我们都应该去践行。也正因为如此，我们才增加了彼此间的信任，才让你我都有进步，获得更多的成功。这个故事告诉我们的道理正是：作为生活中的一员，要有一颗纯真善良、为他人着想的炽热的心，要乐于助人，善于助人。不过，做事不要太过冲动，而要抹亮自己的眼睛看清事实，正人先正己。

刻意地追求完美，是要付出代价的，以致酿成悲剧。

弓　手

●文/[德]莱　辛

某人有一张黑檀木做的良弓。他用这张弓可以射得又远又准，因此，他十分珍爱它。有一次，他细细观看它，说道：“你稍微粗笨了一些，光滑成了你唯一的修饰。太遗憾了！”

“这还可以补救。”他思忖，“我要让最好的艺术家在弓上雕刻图案。”他去了……艺术家在弓上刻出一幅完整的狩猎图，还有什么比在一张弓上刻上狩猎图更合适的呢？

这个人高兴极了：“我亲爱的弓，你配得上这样的装饰！”

他拉紧了弓，想试一下，可是，弓断了。

追求完美的代价

赏析／谢韶妍

一张黑檀木做的良弓，却因为它的主人请名艺术家为它刻上精美的图案，好让它的光彩更加绚丽，使它变得更加完美，由良弓变成了废弓，成为追求完美的牺牲品。

世界上没有任何东西是十全十美的。这让我想起了另外一个故事：一个人拥有一颗世界上最大最美的珍珠，他发现珍珠上有一个微乎其微的污点。于是他每天用砂纸拭擦珍珠表面，试图磨去珍珠上那个令他耿耿于怀的小污点。可是污点消失的时候，美丽的珍珠也成为一堆粉末了。

如同故事里的弓手一样，很多人都很想追求完美，最后却连原来拥有的东西都失去了。

刻意地追求完美，是要付出代价的，以致酿成悲剧。为了不让悲剧重演，让我们保持一份难能可贵的美好，让时间去完善，去装点我们心中的完美。我们应该在追求完美的同时，把握分寸，珍惜现在的拥有。否则，完美背后的代价，只有无尽的遗憾。

一颗红枣总是自命不凡，骄傲于过去的辉煌中，结果却落得一个意想不到的下场……

一颗自命不凡的红枣

●文／邱国鹰

一颗红枣同别的红枣放在一起，它觉得很委屈，有些气愤，也有点儿郁郁寡欢。它想："我呀！是不同于它们的！我长得漂亮，我有过光荣的历史，我有渊博的知识，我有丰富的感情……然而，我现在却和它们混在一起，平平凡凡，一点儿也不显得突出。真的要老同它们混在一起，我恐怕永远不能出人头地，永远不能显姓扬名。”

这的确是件苦恼的事情：这红枣饱满、细腻、甜蜜，全身红得耀眼，的的确确是颗好的红枣。但其他的红枣和它也没有什么不同，一样是全身耀眼的鲜红，饱满而且甜蜜。这颗红枣想要在这许多相同或相似的红枣里面显出自己的特色来，确实困难。忧郁烦恼是没有用的，唉声叹气也不会有人理睬。于是这颗红枣就行动起来了，它决心要离开其他的红枣，去寻找自己的道路。

它离开这些平凡的红枣，跑出来，经过一片草地。小草们在自己的头上顶着各种颜色不同的花冠，红的、紫的、黄的、蓝的，在和风里摇摇摆摆，在阳光下微笑细语，显得可爱、活泼、快乐。

红枣看见这些快乐而天真的小草，摇摇头，高声地对它们说：“哼，我过去生长在高高的枣树上，风来吻我，拥抱我，赞美我；阳光来照耀我，我全身闪着红光，那才美丽！那才高贵啊！而你们，唉……离地还不到一尺，就这样兴高采烈了，真是……”它虽然大声说话，但小草们却没有理睬它，好像它的话被风吹走了一样。

红枣只得向前走。它听见青蛙们在大声说话，“呱呱呱”，青蛙们正在教孩子们如何在水田里捕捉小虫。

红枣摆动着自己鲜红漂亮的身体，向青蛙们叫道：“你们别这样沙哑着喉咙叫喊，先来听听我的话。我呀，原来生长在高高的枣树上……”它背的还是那一套老话。青蛙们没去听它的，只把圆鼓鼓的眼睛眨了眨，又“呱呱呱”地继续教自己的孩子们了。

红枣很生气，但也没有办法。它感到有点儿疲倦，已经没有什么力气了，走路跌跌撞撞，不再那么雍容文雅了。路边埋着一个粪缸，红枣有气无力地赶路，一不留神，掉进粪缸里去了，一股难闻的臭气冲进它的鼻子。当它挣扎着浮上来的时候，浑身已经沾满了脏污的东西。它擦擦眼睛，睁开来看看。只见几只戴紫红帽穿绿缎衫的苍蝇，正忙着在粪缸上盘旋，而且嗡嗡地口齿不清地唱赞美诗，仿佛有点儿神魂颠倒似的。

红枣心里想：苍蝇真是个狂热的诗人哩，对于它要赞美的东西，总是显得那么热情，那么兴奋……就在这时候，苍蝇飞下来了，它们用嘴唇在红枣身上吻着、舐着，一会儿又飞起来，嗡嗡地赞美着。

红枣禁不住飘飘然起来了。它觉得快活、舒畅、满足。那股臭气，开头曾使它恶心,但不久它就完全习惯了;在粪缸里,它并没有觉得有什么不好闻的气味。它环顾四周,四周全是黄污的、脏浊的东西,只有它,气宇轩昂,全身红艳,太阳照着,还发出灼灼的光彩来。

红枣的确是心满意足了。它漂在粪缸上面,醉眼迷离地欣赏自己的美丽,醉眼迷离地倾听着苍蝇们的赞美,也醉眼迷离地诉说着自己过去的光荣:"我呀,你们还不知道哩。我过去是生长在高高的枣树上的,那时候……"

蛆虫爬过来,在红枣面前扭呀扭的,崇拜它、歌颂它。粪缸上的苍蝇们一队队地飞来,吻它、拥抱它、赞美它。红枣觉得很幸福,觉得自己已经找到了真正赏识它的知心人,觉得自己已经开始了有意义的生活,觉得自己显姓扬名的时机真正到来了。

呵,多么耀眼啊,多么突出啊!一片污黄的脏粪上面浮着一颗色彩红艳、全身闪光的红枣!红枣飘飘然地,醉眼迷离地陶醉在自我的大欢喜之中,沉浸在一片赞美声之中……

但在三五天之后,红枣却浑身肿胀起来。红枣腐烂了。红枣终于沉到粪缸底下去了。曾经歌颂它的蛆虫们,现在一齐向它围绕过来,啃它,钻进它的身体,吮吸它的腐肉。苍蝇们,还是像原来一样狂热,在粪缸上面发出阵阵嗡嗡声,飞来飞去,口齿不清地唱着赞美诗。因为这时候,又有一样东西掉到粪缸里来了。

谦虚使人进步

赏析/刘绮薇

每个人从呱呱落地的那天起,上天便赋予我们独特的位置。每个人在世界中都是独一无二、不可取代的!但遇到赞美和追捧时,有人便飘飘然,认为那些"肯定"自己的人才是真心朋友,完全陶醉那毒药般的甜言蜜语中,却不知,自己正一步步走向骄傲自大的陷阱中。在那彩色光环的另一端,连着无尽的黑暗。

有些人总喜欢把自己的优点放大,再放大,想以此来超越他人。其实他也只是一个和别人一样的凡人罢了!因此做人最重要的是要脚踏实地,不要浮在表面上,不要相信那些阿谀奉承的话,其实那不过是"口蜜腹剑”,像毒药一样让你晕头转向,让你自以为很了不起却又手足无措。

有一句话说得好:“虚心使人进步,骄傲使人落后。”只有那些小溪才会为自己歌唱,大江大河往往是越深广越沉默无声。虚心可以使我们的心胸变得更加广阔,思维更加敏锐,在肯定别人的同时也提高自己的能力。

昨天的辉煌不能代表今天,更不能代表明天,过去的成就只能让它过去。在谦虚中寻找新的动力,确定新的方向,塑造新的自我!

正像这敏感的鸟儿云雀一样,高洁美德的爱是不会去望丑恶阴暗的事物的,只会去找寻高贵完美的事物。

云　雀

●文/[意大利]达·芬奇

从前有一个年老的隐士,隐居在森林里,陪伴他过日子的只有那种叫做云雀的鸟儿。

有一天,有两个使者,前来拜见这个老人,求他跟随他们一块儿到他们主人的城堡去,因为他们的主人病得很重。

老人带着云雀随同那两个使者一块儿去了,并被带到病人的房间里。四个医生正摇着他们的头,在低声地交谈。

“我们已经无能为力了,”其中一个似乎是最重要的医生喃喃地说,“噢,他要死啦。”

那个年老的隐士,站在门口,留意观察着那只云雀。它正栖在高高的窗台上,专注地凝视着那病人。

“他会恢复健康的。”那隐士说道。

“这样一个乡巴佬,怎么能如此断言呢?”医生们异口同声地叫起来。

病人睁开了眼睛,看到那只云雀正在望着他,就微笑着振作起来。

他的面颊一点一点地恢复了血色，他的气力也逐渐恢复了，这使在场的每个人都吃惊不已。他说："我觉得好点儿啦。"

过了一段时间，城堡里的主人已完全康复，并到森林里去感谢那隐士。

"不要感谢我，"隐士说，"是这只云雀治好你的，"他补充说，"这云雀是一只非常好的鸟儿，当它在病人眼前时，要是它扭开头，不望着他，这就意味着没有希望了；但要是它望着那病人，像它望着你那样子，就是说这病者是不会死的。事实上，正是用望着病人的办法，云雀帮助你康复了。"

正像这敏感的鸟儿云雀一样，高洁美德的爱是不会去望丑恶阴暗的事物的，只会去找寻高贵完美的事物。这鸟儿的家是百花盛开的园林地带，美德的家是高尚的心。

患难才见真情，爱就像一盏明灯，在夜里最黑暗的时候，照耀得最光亮。

患难＋真情＝爱

赏析／谭雅玲

故事中的云雀是爱的化身，他用爱拯救人于患难之中，给予我们极大的震撼。

愚昧无知的人，缺少爱的人看到的只有丑恶阴暗的事物，只会一味地摇头，一味地逃避责任，这类人不可能拥有真情。当朋友处于困境时，为自己的利益而狡辩，却不与朋友并肩作战，这种人是丑陋的。患难见真情，真正的朋友应该"有福同享，有难同当"，而不是趋炎附势，没有一颗坚定的心去对待朋友。

拥有高尚美德的人，独具慧眼，善于发现高贵而美好的事物，内心充满爱的力量。当朋友遇到困难时，他们会义无反顾地伸出援助之手，用他那充满力量的手将你拉出黑暗，重见光明。他们是天使的化身，是爱的使者，是难能可贵的朋友。当你处于患难之中时，不要焦虑，真正的朋友一定会帮助你摆脱困境。而我们，也要以一颗诚挚的心去对待朋友，珍惜朋友，才不至于孤零零地度过困难。

以爱待人，才能得到爱的回报。让我们每个人都怀着一颗洋溢着爱的心，去爱护我们身边的每一个人。

诚实守信是一个人永久的身份证，一个人倘若失去了诚信，就失去了信任，失去了感情，失去了生活。

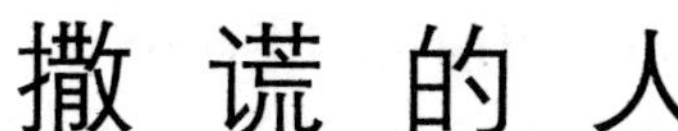

撒谎的人

●文/[俄]克雷洛夫

有一个刚从外国回来没几天的贵族，跟他的朋友一起在田野里散步。他对自己曾经到过的地方大吹特吹，但没有几句是真话。

他说："我去的那个地方，真是太好了！没有哪里比得上。不像咱们这儿，冬天太冷，夏天太热，一年四季都不舒服。那里简直是人间天堂，回想起来，叫人神往。那儿不用穿皮衣，因为没有冬天，一年四季都跟五月一样；那儿不用点灯，因为没有黑夜，只有无穷的白昼；那儿谁也不植树、不播种，因为树木、庄稼自己就会生长。要是你能看到那儿生长的东西就好了。我在那儿看到过一根黄瓜，天哪！我终生也忘不掉，你听了也会吓一跳，那根黄瓜简直跟大山一样大！"

"天啊！这可真是奇怪啊！"他的朋友答道。

这位朋友继续说道："世界上的怪事真不少，咱们这儿也有怪事啊！你看，那条小河上有座桥，一会儿我们就要从那儿走过去。虽然看上去这座桥很平常，但它可是大有文章呢！撒谎的人如果走这座桥，走到一半儿就会摔倒，一个筋斗栽到水里去；而不撒谎的人，坐四轮大马车也可以安安全全地通过。"

"真的吗？河里的水有多深？"

"八尺左右吧。哦，朋友，这虽然比不上你说的像大山一样的黄瓜，但也算是一件新奇的事吧？"

"大山那么大？我说的黄瓜吗？不，跟小山差不多大，或者说就像屋子一般大小吧？”

“你说这桥怪不怪，我就弄不明白，它为什么不让撒谎的人通过？今年春天，有两个新闻记者，还有一个裁缝，都从桥上栽下去了，全城的人都知道这件事。对了，你说的那条黄瓜有一间屋子那么大，如果是真的话，那也是奇迹啊！”

“哦，并不像你想得那样。你以为一间屋子很大，不是，那里不是像咱们这儿的高楼大厦。那儿的一间屋子，两个人刚好爬进去，还不能站立起来，也不能坐下。”

“就算是这样，这根黄瓜里面可容下两个人，也算是个奇迹了。还是说这座桥吧！撒谎的人试验过，走这座桥，只要走三四步，就会栽到水里。所以这座桥和大黄瓜都是新鲜事！”

“那我们为什么一定要从这座桥上走过呢？不如找艘船摆渡过河吧！”旅行者嚷道。

圆谎的代价

赏析／卓　乔

为了满足自己的虚荣心，人们有时候会不经意地说谎话。当看到旁听者对自己的谎言感到惊讶时，说谎者便会因此洋洋得意。他们认为谎言让自己受到别人的注目，别人也会佩服自己见多识广。

其实，说谎者这些想法非常愚蠢。或许他们会因为谎言风光一时，但是他们很快就要为此付出代价。说谎者都害怕谎言被揭穿，为了让别人更相信他们的话，他们不得不去编织更大的谎言来把第一个谎言装下去，于是一次又一次地骗人……撒谎次数多了，终有一天原形毕露。最后等待说谎者的也只有无地自容的下场。谎言被揭穿，有时候只会让人一时尴尬，但有时候却会让人声败名裂。有人对历史说谎，除了被绳之于法外，还要被世人唾骂，遗臭万年！

诚实的人能坦然面对一切，无所畏惧，无所愧疚，能与人广结善缘，拓展生命的广度。诚实守信是一个人永久的身份证，一个人倘若失去了诚信，就失去了信任，失去了感情，失去了生活。失道寡助，这又岂是金钱、地位、权势能弥补的！

做一个诚实的人吧，不要贪图谎言带来的一时风光。只有诚实的人才能赢得别人的尊重。

妄自尊大，最终只会自取灭亡；不听劝告，最终只有断送前程……

青蛙上天

●文/仇春霖

有一只青蛙，在池塘里住得厌烦了，想到天上去逛逛。于是，它请求大雁把它带到天空去。

青蛙伏在大雁的背上，在蓝天上漫游，穿过了一片片白云。“咦，天空还有波浪哩！”青蛙看到云层稀奇地叫起来。

“你说什么？”大雁莫名其妙地问道，“这是云，天上哪来的波浪呀！”

“云？对，我知道，你们把它叫做云，可我们把它叫做浪，反正都一样。”青蛙很自信自己的见解。也许是因为客气吧，大雁没有再和它争论下去。

天色晚了，一轮明月升上了天空。大雁望着那清辉皎洁的月亮，对青蛙说：“你看，天空的月儿多美呀！有了它，黑夜就变成了银色的世界。”

“你说月亮，那有什么稀罕的，我们池塘里也有。”青蛙不以为然地说。

“不对！”大雁纠正它的说法，“池塘里只有月亮的影子。”

“影子？我敢打赌，池塘也有月亮。那有什么了不起的，我一拳就能把它打碎。”青蛙不服气，固执地坚持它的说法。说到最后一句，还做了一个手势，好像真要把月亮打碎似的。大雁着急了，不得不阻止它：“你别胡来，这不是在池塘里，当心自己摔死！”

“你真是胆小，我不吹牛，我一拳能把它打碎。我还记得，有一天晚上，我一口气打碎了十五个月亮。对，十五个，一拳一个，一拳一个……”

我们的青蛙这时神气十足，越说越来劲儿，它终于站了起来，捏紧爪子，纵身向月亮扑去。可是，当它刚刚跃起的时候，就再也不能控制自己了，像流星一样，一溜烟儿地摔了下去……

青蛙的启示

赏析／莫锡舟

似乎青蛙历来都是被世人嘲讽的对象，《青蛙上天》这个故事的主角就是一只目光短浅却又妄自尊大的青蛙。

这只青蛙在池塘待腻了，因此请求大雁，希望大雁能背着他到天空中看一看外面的世界究竟有多大，有多奇妙。没想到，这只青蛙到天上之后仍改不了自以为是的习惯。看到白云，就说是天空的波浪；看到月亮，就说池塘里也有月亮。它自以为见多识广，不肯听大雁的劝告，还说要打碎月亮，就是这个幼稚可笑的想法，让青蛙从高空中摔下来……

为什么这只青蛙会有如此悲惨的结局呢？原因就是它过于自以为是了，以为自己什么都懂，其实它什么也不懂，高估了自己的能力，忽视了别人的忠告，如此妄自尊大，是十分危险的。纵观历史上的那些智士仁人，都是一些虚怀若谷，善于采纳的人。像青蛙一样妄自尊大、目空一切的人是永远无法成功的，有的甚至会因为自身的盲目与自负，断送自己的生命。

这则寓言告诉我们：妄自尊大，最终只会自取灭亡；不听劝告，最终只有断送前程……

欲望好比一个套结，欲望越大，心就被套得越紧。

下金蛋的鹅

●文/[希腊]《伊索寓言》

一个农夫到鹅窝里看看鹅下蛋了没有。令他大吃一惊的是，鹅窝里不是普通的鹅蛋，而是一个实实在在的金蛋。他一把拿起那个金蛋，兴冲冲地冲进屋子，让他的妻子看。

从此以后，那只鹅每天都会下一个金蛋。但是农夫随着变富，也变得贪婪起来。他想，如果把鹅杀了，那他准会一下子把鹅的所有金蛋弄到手，于是就把鹅杀了，开膛破肚，却发现什么都没有。

这故事是说，贪婪的人贪心不足，到头来只会一无所得。

贪婪的悲剧

赏析／冯玉茹

人类有一种情感叫做欲望。对有些人来说，人生填满了两种与"欲望"有关的悲剧：其一是欲望得不到满足；其二是欲望得到满足。对一个由欲望支配的人来说，无论是哪种情况发生，对他来讲都是一种不幸。

故事里的农夫对鹅每天仅生一只金蛋感到不满足，想顷刻之间手握金块，一举成为阔佬，想不劳而获坐享富贵。从中作怪的无疑是他那狭隘的心理——贪婪的本性。可正因为他的贪婪之心，使他永远地失去了能够获得更多的金蛋的机会。

欲望好比一个套结，欲望越大，心就被套得越紧，灵魂中的高尚气质再也无法升华出来，剩下的就是一颗贪婪而破碎的心，这颗心最终使人变成欲望的傀儡。人一旦落进贪婪的陷阱，必然受到惩罚，它先慢慢腐蚀人的内心,然后把人折磨得人不像人鬼不像鬼,直到失去当前的所有,同时失去未来的幸福。

像农夫这样的人在当今社会确实有不少。所谓"贪心不足蛇吞象",如此贪婪,到头来不撑破肚皮才怪呢!

有些人恩将仇报,他们会受到神明的惩罚。

鹿和葡萄树

●文/[希腊]《伊索寓言》 译/王焕生

鹿为逃避一伙猎人的追捕,藏身于一处葡萄树下。猎人们从旁边走了过去。

鹿以为躲过了危险,便开始啃起葡萄树叶子来。

这时有个猎人转过身来,看见了。他带着投枪,便把投枪掷了过去,击中了鹿。

鹿临死时叹息着自语道:"我遭此不幸是合理的,因为葡萄树救了我,我却凌辱它。"

可以把这则故事讲给人们听,有些人恩将仇报,他们会受到神明的惩罚。

学会感恩

赏析/林宝贤

这篇寓言告诉我们,恩将仇报必然要遭受惩罚,所以我们应该学会感恩。人生活在这世上,难免会遇到各种各样的困难与挫折,正如平静的湖水偶尔也会泛起微波一样。遇到困难时,我们需要周围的人向我们伸出双手,给予我们帮助。但与此同时,我们是否应该为此表达我们的感恩之心呢？

花儿受到雨水的润泽，用那最灿烂的笑容去表达它的感激之情；鸟儿受到树木的保护，用那最动听的歌声去表达它的感激之情；乞讨者接过路人手中那热乎乎的馒头，用那满腔热泪来表达他的感激之情……平日里，同学之间，彼此要互相帮助，要知道你那会心的微笑和那醉人心田的“谢谢”就是最好的感恩的方式了；在家里，看着从早到晚都忙得不可开交的母亲，你是否应该为她献上心中最真挚的祝福，用你那最优异的成绩去报答她呢……

其实，感恩并非像我们想像的那么困难。只要有这份心意，无论做什么，用什么方式都不是问题。试着对生活中每一个人、每一件事都怀有感恩的心吧，你会发现世界原来如此美好！

小心成为现代的“杞人”哦！

杞人忧天

●文/中国民间寓言

有个小国家叫杞，那里有个人整天胡思乱想，忽然想到天随时可能崩塌下来，地也随时可能陷落下去，这样一来，他连安身的地方也没有了。于是，他越想越害怕，每天忧心忡忡的，茶饭不进，睡眠不安。

有个热心人听说此事，暗暗觉得好笑，跑来开导这个杞国人说：“天不过是一团积聚的气体，到处都是气，人运动呼吸也是在这气当中，怎么可能崩塌下来呢？”

杞国人将信将疑地说：“就算天是积气，可是难道太阳、月亮和星星不会掉下来吗？”

“不会，不会！”那人回答，“日月星宿也不过是一团团会发光的气体，就是掉下来打着头，也不会伤人。”

杞国人还不放心,又问:“那么地陷下去怎么办呢? ”

热心人忙又回答:“地不过是堆积起来的土块罢了,到处都是这样的土地,它怎么会陷落下去呢? ”

杞人听罢,豁然开朗,心头像放下千斤重担,那个热心人也很高兴。

心境要开阔

赏析 / 关沛茹

头顶蓝天,却整天担心蓝天会崩塌下来;脚踏大地,却成天害怕大地会陷落下去,这就是杞人忧天的故事。对于杞人愚昧无知的担忧,想必大家都会觉得可笑。笑过之后,我们能不能从杞人身上获得一些启发呢?其实,杞人这个人物正是反映了我们周围那些胸无大志,总是患得患失的人,他们为原本并不会发生的事情而担心害怕,进而影响到了自己正常的学习、工作和生活。

因此,我们决不能做现代“杞人”。作为学生,我们必须珍惜时间,学好知识,掌握本领,才不会像杞人一样无知,尽去想一些幼稚的问题,否则,只会遭到别人的耻笑。同时,我们还必须胸怀大志心境开阔,为了目标,把整个身心投入到追求的过程中去。只有树立了坚定的目标,我们才不会因遇到一点困难而迷失方向,胡乱思考一些不切实际的问题,才能一直勇往直前,获得成功。

虽说“人无远虑,必有近忧”,但我们决不能像杞人一样,作无谓的多愁善感。

面对一瓶不知是香油还是毒药的液体，一只不识字的老鼠假装博学，为了证明自己的学问，它抱着瓶子喝了起来……

两只老鼠

●文/佚　名

有两只老鼠，一只居住在图书馆里，另一只居住在粮仓里。

有一天它们两个相遇了。图书馆里的老鼠摆出一副学者的架子，傲气十足地对粮仓里的老鼠说："可怜的家伙，为了填饱肚子，你们甘愿住在干燥、憋闷的谷仓里，那里除了稻谷之外什么也没有。可想而知，只有物质满足、缺乏精神享受的生活该有多么乏味啊！而我在图书馆里是多么好啊，古今中外，经史子集，我都能见到。"

"这么说，您一定是位知识渊博的学者。"粮仓里的老鼠虔诚地说道。

"那当然，每本书中的一字一句我都要细细咀嚼，一页页装进肚子里。"

"这太好了，我正有一件事需要请您这位知识渊博的老兄帮忙。"

说完，粮仓里的老鼠把图书馆里的老鼠带到一座粮仓里，指着墙角的一个瓶子说："您认识字，请看看这标签上写的是'香麻油'还是'灭鼠药'。"

其实，图书馆里的老鼠根本不认识字，它看着标签上三个黑糊糊的大字，是"香麻油"还是"灭鼠药"呢？它发愁地思量着，就在它进退两难之时，有一股香油的味从瓶口飘出，于是，它就凭着直觉猜测道："这是香麻油。"

"真的，您看清楚了吗？"

"没错，不信，我先喝给你看。"图书馆里的老鼠为了证明自己博学多才，同时也为了一饱口福，搬倒瓶子就喝了起来。谁知只喝了几口，它就浑身抽搐，不久，便四腿一蹬，死了。

这时，粮仓里的老鼠才知道，瓶子上写的分明是"灭鼠药"。

知之为知之，不知为不知

赏析／关沛茹

读完《两只老鼠》后，我们不得不为那只自称为“学者”的老鼠的下场感到可悲可叹。它喜欢吹嘘，自己腹中空空却还去嘲笑粮仓里的老鼠没有见识，最终葬身于爱慕虚荣和盲目自大之中，反而成了别人的笑柄。

寓言虽然篇幅短小，但里面蕴含的寓意却不简单。其中的寓意，可以联系我们的生活去思考。有人稍有成就，便认为自己比别人“厉害”，自以为什么都懂，因而看不起别人。但是，事实是最公平、最严肃的法官，他会宣判那种人将一无所获。

孔子说过：“知之为知之，不知为不知，是知也。”这位大圣人认为对待任何事物都要有谦虚诚恳老实的态度。知道就是知道，不知道就是不知道，不要不懂装懂，自欺欺人。如果一个人对自己不明白的问题加以隐瞒，不去向别人请教，在别人面前仍然不懂装懂，那他就是“大无知”，太虚伪了。如果我们总是自作聪明，不懂装懂，最终只能害人害己。

因此，我们无论是为学还是为人，都必须要有诚实的态度。

对人以诚信，人不欺我；对事以诚信，事无不成。让我们坚持以诚为本，用心去坚守一生！

樵夫与赫耳墨斯

●文／佚　名

一个樵夫在河边砍柴，不小心把斧子掉到河里，被河水冲走了。樵夫坐在河岸上痛哭起来。

这时宙斯和迈亚的儿子“商业之神”、“音乐之神”赫耳墨斯听到了他的哭声，很可怜他。走来问明原因后，便下到河里，捞起一把金斧子来，问是不是他的，他连连摇头。接着赫耳墨斯又捞起一把银斧子来，问是不是他掉下去的，他依旧摇头。赫耳墨斯第三次下去，捞起樵夫自己的斧子来，樵夫说这才是自己掉的那一把。赫耳墨斯很赞赏樵夫为人诚实，便把金斧、银斧都作为礼物送给他。

樵夫神奇的经历很快在伙伴中传开了。其中一个樵夫十分眼红，决定也去碰碰运气，他跑到河边，故意把自己的斧子丢到急流中，然后坐在那儿痛哭起来。

赫耳墨斯和上次一样来到这个人面前，问明了他痛哭的原因后，便下河捞起一把金斧子来，问是不是他丢失的。那人高兴地说：“呀，这正是我的斧子！”他伸手就把金斧子夺了去。然而他那贪婪和不诚实的样子却遭到了赫耳墨斯的痛恨，不但没赏给他那把金斧子，就连他自己的那把斧子也没给他。

以诚为本

赏析／关沛茹

生活确实是鲜花与蔓草共生，善良与丑陋并存的。第一个樵夫的行为确实是值得我们称赞的，而且正因为他的人品，所以获得了更大的财富。而第二个樵夫不诚实，贪婪使他最终一无所获。第二个樵夫的下场警示了人们千万不能失去诚实的本性，不能总是想方设法去“不劳而获”。这充分说明了一点，诚实的人会得到帮助，狡诈的人必将遭到唾弃。

诚实守信是中华民族的传统美德。它已被人们广泛地实践到修身立业之中，一诺千金、一言九鼎，这些成语是人们讲究诚信的高度概括和真实体现。诚实是为人之本。谎言终究是要被识破的，所以应该学会诚实处事，诚实待人。诚实守信是一切道德的基础和根本，是为人处事最重要的品质，更是一个社会赖以生存和发展的基石。

未来的社会是诚信的社会，我们要从小事做起，从现在做起，从自己做起，走好人生的第一步。俗话说：对人以诚信，人不欺我；对事以诚信，事无不成。让我们坚持以诚为本，用心去坚守一生！

陶壶认为在旅途中铁壶能保证它的安全，但结果却正是铁壶给它带来了灾难。

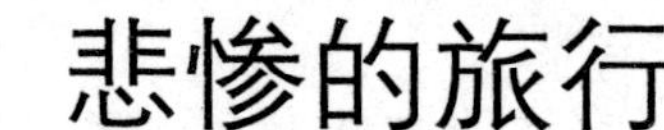

悲惨的旅行

●文/佚　名

一把陶壶和一把铁壶先后落户在一个主人家。陶壶是主人买回来装水的，而铁壶则是用来装未燃尽的木炭的。不过，陶壶和铁壶都闲着没事干，只好在仓库里过着无所事事的生活。

有一天，铁壶对陶壶说："我们结伴去旅行吧！反正闲着也没事干。"

陶壶不知道铁壶为什么会突然发出这个邀请，而且还特意邀请自己。陶壶想了想，可能是因为我和它形状相似吧，可是我们的用途大不一样啊。思考再三，陶壶还是委婉地谢绝了，因为它知道，老老实实地待在炉火旁是自己最明智的选择。对自己来讲，哪怕稍有点磕碰或出现意外就可能粉身碎骨，变成一堆碎片。

想到这些，陶壶说："铁壶大哥，你要比我硬朗得多，没有什么能使你受损，而我就不行了，你的好意我心领了，我还是别去了吧。"

"我可以保护你，"铁壶说，"假如有什么硬东西要撞到你，我可以将你们隔开，你不就可以安然无恙了吗？"

陶壶觉得铁壶说得也有道理，就同意与铁壶结伴上路。两个家伙一瘸一拐在路上行走，路稍有点不平，两者就磕磕碰碰撞在了一起。陶壶难受死了，还没来得及抱怨就已经被它的保护者撞成了一堆碎片。

了解身边的人

赏析／黄小妍

如果陶壶对铁壶的了解能够再多一点，认识到铁壶硬朗的同时也能意识到铁壶也会将自己脆弱的身体撞毁的话，那么这场悲剧还会上演吗？

的确，假如我们能够多了解一点身边的人，很多不愿面对的事也就不会发生。展开来说，了解身边的人，会让彼此间有更多的体谅与关爱，那么我们的生活将会变得更加祥和。

了解身边的人可以从与最亲近的父母开始，先要观察他们的生活，了解他们的精神世界。如果真的留心了，就不难发现，其实父母每天都在为我们付出。那么我们呢？每天都在做了些什么呢？或者说，我们有没有为他们做过什么？是不是非但没有付出，反而认为他们的关爱是理所当然的，甚至不顺心时就"顺便"拿他们出出气呢？这一"顺便"对我们也许没有什么大不了的，但是，我们有没有想过那样会让父母的心受伤呢？要知道，一颗心受了伤，即使经过时间的医治，伤口不再疼痛，也会在那颗易碎的心上留下一道长长的伤痕，好比陶壶被撞碎无法复原一样！

所以，请了解身边的人，保护身边的人，珍惜身边的人吧！

细菌嘲笑鸡蛋，劝它洗个澡，鸡蛋果然洗澡了，却没想到这是一个阴谋……

好蛋变坏蛋

●文/陈乃祥

鸡蛋一生下来，就被细菌嘲笑开了："生下来也不洗个澡，满身臊烘烘的！""蛋壳上还有血丝呢！喔，那股鸡屎味，好难闻啊！"

鸡蛋听了，心里很不是滋味儿。她想：人家这样说我，也许我确实太脏了。于是请求主人帮忙，像对刚生下来的婴儿那样，为自己洗个大澡。

"你跟婴儿不同，千万不能洗澡，洗了要坏事的。"主人不同意。

我刚生下来就被人家骂脏骂臭,将来说不定会骂我臭蛋坏蛋呢!鸡蛋窝着一肚子气,不听主人的劝告,独个儿偷偷地滚进了水盆,痛痛快快地洗个够,心想:这下我把血丝和臭气都洗掉了,大概不会再有人说我骂我了吧。

几天过后,鸡蛋开始发黑变臭,主人用鼻子闻了闻,骂了声"坏蛋",要把她扔到垃圾堆去。

"我洗过澡了,怎么还会变坏呢?"鸡蛋不服。

"傻东西!"主人教训她说,"你刚生下来时,身上的许多小孔都被一层胶质掩盖着,细菌没法钻进去。可是你到水里去洗了个澡,身上的胶质全脱落了,细菌就乘虚而入,钻进你的肌体,使你的内脏变质变烂,好蛋就成了坏蛋啦。"

"我上当啦!"鸡蛋后悔地说,"原来细菌说我脏,是个阴谋,目的是让我解除武装,好让它们肆无忌惮地来侵害。我真糊涂啊!"

别做坏蛋

赏析/叶剑怡

鸡蛋从一个好蛋变成一个坏蛋的故事,让我们从中得到一个启示:不要轻易就相信别人的话,否则很容易上当受骗,而要多点听取长辈对我们的劝告,因为他们的告诫才是真正让我们进步、成长的良药。

在我们的身边,总是存在着很多像"细菌"一样的坏人,他们总是抓住你的弱点,说一些诱惑你的话。如果你的意志力和立场不够坚定,而且不听父母、家人、老师或同学的劝告的话,那么你就会很容易进入坏人设下的陷阱,犯下一些自己都不知道的错误,严重的话,可能还会走上犯罪的道路。到那时候再醒悟就已经迟了。

因此,我们要增强自信心,坚定自己的立场,告诉自己什么是对的,什么是错的,什么是好的,什么是坏的,什么事该做的,什么事不该做,学会虚心接受长辈的劝告或意见。这样,才不会轻易上当受骗,才算得上一个聪明的好孩子。

还是你自己去享受这大鱼大肉的生活吧！这样担惊受怕，我可受不了，还是乡间清贫却自由自在的生活过得舒心啊！

城里老鼠和乡下老鼠

●文/佚　名

乡下老鼠和城里老鼠交上了朋友，彼此开始往来。一天，乡下老鼠邀请城里老鼠去他家赴宴，摆出地里出产的无花果和葡萄之类的果实请他吃。城里老鼠看乡下老鼠家里穷，就对他说："你这里简直过的是蚂蚁的生活，而我家的东西则丰富极了。我真希望你能到我家，那我们就可以大吃特吃那些珍馐美味了。"乡下老鼠答应了。

第二天，乡下老鼠来到城里老鼠家做客。乡下老鼠见到屋里什么也没有，心里很纳闷。这时城里老鼠说："走，我带你到一个地方去，保你吃个够。"说着，他把乡下老鼠带到一个库房里，乡下老鼠一看，里面的东西可真不少，有各种蔬菜、鱼肉、饼干、面包……

乡下老鼠说："人家的东西，不打招呼就吃，行吗？"城里老鼠理直气壮地说："没关系，放开肚皮吃吧，我经常来。"他俩吃得正起劲，忽然管家推门进来，发现有老鼠，拿起笤帚就打，城里老鼠领着乡下老鼠赶紧跑进洞里。乡下老鼠说："好险啊！"

事后，乡下老鼠对城里老鼠说："老兄，还是你自己去享受这大鱼大肉的生活吧！这样担惊受怕，我可受不了，还是乡间清贫却自由自在的生活过得舒心啊！"

靠自己生活才美好

赏析／梁嘉伟

城里老鼠和乡下老鼠因为不同的追求，过着不同生活。城里老鼠好逸恶劳，不劳而获，虽然能吃到丰盛的美味却提心吊胆，不得安宁；而乡下老鼠每天"锄禾日当午，汗滴禾下土"，虽然辛苦却自由自在，幸福而舒心。

小朋友，你愿意选择哪一种生活呢？

是的，城里老鼠虽然有时候大吃珍馐百味，但这些毕竟都不是它劳动所得，因而心里是不安的，害怕被人发现而追打。尽管它表面风光不已，但实际是困窘不堪，大鱼大肉的同时枕戈待旦，在惶恐不安的心态中又怎能顾得上静心品味，好好享受呢？而乡下的老鼠虽然生活清贫，但它诚实勤劳，吃的都是自己劳动而得的东西，因而吃起来有滋有味。它善良，对不劳而获、鸡鸣狗盗之事感到不安；它没有贪欲，因而能禁得起物质的诱惑，放弃不劳而获的诱惑，享受心灵的自由和安宁，因而过着舒心和自由自在的生活。

靠山山会倒，靠人人会老，唯有靠自己，生活才美好。小朋友，现在知道选择哪一种生活方式了吧？

人生需要的是大智慧，而最忌讳的则是小聪明。

小花牛种田

●文/杨福久

小花牛小学没念完就辍学了，觉得自己知识少，技术工种干不了，只有种田不用学就能会，于是承包了三块地，一块种苞谷，一块种甜瓜，一块种西红柿。可是，事与愿违——

苞谷不间苗：

那块黑土地上的苞谷苗出得齐刷，"见苗三分喜"，小花牛很高兴地铲地、趟地。

一天，老黑牛打苞谷地边上路过，见每埯三四棵苞谷苗都一尺多高了还没有间苗，便对小花牛说："喂！这苞谷得间苗啦！"

"间苗？"小花牛疑惑地问："间什么苗啊？"

"一埯留一棵，其余的都拔掉嘛！"

"哈哈，我说您老脑筋嘛！一棵苗结一穗苞谷，三棵苗不就结三穗吗？我这种种法，就会比你们增产两倍，懂吗？"

"苗留多了不行，"老黑牛急了，"你忘了'护着苗，抱着瓢'的农谚了吗？苗多了互相欺苗会大减产的，秋天你会抱着瓢去要饭的。"

"我才不信呢！种田也得改革，我给你们带个头吧……"

秋天，严霜打死了密密麻麻的苞谷秆子，小花牛这时想起老黑牛的话，后悔起来。

甜瓜不抠心：

种在河滩地上那块甜瓜苗也出得齐刷刷的。小花牛小时候到过不少瓜地看到瓜藤盖满了土地，觉得瓜挺好种的，秧越多瓜也就越多，于是就千方百计让瓜秧多多地长出来。

一头老白猪见到小花牛问它说："你的甜瓜抠完心了吗？"

小花牛不解地说："抠心，抠什么心？"

"抠心，也叫掐尖儿，"老白猪耐心地解释，"用针尖儿将甜瓜苗的心抠掉，这样才能憋出更多的杈来，结更多瓜呢。"

"又是一个老脑筋瓜子！"小花牛想，"我才不跟在人家后头呢！不抠心自然会长出更多的杈的。"

不久，老白猪的瓜开园上市了，小花牛的瓜地瓜秧还没盖严地面，稀稀落落地结几个瓜。

西红柿不打杈：

小花牛栽的西红柿苗子很快长到两尺高了，每个叶眼间都长出了一个大杈来。

种了多年西红柿的大灰狗问小花牛："西红柿苗这么高了，咋还不打杈来呢？"

小花牛笑笑："这么长不是很好吗？打什么杈呀？"

"西红柿不打杈是不行的，因为杈与主枝争养分，影响结果的。"

"咳——又是老经验！这样守旧种田，怎么能创高产呢？"

大灰狗劝道："这不是守旧，是成功的经验。不这样做，势必减产哪！"

小花牛摆摆手："我是注重实践的，我得自己实验一下，兴许我会闯出一条高产栽培西红柿的路子呢!”

大灰狗哭笑不得地说:“误了农时,秋天后悔可就来不及了!”

小花牛“坚持”不打杈。秋天到了,那大块西红柿长得挺繁茂,果实却又少又小……

小聪明与大智慧

赏析/陈良艳

小花牛还以为种田不用学就能会,而我们从它的三个“事与愿违”可知:任何事情要想做好,就必须学习,做事情马虎不得。平时,我们总以为一些事情太简单、太平常,而忽略它们,到了我们去做时,又不知如何开始,这就是我们的矛盾。它告诉我们,什么事都不能不劳而获,总得付出。小花牛用小聪明来种田,注定要失败的。

从长远看,基本功扎实,做事实在,努力提高自己,是大智慧;基本功不扎实,做事浮躁,不虚心学习,这是小聪明。真正聪明的人会未雨绸缪,为未来做好规划,并认真地执行,一步步走向成功,如果还有卓越的眼光还会成为时代的弄潮儿。而小聪明则是浅尝辄止,应付小场面还可以,遇到稍大的事就要手忙脚乱了。

人生需要的是大智慧,而最忌讳的则是小聪明。小聪明本身就具有一种擦抹不掉的悲剧色彩,小聪明总有个性的弱点,个性的弱点总会造就人生的局限,所以大智者的人生常常很成功,小聪明的人可能造就支离破碎的人生。

真正懂得这些,便拥有大智慧了。

诚实就如一粒种子，起初也许不会带来多少好处，但最终会回报给你累累的果实。

猴子种栗子

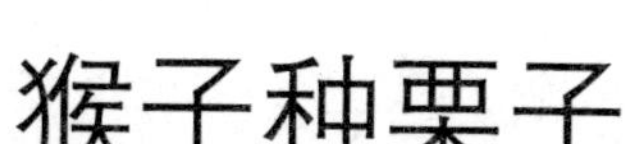

●文/梁临芳

猴妈妈觉得三个孩子长大了，这年年初，它把家里那片栗树均分给三个孩子，让它们自己培育，独立生活。

猴子三兄弟个个身强力壮，分居后它们天天在果园里除草、治虫、浇水、施肥，栗树长势喜人，硕果累累。

栗子成熟了，三只猴子都忙着收获，然后各自把栗子过了磅，很凑巧，都是二百公斤。

当年年底，猴妈妈把三个孩子都叫到身边，要它们汇报栗子的收获情况。猴子三兄弟除老二实报外，老大虚报有三百公斤，老三瞒报仅一百公斤。

猴妈妈赞扬了老大的勤劳能干，为它颁发了奖金，同时也为老三发放了扶贫款。

次年开始，栗树林里失去了往年的繁忙景象。

猴子三兄弟中的老大想，瞎忙一年也增产不了几个栗子，不如年底虚报多得奖金，因此，它足不出户，天天睡醒了吃，吃饱了又睡。

老三觉得自己年纪最小，收成不好就可得到扶助，因此它长期到各地名山游玩，直到年底才回家。

老二虽然对猴哥和猴弟的成绩怀疑，但它认为生活必须依靠自己，开始实施科学种栗子，栗树越长越好，收获越来越多。

有一年年底，猴妈妈生病死了。从此，痴迷不劳而获的老大、老三失去了依靠，日子很难过，老二却过着非常幸福的生活。

诚实所赐予的

赏析／陈良艳

虽然在第一年的年底，老二因为如实报告，没有得到额外的收入，但老二不后悔，最终踏上了一条幸福的康庄大道。老大和老三因为虚报产量而分别得到奖赏和救济，但不劳而获的甜头却带他们走上了坎坷之路。

老二的成就是诚实所赐予的。真正诚实的人绝不会有贪念。诚实的人希望对身边的每个人都忠诚，希望面对每个人，有想说什么就说什么的爽快和轻松，他们没有阴谋和野心，没有那么复杂的想法。诚实的人做事往往“从一而终”，他们希望尽自己最大的努力去完成一件事。所以，他们会成功，会为自己开挖幸福的源泉。这，就是诚实所赐予的。老二，是我们的榜样。

在人生中，因为种种原因，我们会经常面临“诚实”的选择，是逃避？还是勇敢地面对？试着做一个诚实的人吧！你会感到无比轻松和幸福！

就是因为我抓不住现在，所以古罗马城才成为历史，我自己也被人丢在了废墟里。

哲学家与双面神

●文／章礼清

一位哲学家在古罗马的废墟里发现了一尊双面神像。由于从来没有见过这样的神像，哲学家便好奇地问：“你是什么神啊，为什么有两张面孔？”

神像回答：“我的名字叫双面神。我可以一面回视过去，吸取教训；一面展望未来，充满希望。”

哲学家又问：“那么现在呢？最有意义的现在，你注意了吗？”

“现在？”神像一愣，“我只顾着过去和将来，哪还有时间管现在？”

哲学家说：“过去的已经逝去，将来的还没有到来，我们唯一能把握的就是现在；如果无视现在，即使你对过去和未来都了如指掌，那又有什么意义呢？”

神像听后，恍然大悟，失声痛哭起来：“你说的没错，就是因为我抓不住现在，所以古罗马城才成为历史，我自己也被人丢在了废墟里。”

把握现在

赏析／陈香宇

就像走路不看路而只顾望风景容易被绊倒的道理一样，只顾着过去和未来的人容易被忽略了的“现在”打败。

太执迷于过去的人并不明智。过去的已过去，无论是多么伤痛的往事或是多么让人骄傲的辉煌，都只是逝去的风、东流的水，抓不住也留不住，何必为此错失新的美景呢？

把一切寄托在将来的人也不聪明。将来也是由无数个现在叠加在一起的，没有现在何有将来？明天是充满希望的，但我们能坐着等希望来临吗？不能！我们只有把握现在的每分每秒，才能把希望握在手里。

真正有智慧的人应是以过去为训，把握好现在，又对未来充满希望的人。过去、现在、将来三者从来不可分割，但我们只能拥有现在。聪明的你还等什么呢？还想跟双面神一样追悔莫及吗？

快乐是什么？或许许多小朋友会这样问爸爸妈妈，问老师，甚至问自己。其实，答案是丰富多彩的，也许拥有不可计数的财富是快乐，也许自由自在的生活是快乐，也许拥有至高无上的权力是快乐，也许一无所求才是快乐……

感动系列

全森林唱歌大奖赛

美味香口胶

风犹如一位旅行家
白天走,夜晚走
它轻盈的脚步,到过许多地方
风,从早到晚一直地走
未有片刻停留
因为风知道
最美的风景永远都在前方……

有了好办法,没有谁敢去做,办法再好也是空的。

老鼠开会

●文/[希腊]《伊索寓言》

一天,老鼠王召集了一个老鼠会议,专门研究如何对付猫的问题。

老鼠王说:"我们老鼠最大的天敌是猫。大家都来想想办法,怎样减少猫对我们的威胁。"

老鼠们听了,一个个挠头抓耳,开动脑筋想办法。

一会儿,一只灰黑的大老鼠说:"有办法了有办法了!我们只要在猫的脖子上拴上一只响铃,猫走到哪里,铃声就响到哪里,我们一听到铃声,就赶快躲藏起来,保证再不被猫抓住了。"

大家一听,都说这个办法好,就连老鼠王也拍案叫绝:"妙!妙!妙!"

可是,谁去给猫挂响铃呢?灰老鼠推给黑老鼠,黑老鼠推给灰老鼠,一个推一个,因为太危险,谁也不肯去。

鼠大王摇摇头,叹了一口气说:"有了好办法,没有谁敢去做,办法再好也是空的。唉!大家就等着给猫填肚子吧!"

所以,直到现在,老鼠们还常常逃不出猫的利爪,死在猫的爪下。

空谈与实践

赏析/陈秋艳

读完本文,不禁陷入了沉思:为什么老鼠们老早想出了妙计,却至今仍只能给猫填肚子呢?

其实,灰黑的老鼠想出的计谋确实够妙,如果能付诸实施,那它们就可以高枕无忧地生活了。但这妙计是无法实施的。有哪只老鼠肯牺牲自我去为鼠类谋幸福呢？即使有，恐怕还没给猫挂上响铃，自己早已葬身猫腹了。

同样在现实学习、生活中，人们常常只关注回答“做什么”的问题，而忽视“如何做”，致使方法、对策成为空想、幻想甚至妄想。所以，做事要从实际出发，切不可纸上谈兵。思考问题若不能做到实事求是，就只会高兴而起、扫兴而终。

苍鹰要翱翔离不开蓝天，鱼儿要遨游离不开碧水。同样，我们要取得成功，就应抛开幻想，从自身实际出发，量力而行，努力奋斗。

“森林之王”老虎参加了唱歌大奖赛，大多数动物居民都认为冠军非老虎莫属。获奖者名单出来了……

全森林唱歌大奖赛

●文/樊发稼

大象先生拉到一大笔赞助资金，用以举办一次全森林的唱歌大奖赛，并对大赛的优胜者给以重奖。

大象先生特聘像人一样聪明和有学问的猴博士，担任这次大奖赛的裁判长。

消息不胫而走。报名者纷至沓来，排成长龙。

一个谁也想不到的、令人目瞪口呆的情况发生了：有着特大嗓门儿，根本不会唱歌，然而在森林中有“大王”之称的斑斓猛虎，居然也来报了名！

“这虎也太没有自知之明了！”

“这年头，谁不见钱眼开呀。老虎报名参赛，还不是冲着这大笔奖金来的！”

“是啊,重赏之下必有勇夫嘛。”

“老虎可是只会大声啸吼,真正是五音不全呀!”

尽管有各种各样的议论(当然都是背着老虎说的),但是森林里大多数的动物居民认为,这次大奖赛的冠军非老虎莫属。至于为什么会这样,那还不是秃子头上的虱子——明摆着的嘛。

大赛如期举行。选手们按报名顺序逐个亮相,一展歌喉。美妙动听的歌声,不时激起阵阵掌声和喝彩声。

轮到老虎上场了。只见它迈着威严的虎步,雄赳赳而又胸有成竹地走上舞台,张大嘴巴憋足劲儿猛吼了几嗓子,就算是唱了一首歌。老虎“唱”的时候,大家不约而同地迅速把耳朵紧紧捂住,因为从它喉咙里发出来的噪声,实在是太大太吓人了。

比赛结束，裁判长猴博士把一张写着评判结果的纸张交给大象先生。

由大象先生亲自宣读获奖者名单。本届大赛除产生冠军、亚军、季军各一名外,还设鼓励奖十名。

当大象先生宣读完毕,向台下深深一鞠躬的时候,大家马上意识到大象先生刚才宣读时没有念到老虎的名字,也就是说,老虎并没有获奖。

全场先是鸦雀无声,紧接着就像火山爆发,响起一阵暴风雨般经久不息的掌声和欢呼声……

相信世界是公正的

赏析／郑惠仙

说森林唱歌大奖赛是一场公平、公正的比赛,大概是因为实力不济的森林之王——老虎最终没有获奖。

世界的本质是公平的:太阳有太阳的灿烂,而没有月亮的妩媚;山有山的巍峨,而没有水的灵澈;聪明者有他的乖巧,而没有愚钝者的安逸……这便是上帝的绝妙创意。世界是公平的,当然,不是绝对公平而是相对公平。就像吃饱了米饭就吃不下馒头,做了这就做不成那是一个道理。就如故事中的老虎,它凭借孔武有力、凶猛无比当上了森林之王,可糟糕的嗓子却让它永远当不了“乐坛天王”。

世界已经很公平了，它从不让人永远悲哀，当然它也不会让人永远快乐。有时候你可能会觉得这个世界不公平，但是你看到的只是一个未经弥补的小漏洞。像老虎这样的“王”，在比赛规则和评分标准面前还不是得和其他动物一样平等？权力、地位和钱财绝不是人生赛场上的砝码。

国王病得很严重，医生说他只要穿上一个快乐人的衬衫，就能康复。谁是那个快乐的人呢？

一件衬衫

●文/佚　名

从前，在一个遥远的国家里，国王病得很厉害。宫廷里所有的医生都来看过他的病，虽然尽了最大的努力，但是，国王的病情丝毫不见好转，反而更加恶化了。后来，他们快绝望了，只得从国外请来一位著名的医生。这位外国医生看了一下国王的病情，严肃地说：“陛下，只有一样东西能救你！”

国王问：“什么东西？只要你能救活我，无论你要什么，我都能给你。”

医生说：“不，我是说，你只要穿一个快乐人的衬衫睡一夜，你的身体就会康复的。”

于是，国王派了两个大臣去找快乐的人，叮嘱如果找到了，就把他的衬衫带回来。

就这样，两个大臣首先找到城里最富的人，问他是不是一个快乐的人。最富的人说：“快乐？我难以预料我的船明天会不会遭难；小偷和强盗总是图谋窜到我的家里来；我还要时时提防我的竞争对手的暗算；家里的妻子和孩子也不让我省心，总是为了财产吵来吵去的，唉！有了这些烦恼的事，一个人怎么会快乐呢？”

后来两个大臣又找到了仅次于国王的宰相家里，他们问："你是个快乐的人吗？"

宰相说："别傻了！外国人要侵略我们，恶棍企图夺我的权，奴仆们希望增加收入，有钱人又想少交些税，你们想，作为一个宰相会是一个快乐的人吗？"

两个大臣走遍了整个国家，始终找不到一个快乐的人。他们又疲劳，又悲伤，只得准备回宫了。正在这时，他们看到一个乞丐坐在路旁，生了一堆火，用一只长柄的平锅煎香肠、煮饭吃，还很得意地唱着歌呢！

两个大臣对望着说："这个乞丐不就是我们要找的人吗？"于是，他们俩走上前去攀谈："看上去你很快乐！"

乞丐回答说："当然，我是很快乐！"

两个大臣高兴得简直不敢相信自己的耳朵，连忙异口同声地说："朋友，我们想出高价借用你的衬衫，行吗？

乞丐一阵大笑："对不起，先生们！我可是一件衬衫也没有哇！"

快乐是什么

赏析／陈菊兰

快乐是什么？或许许多小朋友会这样问爸爸妈妈，问老师，甚至问自己。其实，答案是丰富多彩的，也许拥有不可计数的财富是快乐，也许自由自在的生活是快乐，也许拥有至高无上的权力是快乐，也许一无所求才是快乐……

《一件衬衫》告诉我们，无论是锦衣玉食的国王、位高权重的宰相，还是金银满屋的商人，他们都不快乐。一贫如洗的乞丐反而是最快乐的人。为什么呼吸着一样的空气，生活在同一片蓝天下，人与人会相差这么大？国王、宰相、商人做了很多不快乐的事，有太多的忧虑和欲望，过度扭曲了自己，就像弹性疲乏的橡皮筋，最后变成一个直径大、但失去本能的圆圈——既不满足于大而无当的外观，又回不到小巧玲珑的本来面貌。忽然发觉，在这个世界上，做自然的我，便是最珍贵的快乐。

快乐是什么？的确很难具体回答，但“快乐”是无处不在的，也许只有经历风雨才知道什么是快乐，也许只有给别人带来快乐才能感受到快乐。

不要犹豫，做个好人吧，因为好人终有好报！

蚂蚁报恩

●文/佚 名

在一个炎热的夏天，有一只蚂蚁被风刮落到池塘里，命在旦夕。树上有只鸽子看到了这情景，“好可怜噢！去帮帮他吧！”鸽子赶忙将一片叶子丢进池塘。

蚂蚁爬上叶子，叶子漂到池边，蚂蚁得救了。“多亏鸽子的救助啊！”

蚂蚁始终记得鸽子的救命之恩。

过了很久，有位猎人来了，用枪瞄准树上的鸽子，但是鸽子一点儿也不知道。这时蚂蚁爬上猎人的脚，狠狠咬了一口。“哎呀！好痛！啊！”猎人一痛，就把子弹打歪了，使得鸽子逃过一劫，蚂蚁由此报答了鸽子的救命之恩。

好人终有好报

赏析／陈穗晶

《蚂蚁报恩》昭示了这样的道理：好人终有好报。这则寓言延伸到生

活中——鸽子代表的是热心的人，蚂蚁代表的是知恩图报的人，二者都值得我们学习。

在现实社会中，也有着热心肠的人。比如感动了无数中国人的丛飞叔叔，他虽然不是腰缠万贯的富豪，也不是大红大紫的偶像歌星，他只是一个普通的歌手，甚至是一个平凡的人，但是他却资助了那么多的贫穷孩子，帮助他们圆了上学梦。他的精神是可贵的，他的形象是高大的。俗话说得好，好人有好报。也许你会问："可是丛飞得到什么好报了呢？"无可置疑，他得到了人们对他的敬佩和赞誉。试想，还有什么报答比这更珍贵呢？

生活在社会的大家庭中，我们不是孤立存在的。当我们处于危险之时，总希望别人慷慨地伸出援助之手，帮助我们渡过难关，走出险境；既然我们接受了别人的好意就应该铭记在心，知恩图报。这样，你帮我，我帮你，生活才会容易起来，人生才会顺畅起来，社会也会变得更和谐、更美好。

不要犹豫，做个好人吧，因为好人终有好报！

尽快找到属于自己的钥匙，在开启知识大门的同时，才能收获更多快乐。

猴子磨刀

●文/湛　卢

一只猴子捡到一把刀，但这把刀很钝，连一棵小树也砍不断。

它跑去请教砍柴的人：

"告诉我，你的刀为什么那样锋利？"

"因为我的刀是在石头上磨过的。"

"磨过就行了吗？"

"磨过就行。"

猴子高兴地跑回去，拿了刀子就在石头上使劲地磨啊磨，一直把刀口磨得差不多和刀背一样厚。等它再拿去砍树时，不用说，更加砍不动了。

“唉！我已经学习了别人的经验，但还是毫无办法，如果不是经验本身不可靠，一定就是这把刀子有问题！”猴子下了结论说。

开启知识大门的钥匙

赏析／李冠蓉

轻松快乐地学习是不少学生的愿望，但事实上很少有同学能做到这一点。出现这种情况的原因就在于我们没有掌握正确的学习方法。

很多人在某一方面胜人一筹，更多的是得益于学习技巧。面对学习，有人就像寓言中的猴子对“磨刀”一样摸不着北，找不到正确的磨刀方法。好方法可以使我们有效率地学习，达到事半功倍的效果，一味地“读死书”只会像那只猴子一样白费力气。

那么，如何掌握正确的方法呢？向别人请教，关键是学习他们灵活的思维和实用的方法。在学习过程中善于听取他人意见，总结经验，既要借鉴别人的方法，又要摸索出适合自身的学习窍门，这样才能少走“弯路”。学习要层层深入地学，不能只停留在表面的知识上，应刨根问底，不能有一丝含糊。对待学习，要讲究“怎么学”，才能轻松地享受学习带来的乐趣。

尽快找到属于自己的钥匙，在开启知识大门的同时，才能收获更多快乐。

小事如此,大事也一样!摘下有色眼镜吧,那将拓宽你审视美、享受美的视野;抛掉有色眼镜吧,你会发现美景和亲情遍及五湖四海!

疑邻窃斧

●文/佚　名

有个人丢了一把斧头,他怀疑是邻居的儿子偷去了。于是常常暗地里观察邻居的儿子。看他走路的样子,像是偷斧头的;看他面部的表情,像是偷斧头的;看他的言谈,也像是偷斧头的。总之,他的一举一动,没有一处不像是偷斧头的。

后来有一天,他在挖坑时把斧头挖出来了。以后再看邻居的儿子,他的动作、神态并不像偷斧头的人了。

摘下有色的眼镜

赏析 / 陈君滢

寓言中的失主,用一种怀疑的眼光看邻居的儿子,所以怎么看都觉得人家像个小偷。但是事实证明他的判断是错误的。这告诉我们:不能以自己的主观判断去看待别的事物,很多人和事跟我们想像中的并不完全一样,不能想当然。

我们也许会有类似的经历,那是因为我们戴着有色的眼镜去看待周围的事物。如果我们这样主观地为世界着色,那么所见的事物会无一例外地沾上眼镜的色彩——世界在我们眼里,便失去了本来的面貌。我们虽然年幼,但这种意识却早已潜移默化、扎根心田。如果我们小小年龄就戴上了有色眼镜——谁不合自己的标准,便要诧异、否定、嘲笑、排斥!长此以往,长大成人,有色眼镜就难以摘下了。

有色眼镜实际上就是变色眼镜:透过这副眼镜看亲朋好友,粉面桃花、出水芙蓉;透过这副眼镜看路人陌客,败柳残絮、枯藤老树。

小事如此,大事也一样!摘下有色眼镜吧,那将拓宽你的审视美、享受美的视野;抛掉有色眼镜吧,你会发现美景和亲情遍及五湖四海!

狮子远不是公牛三兄弟的对手,但结果它却毫不费力就吃掉了三个强大的对手。为什么会这样呢?

三头公牛和狮子

●文/佚　名

在辽阔的大草原上,生活着红牛、黑牛、黄牛三兄弟。公牛三兄弟时常在一起游戏、休息。

这天,草原上来了一只狮子。狮子看到了三头牛,想把他们吃掉,就向他们猛冲过去。

三头公牛也看见了狮子,他们马上头朝外,围成了一个圈子。狮子猛冲过来,被红牛用角挑出老远。重重地摔了个跟头,狮子想从另一个方向进攻,可看到黄牛和黑牛瞪大眼睛,恶狠狠地看着他,狮子也就不敢靠近了。最后只好灰溜溜地走了。三头公牛松了口气,都说:“咱们三兄弟只要团结,再凶的狮子也不怕!”

狮子没吃到牛肉,当然很不甘心,但是又斗不过三兄弟。怎么办呢?狡猾的狮子终于想出个办法。这一天,三兄弟没有在一起,狮子终于等到了机会。他跑到黑牛身边,黑牛吓了一跳,马上摆出了准备战斗的架势。

狮子连忙解释说:“我不是来吃你的,你的力量这么大,我怎么敢吃你呢?不过,我想问你,你们三兄弟中,谁的力量最大呢?”

黑牛想了想说："我看差不多是我吧！"

"那就奇怪了，"狮子说，"刚才我听红牛说，是他力量最大，他还说，那天要不是他挑我一下，你们肯定会被我吃了！"

"他胡说，要不是我在，他才会被吃掉呢！"黑牛气得直喘粗气，他决心不再理红牛了。

狮子见黑牛上了当，又跑到红牛那里，说："红牛兄弟，我知道你的力量是最大的。那天，要不是你把我赶跑，我早就把黄牛黑牛吃了。"

"我们是三兄弟嘛，我当然得保护他们了。"红牛嘴上这么说，心里却很得意，也不想赶狮子走了。

"可我听黑牛说，他的力气才是最大的。他还说，那天要是让他动手，会做得更好。你看，他正不服气地看着你呢！"

红牛扭头一看，果然黑牛正盯着他呢。红牛心想：这家伙，真是忘恩负义，要不是我救了他，他早就被吃了。红牛决定以后再也不和黑牛在一起了。

狮子又对黄牛说："黄牛兄弟，红牛、黑牛他们都说你是个胆小鬼，那天我冲过来，他们说你吓得直发抖。其实，你才是最勇敢的呢！"

黄牛愤愤地说："这两个小子，自己胆小，还说别人，太不像话了。我非要找他们算账去。"说着就冲向红牛。

黄牛冲到红牛面前，一句话也不说，一头把红牛撞了个跟头，红牛气极了，爬起来和黄牛打了起来。

黑牛看见，也冲了过来。就这样，三头牛打成了一团，从早晨打到中午，从中午打到晚上，最后，三头牛都遍体鳞伤，筋疲力尽，躺在地上直喘气。

躲在一边的狮子见机会到了，就冲过来，没费劲儿，把公牛三兄弟全咬死了。

信任＋沟通＝长久的感情

赏析／王洋子

三头强大的公牛为什么会被狮子的几句话弄得丢失性命？是猜疑、

不信任、缺乏沟通，这些致命的弱点给了狮子饱餐一顿的机会。

我们身边总会有三两个知心朋友，为了考验我们的友情，上帝赐给我们挑拨离间的敌人。敌人并不可怕，可怕的是朋友之间的感情不坚定。我们要相信朋友，相信这一段深厚的感情。生活中总有一些事情会发生，会有一些小小的浪花在友谊之海中溅起。俗话说："鲜花是股冷漠的寒风，会把朵朵友谊之花吹掉。"这里劝诫各位小朋友，不要听信流言蜚语，相信自己，相信朋友，筑起信任之墙，不让奸细有机可乘。

沟通，是联系感情必不可少的桥梁。有一些事情可能会使朋友之间相互质疑，我们就需要沟通。不怕说错话，只怕不坦诚，因为我们是朋友。朋友间的沟通，能使大家明白彼此的感受，能够看清事情的真相，能够抵御那些空穴来风，从而更融洽地相处。

"信任+沟通=一份长久的感情"，这条定律适用于亲情、友情、爱情。彼此信任，增强沟通，分享快乐。

知人之难，冷静处事；知人之难，体谅别人。

知人之难

●文/陈建羽

孔子带领着弟子，来到了陈国和蔡国边境的地方。这时，刚好没有粮食了，读书人又大多是穷光蛋，所以孔子和他的学生，整整七天都没有饭吃。

第八天，孔子的学生颜回终于向人家讨了一点米回来，准备煮饭给孔子吃。饭快熟的时候，孔子却看见颜回用手从锅里挖饭来吃。孔子想："在进食之前，应该先给长辈吃才对，为什么颜回这么性急，而没有先请我吃呢？"

到了吃饭的时候，孔子旁敲侧击地问颜回刚才他所看见的事情。原

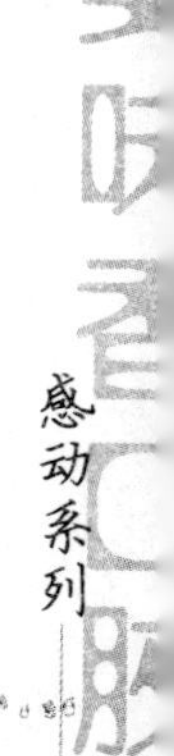

来是有一点煤渣子掉进了饭里，颜回将它挖起，要丢掉却又舍不得，只好自己吃进去。

于是孔子感慨地说："唉！了解一个人真难啊！有时候亲眼见的事，还不一定就是这样呢！"

"知人之难"二解

赏析／王洋子

"一千个读者，就有一千个哈姆雷特"，我觉得《知人之难》有两种解读。

一解：知人／之难。

了解一个人真难！就如孔子和颜回的故事，如果孔子不追问清楚，就会误会颜回的好意。这充分说明了"眼见不一定为实"，我们眼睛看到的只是事物的表面，只是肤浅的了解，这往往会造成许多误会。圣贤孔子都发出"知人之难"的感慨，我们小学生就更要谨慎处理了。这也说明了我们不能主观臆断一个人的好坏优劣。我们应该把疑惑委婉地询问清楚，再对这件事情下结论，这样就能避免很多误会。我们遇事不要冲动，应充分冷静客观地考虑清楚，然后再做行动。

二解：知／人之难。

要了解别人的难处。孔子查清事实的真相后，知道了颜回这样做的难处，所以说，我们要了解别人的难处。有时候，我们会惊讶于某人怎么会这样做，某某人又为什么会做这样的事，这时，我们就不能凭空论断他人，应站在别人的角度想问题，谅解别人的难处。要知道，谅解别人也是人们需要学习的永恒话题啊！

知人之难，冷静处事；知人之难，体谅别人。

一个学者拥有世界上最有用的学问，但在生死关头，这些学问却无法挽救他。

学者过河

●文/佚　名

一天，有一个伟大的学者坐上了一条渡船。

学者在船上感到很闷，就和船夫闲聊了起来。学者昂着头，高傲地问："请问你研究过哲学吗？这可是世界上最有用的学问啊。"

呆了半晌，船夫抬起头，不好意思地回答说："我整天渡船，没有时间研究哲学。"

"你一半的生命浪费掉了。"学者说。说完之后，他就独自面朝大河，不和船夫说一句话了。

不料一会儿天空乌云密布，紧接着就来了一场风暴，小船远离了河岸，在大风浪中颠簸，随时都有可能沉没。

突然，一阵更强烈的大风席卷河面，小船很快就翻了，学者和船夫都落入了水中。

"你知道怎么游泳吗？"船夫向学者喊。

水很快就没过了学者的脖子，他用颤抖的声音对船夫说："不会。"

"那你的整个生命都浪费了！"船夫说。

最有用的学问

赏析／余宝宁

对于学者来说，哲学是伟大的，是世界上最伟大的学问，而作为研究哲学的人，他无疑是一个伟大的人。但他这一身学问落入水中时，却变得一无是处。相反,船夫并不懂什么高深的哲学,而对于水上自救的方法却了如指掌,这看似普通的学问在此时就救了他的命。

其实,世界上最有用的学问并不在于它是否高深。比金子还贵重的学问,换个处境,也许变得一文不值。而在此时,最平常、最基本的学问可能就是世界上最有用的学问。

通过这则寓言,你是不是也想到了这一点:在学习课本知识、钻研学习的同时,也应该掌握一些基本的生活常识和技能呢?

肚子里空空的人,最怕人家说他是空瓶子,肚子里有墨水的人,你说什么他都不在乎。

满瓶不响空瓶响

●文/佚　名

狐狸和猴子好几天没吃东西了,在路上它们发现了一个洞穴,里面有个神像和两个瓶子。

狐狸祈求神像:“我们几天没吃东西了,这样下去会饿死的……”

神像说:“这儿有两个瓶子,一个装满食物,一个是空的,你只能用观察来选择一个。”

狐狸说:“两个瓶子中有一个装满食物,另外一个是空的,我看这两个瓶子肯定都是空的。”

听了这话,一个瓶子开口了:“我才不是空的……”

狐狸一听,立即伸手抱走另一个瓶子。里面果然都是食物。

猴子大惑不解地问:“你怎么知道这个瓶子里有食物呢?”

狐狸笑着说:“肚子里空空的人,最怕人家说他是空瓶子,肚子里有墨水的人,你说什么他都不在乎。”

虚有其表与真才实学的区别

赏析／关　月

在文章结尾，狐狸讲了一句富有哲理性的话："肚子里空空的人，最怕人家说他是空瓶子，肚子里有墨水的人，你说什么他都不在乎。"这句话道出了故事的主旨：虚有其表的人经受不起别人的胡说八道，而有真才实学的人总是脚踏实地地用行动证明一切。我们在读许多名人故事时，便会有这样的感受。如胡适，他一生取得了三十多个博士学位，但他的言行处事却仍然十分谦逊有礼。

像胡适先生这样的人只会用行动去证明自己的能耐，而不是空口说白话。一个虚有其表的人只会夸夸而谈，把自己吹得有多厉害，有多伟大，却从来不会有所行动。他们在遇到别人的批评时，往往会忍受不住而暴跳如雷。而一个有着真才实学的人，是有内涵的，即使别人无理批评他，他也会淡然接受，并自我检讨。或许最初他们的才能不被看好，但最终也会在不断的努力之下，展现出自己的真才实学。

虚有其表与真才实学的区别很简单，一个只说而不做，一个用行动去表明心志。作为祖国未来的栋梁，我们要做一个有真才实学的人，多做少说，脚踏实地地学习，最终定会有一番作为。

要是我穿上这身虎皮，不也很威风吗？谁会发现我是一只假虎呢？

披上虎皮的羊

文/佚　名

有一只山羊，在森林里与那些跟它一样弱小的动物们朝夕相处。平时它们都集体外出，走路格外小心，就连吃草的时候也还得东张西望，警惕着猛兽的侵袭。山羊觉得自己活得太委屈了，要是能像虎豹那样威风该多好。

一次，山羊独自走到森林里，忽然发现地上有一张虎皮，也不知是哪位猎人丢下的。开始，山羊还有些害怕，不敢上前去捡这张虎皮。犹豫再三后，山羊壮了壮胆，拾起了虎皮，它觉得挺有趣的。突然，它灵机一动："要是我穿上这身虎皮，不也很威风吗？谁会发现我是一只假虎呢？"于是，山羊把虎皮披在自己的身上，在森林里走着。

当山羊走到自己的住处时，那些和自己一样弱小的动物突然看到"老虎"来了，都吓得四处逃窜。

山羊见此情景，觉得自己果然很了不起。现在，自己再也不用提心吊胆地过日子了，山羊一边这样想着，一边向一片草地走去。

山羊停在草地上，它发现原来的那些伙伴都不认识它了，一个个离它远远的。于是，披着虎皮的山羊自由自在地在草地上吃起草来。

正当山羊香喷喷地咀嚼着青草的时候，突然一只豺狼朝它走来。披着虎皮的山羊猛地吓得浑身颤抖起来，连那只已停下脚步，迟疑不前的豺狼都有些莫名其妙，老虎怎么会吃草呢？它又怎么会见了我发抖呢？是豺狼已经看出来这是一只假虎吗？显然还不是。只是羊清楚自己的底细，它一辈子都是豺狼虎豹的口中食，一见到这些猛兽就会胆战心惊，以至于它此刻根本就忘了自己还披着老虎皮。

当豺狼发现这只是一只山羊时，就毫不客气地扑过去将它吃掉了。

本质决定命运

赏析／关皓月

胆小的山羊和弱小的动物生活在一起，虽然每天都提心吊胆的，但还是快乐、平静地生活着。不过，山羊并不愿意就这样委屈地过一辈子。后来，山羊得到了一张虎皮，它决定把自己装扮成一只“老虎”。披着虎皮的山羊让弱小的动物们害怕它，令同伴们远离了它。得意洋洋的山羊独自在草地上吃着草，它忘了，老虎是不吃草的。当豺狼靠近时，它天生怯懦的本性就流露了出来，结果原形毕露。山羊就这样被豺狼吃掉了。

虎皮，成了山羊虚张声势的道具，并满足了它那无谓的虚荣心。但它始终是一只羊，即使披了虎皮，它那颗胆小的、未经过磨练的心，它那惧怕猛兽的天性还是让它丢了生命。这让我们不由得发出感慨：事物的外表如何并不要紧，重要的是它的内在本质。

俗话说：善良的人终有善报，看不起别人的人终有被人看不起的一天……看来，好的本质最重要，毕竟，本质决定命运！

不要轻易相信敌人，否则，牧羊人的悲剧将在我们身上重演。

轻易相信敌人的后果

●文／佚　名

在经过长达千年的争斗后，狼和牧羊人终于握手言和了。这对双方来说都是求之不得的。要知道，尽管狼吃掉了一些迷途羊羔，但牧羊人也没少穿用狼皮做的衣裳，因此可以说二者打了个平手。为了促进信任，两方交换了人质，牧羊人交出牧羊犬，而狼则拿出了狼崽。仪式进行得十分隆重,甚至有公证人出席。

时间过得真快,转眼间小狼已经长大,它们个个嗜血成性,背着牧羊人咬死了许多羊羔,并叼着跑回了森林之中,成群结队地回到了老家。作为抵押物的牧羊犬因相信了狼的花言巧语,在睡梦中遭到狼的袭击,被狼撕扯成碎片,最后变成了冤魂。

轻信敌人,等于自取灭亡

赏析/关晶晶

狼破天荒地要和牧羊人握手言和,条件很快谈妥了,双方交换人质:狼交出狼崽,牧羊人交出了牧羊犬。结果小狼长大,把羊吃了;而牧羊犬却被狼撕扯成碎片,最后变成了冤魂。这本就是一个不公平的交易,是狡猾的狼早就谋算好了的,牧羊人却没有对狼崽做丝毫的防备;牧羊犬进了狼窝,肯定是有去无回啦!可惜善良的牧羊人们没有发现可疑之处,他们为自己的轻信付出了生命的代价。

这个悲剧告诫我们:不要轻易相信敌人的花言巧语,要保持清醒的头脑,千万不要给敌人任何可乘之机。轻易相信敌人,就等于自取灭亡。

在生活中,总会有如狼般凶残狡猾的人,摆出一副讲和的姿态,提出许多诱人的条件,以此来骗取我们的信任。我们要做善良的人,但也要懂得保持清醒的头脑,分清是非。不轻易相信敌人,否则,牧羊人的悲剧将在我们身上重演。

我们如果遇到像狼那样狡猾、凶狠的伪君子时,要懂得自我保护,保持清醒的头脑,识破敌人的奸计。

袋鼠妈妈的见闻

美味香口胶

如果你是蓝天
我就是一朵洁白的云
飘来　飘去
却总也飘不出您的心灵广场
妈妈
那就是你和我啊
聚　也微笑
离　也微笑

没有了诚信的意识，做任何事都将寸步难行，再大的利益也换不回为人的良知。

开　　店

●文/胡祁人

耗子开了一家油店，狐狸开了一家酸奶店，小猪开了一家豆腐店。

耗子卖油，价格很便宜，但油是从下水道的泔水里提炼出来的。耗子想："反正是卖给别人，自己又不吃这样的油，管他呢！"

狐狸卖酸奶，如果当天没卖完，就把上面的日期标签撕下来，改成第二天的日期标签，再继续卖，也不管酸奶有没有变质。狐狸想："反正是卖给别人，自己又不喝过期的酸奶，管他呢！"

小猪的豆腐坊里，污水横流，苍蝇飞舞，有的还掉进豆浆里，他连看都不看，小猪想："反正是卖给别人，自己是不会吃这样的豆腐的，管他呢！"

有一天，耗子、狐狸和小猪都生病了，同时到医院去看病。

山羊大夫问耗子："你是怎么搞的？"

耗子回答："我今天早上喝了一瓶酸奶以后，就感觉有点不对劲了。"

山羊大夫又问狐狸："你是怎么搞的？"

狐狸回答："我好像是吃了豆腐以后，就感觉有点难受。"

山羊大夫又问小猪："你是怎么搞的？"

小猪回答："我昨天买了一壶油，用它炒菜，吃过以后就感觉不舒服了。"

山羊大夫一一给他们开药。而这时，耗子、狐狸和小猪都低着头，非常心虚。

诚信胜于欺骗

赏析／关皓月

耗子、狐狸、小猪各开了一家店。但它们的店都不符合卫生标准，并最终自食苦果，它们都吃了对方不卫生的东西而生病了。这个故事告诉我们一个道理：缺乏诚信的人将会自讨苦吃。

为什么有些人会走上欺骗的道路呢？也许是他们尝到了欺骗带来的甜头后，就不顾对他人造成的危害，为了谋取利益而丧失了做人的基本道德。有些孩子开始是因为害怕被批评而撒谎，但心中会惴惴不安；第二次可能是为了得到喜欢的玩具而欺骗父母，这时候他们不再为说谎感到难受；后来他们便练就了一身“说大话不眨眼”的“好本领”。很多孩子就这样因为欺骗而走上了犯罪的迷途。当然，还有更多的孩子从小就诚实守信，他们勇于承认错误并勇于承担过失，他们是勇敢的，赢得了身边所有人的信任和喜爱。

“害人终害己”，没有了诚信的意识，做任何事都将寸步难行，再大的利益也换不回为人的良知。伪装的面具一旦被揭下，欺骗者将会受到最严厉的惩罚。所以大家一定要做一个诚实守信、守法知礼的人。

拿自己的长处去比别人的短处是没有必要的，别人也有比你强的地方。

陶罐和铁罐

●文／黄瑞云

国王的御橱里有两只罐子：一只是陶的，一只是铁的。骄傲的铁罐看不起陶罐，常常奚落它。

“你敢碰我吗？陶罐子！”铁罐傲慢地问。

“不敢，铁罐兄弟。”谦虚的陶罐回答说。

“我就知道你不敢，懦弱的东西！”铁罐说，带着更加轻蔑的语气。

“我确实不敢碰你，但并不是懦弱。”陶罐争辩说，“我们生来的任务是盛东西，并不是用来互相撞碰的。在完成我们的本职任务方面，我不见得就比你差。再说……”

“住嘴！”铁罐愤怒地说，“你怎么敢同我相提并论！你等着吧，要不了几天，你就会破成碎片，消失了。我却永远在这里，什么也不害怕。”

“何必这样说呢，”陶罐说，“我们还是和睦相处好，吵什么呢！”

“和你在一起，我感到羞耻，你算什么东西！”铁罐说，“我们走着瞧吧，总有一天，我要把你撞成碎片！”

陶罐不再理会。

时间在流逝，世界上发生了许多事情，王朝覆灭了，宫殿倒塌了。两只罐子被遗落在荒凉的场地上，历史在它们的上面堆积了渣滓和尘土，一个世纪连着一个世纪。

许多年以后的一天，人们来到这里，掘开厚厚的堆积物，发现了那只陶罐。

“哟，这里头有一只罐子！”一个人惊讶地说。

“真的，一只陶罐！”其他的人也说，都高兴得叫起来。

大家把陶罐捧起，把它身上的泥土刷掉，擦洗干净，和它当年在御橱里的时候完全一样，朴素、美观、黝黑锃亮。

“一只多美的陶罐！”一个人说，“小心点，千万别把它损坏了，这是古代的东西，很有价值的。”

“谢谢你们！”陶罐兴奋地说，“我的铁罐兄弟就在我的身边，请你们把它掘出来吧，它一定闷得受不了。”

人们立即动手，翻来覆去，把土都掘遍了，但一点铁罐的影子也没有。它，不知在什么年代，就已经完全氧化，无踪无影了。

拿自己的长处去比别人的短处是没有必要的，别人也有比你强的地方。

别人也有比你强的地方

赏析／关晶晶

王宫里有一只铁罐和一只陶罐，骄傲的铁罐恃着自己的坚硬，常常奚落陶罐，但谦虚的陶罐不与铁罐做无谓的争吵。后来，王朝覆灭了……又过了许多年，人们在土中挖出陶罐，但铁罐早已氧化掉了。原来，陶罐可以在土中历千年而不变，而看似强悍的铁罐却经不起岁月的消磨。

这则故事告诉了我们一个简单但实践起来却很难的道理：我们不应该只看到别人的短处，更不应该用自己的长处去贬低他人的不足，因为别人也有比我们强的地方。

世界上没有绝对的强大，正所谓“一山还有一山高”，没有人是常胜将军、无敌将军。甚至是平时看起来弱小不起眼的人，身上一定也有值得你学习的地方。孔圣人说过：“三人行，必有我师焉。”就是告诫我们要善于向别人学习，集思才能广益，互助方可更强。如果骄横无理，那么优势将会成为你的弱点；如果谦逊理智，冷静思考，就能从缺陷中发现有利的一面。

做人要虚怀若谷，尊重身边的每一个人，包括你的对手。因为，他总有比你强的地方。

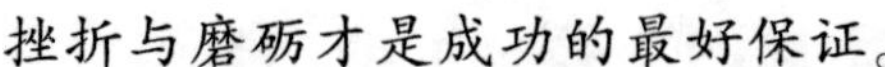

挫折与磨砺才是成功的最好保证。

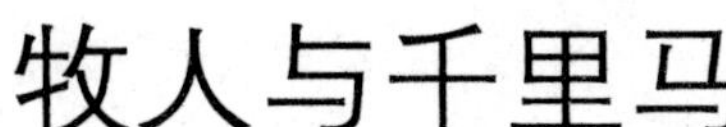

牧人与千里马

●文/陈克振

在广阔无边的大草原上,有一个牧人放牧着一群马。

有一天,牧人发现在欢腾的马群中有一匹枣红色的马膘肥体壮、毛色光滑,头颅高高地扬起,打着响鼻,风驰电掣般地飞奔而过。

“啊!这是一匹不可多得的千里马呀!真该死,过去我怎么没有发现呢?我一定要把它养在马厩里,给它吃最好的饲料,不让它受风吹日晒,霜打雨淋,也不让它乱跑,免得糟蹋了这匹好马。等到那达慕大会赛马时,这匹马一定会夺得冠军!”牧人主意已定,就照着自己的打算去办。

转眼之间,那达慕大会已经到来,牧人从马厩里牵出那匹枣红马,来到比赛场上。只见这匹马通体肥膘、满身油光,牧人心里乐滋滋的,觉得夺得赛马冠军是万无一失的事了。

赛马开始了,只听“叭”的一声枪响,万马奔腾,一个个好比飞箭离弦,又恰似流星穿空,在草场上飞奔而过。起初,枣红马鼓足了劲头,与其他骏马并驾齐驱,并且大有压倒一切赛马的势头。不料跑了一段路程后,只见它鼻子里喷着粗气,身上渗出一颗颗黄豆似的汗珠,奔跑的速度也逐渐减慢了。

骑在马上的牧人见此情景急得眼冒火星,一边高声吆喝着,一边频频加鞭,恨不得催马一步跑到终点。真气人,枣红马越来越落伍了。它大声地喘息着,淋漓大汗像大雨刚刚浇过一样。最后竟在原地打起旋子,不肯前进了。

牧人气哼哼地朝枣红马嚷道:“你为什么不好好地参加比赛,连比赛的路程也跑不完,算什么千里马呀?”

枣红马不慌不忙地回答说:“雄鹰翱翔蓝天,是因为它练就了一副狂风也吹不折的翅膀;千里马纵横驰骋,是因为它练就了一副铁打的筋骨。千里马是在草原上炼出来的,不是用好饲料在马厩里喂出来的!”

牧人听了枣红马的话,才恍然大悟。

梅花香自苦寒来

赏析/骆彦君

枣红马在草原上风驰电掣地奔跑,主人惊喜之余,赶快将这匹千里马“精心保护”起来:“一定要把它养在马厩里,给它吃最好的饲料,不让它受风吹日晒,霜打雨淋,也不让它乱跑,免得糟蹋了这匹好马!”最终,枣红马因为饱食终日,缺乏锻炼,才华被埋没在马厩里。它告诉我们一个道理:挫折与磨砺才是成功的最好保证。

钢是从烈火熔炉中炼出来的,宝剑的锋利是打磨出来的,而梅花能在冬天里散发芬芳,是因为历经了严寒的考验。不炼不成器,不磨不锋芒。人生也是如此,如果不经过千锤百炼,就不能练就一副能担负重任的精钢铁骨。只有艰难困苦的环境才能磨练出英勇的战士,使其具有坚韧的意志、完备的品格、高强的本领。

古往今来,有多少人成功的路上满是坎坷与荆棘。像爱迪生,他经过无数次艰苦的实验,最终才发明出了灯泡;像邓亚萍,她经过了多少艰辛的训练,才夺得了世界冠军……

俗话说:“猪圈岂生千里马,花盆难养万年松。”作为新世纪花朵的我们,应该去经受暴风雨的磨炼,做坚韧的苍松,做建设现代化的千里马。

难道我不好吗？为什么它们成群结队地离开我，去和洼地亲热呢？

石崮和洼地

●文/申均之

一座峥嵘的石崮和一片低下的洼地做了邻居。

石崮居高临下，见多识广，摆着大架子，自以为很了不起。可是，谁都不愿和它接近，它感到有点寂寞。

石崮的一左一右，有两条小河，它们一面打着旋儿走着，一面轻歌曼舞，这是两条又年轻又活泼的小河。石崮看了，就想：它们要能停在我的脚下和我做伴，那就好了。于是它对左边的小河说："小河呀，快停下来！我很寂寞，你来和我做朋友吧！"

"不。"左边小河打一个转，扬起一朵小浪花说，"我高攀不上你，我不愿和你做朋友！"

石崮又转过脸来和右边的小河说："小河呀，快停下来！我很寂寞，你来和我做朋友吧！"

"不。"右边的小河也打了一个转，调皮地说，"你多么伟大呀，我怎么高攀得上！"

左右两条小河急急忙忙地离开了石崮，往洼地里奔走。

洼地不是用语言来表示欢迎，而是用它宽广的胸怀。两条小河都停留下来，和洼地成了亲密无间的好朋友。不久洼地就变成了一个湖，鱼虾到这里来安居、游泳，青蛙到这里来唱歌、跳舞，连天上的白云，也经常飞到这里来照照自己美丽的影子，恋着湖水不愿意离去。这里多么富饶而又美丽呀！

石崮看了，既不理解，也很生气："难道我不好吗？为什么它们成群结队地离开我，去和洼地亲热呢？"可是事实就是这样：洼地一天一天地富饶起来，石崮却永远是那样又骄傲又孤单的老样子。

放下架子，平等交友

赏析／冯淑柠

虽然故事讲述的情节非常古老，但仍然提醒我们不应忘却一个再简单不过的道理：要想结交真诚的朋友，就要先放下架子，放下身段。

或许，石崮应该学学洼地，不用言语去表示欢迎，只需轻轻地放低姿态，以谦虚包容的胸怀待人，便能拥有许多志同道合的朋友。小河从洼地流过，并且停留了下来。洼地变成一个湖，鱼虾们来了，青蛙也来了；小草在这里生长，就连天上的白云也爱上了这温馨的地方，久久不愿离去……

任何人都是平等的，只有记住这句话，才不会被朋友所拒绝、所遗弃。放下你的架子，让别人看到你的诚意。不要把自己想像得太伟大，因为那样并不讨人喜欢。如果你总以为自己很了不起，不愿主动与别人亲近，认为那样很丢脸，那么你将无法得到知心的朋友，孤单永远伴随着你。

记住，小朋友们，友谊是需要双方去共同营造的，如果只靠单方面的一味付出，那样的友谊不会长久美丽。让我们放下架子，去平等交友吧。

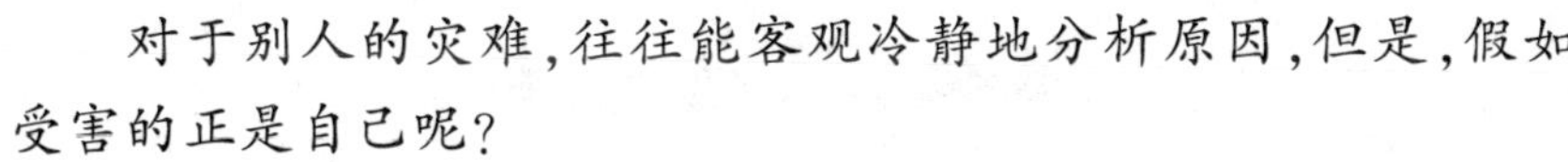

对于别人的灾难，往往能客观冷静地分析原因，但是，假如受害的正是自己呢？

小黄花的言行

●文／薛贤荣

一阵春风拂过，原野上百花吐蕊。小白兔高高兴兴地在花丛中蹦跳，

唱着赞美春风的歌。不料一条毒蛇从洞里爬出，咬了它一口。小白兔受了致命的一击！它问毒蛇："你为什么咬我？"

毒蛇说："我正在冬眠，春风唤醒了我。我既然醒了，就得要吃饭，你是我碰到的第一个动物，我不咬你咬谁？就是这么回事儿！"

"啊，唤醒毒蛇的是可恶的春风，我诅咒你！"小白兔狠狠地说。

"快别这么说！"一朵小黄花嚷道，"春风使万物复苏，这是多么伟大的功劳！至于让毒蛇钻了空子，那是无法避免的。你别错怪春风，还是找找其他原因吧！"

"哦，是啊，我不错怪春风，这完全是毒蛇的罪过！也怪我自己太大意了……"小白兔真诚地说完后闭上了眼睛。

过了两天，一阵暴风雨过后，小黄花被打折了腰。它知道自己将要枯死，忍不住狠狠地咒骂暴雨。

"快别这样！"一棵大树劝道，"这是一场多么及时的甘露啊！它给万物送来了生命的乳汁，这是何等伟大的贡献！至于伤害了你，那是无法预料的。你别一味怪暴雨，还是找找其他原因吧，比如，你的腰杆是否太弱，根底是否不牢……"

小黄花打断它的话："不管怎么说，我因为暴雨而丧命，叫我如何不恨它呢？"

对于别人的灾难，往往能客观冷静地分析原因，但是，假如受害的正是自己呢？

朋友，理智一点

赏析／冯淑柠

"朋友，理智一点！"你曾经对别人说过这句话吗？如果有，你还记得那是为什么吗？当你遇到的事关乎自己的切身利益，你有没有对自己说声"理智一点"呢？

故事里的小黄花，它能够客观冷静地分析别人不幸的缘由，但对于自己的灾难却极不理智地怨天尤人。小白兔在闭上眼睛之前真诚地说："哦，是啊，我不错怪春风。这完全是毒蛇的罪过！也怪我自己太大意了……”而小黄花在听了大树的劝告之后，并没有意识到自己之所以会被暴风雨打折了腰，是因为腰杆太弱，根底不牢，最后带着无尽的怨恨离开这个美好的世界。这样看来，小黄花是不如小白兔的。

生活中，当我们看到别人的不幸时，总是在那里高谈阔论，为其分析主观原因，劝诫别人好好反省。可是，如果换一个角度去思考呢？设身处地为当事人想想，如果你身临其境，那么还能理智地寻求原因、剖析自己吗？

这个寓言告诉我们，当自己面对挫折或灾难时，应该也能心平气和地、理智地反省自己。“朋友，理智一点”，这句话适合任何人，包括我们自己。

生命的长短是用时间计算的，而生命的价值要用奉献来计算。

蜘蛛、蚕和老桑树

●文/吕德华

一天，蜘蛛正在老桑树上结网。它随风飘荡，把蛛丝从这个树枝挂到那个树枝上，没用多大工夫，一张美丽又牢靠的捕虫网结成了，它摊开手脚，高傲地躺在网上休息。

忽然，一阵沙沙的响声传来，蜘蛛四处一看，原来有条蚕在吃桑叶。

蜘蛛冲着蚕大声喝道：“你这个坏家伙，为什么吃桑叶？”

“为什么吃桑叶？”蚕慢吞吞地反问，“我是蚕，蚕不吃桑叶吃什么？”

“我知道你是蚕。”蜘蛛摆出一副学者的派头说，“但我不准你吃桑叶，你不知道我在这儿结网捕捉害虫，保护桑树吗？”

“知道，可我不是害虫。”蚕慢吞吞地分辩道，“我不吃桑叶怎么吐丝？”

“在我看来，凡是损害树木枝叶的都是害虫，凡是害虫都是我的敌人！”蜘蛛腆起胸脯，威严地说，“当然，我也知道你和别的害虫不同，你会吐丝，可你吐丝非得吃桑叶吗？我就不吃桑叶，怎么也能抽丝呢？再说你吐的是什么丝，你的丝能结网吗？”

蚕听蜘蛛这么说，不禁哑然失笑了。心想，我的丝要是也能结网，那我不也成了蜘蛛了？

蚕不着急，不生气，仍然慢吞吞地说：“你会抽丝，我会吐丝，但我们的丝不一样，这正是因为我吃桑叶你不吃桑叶的缘故。我吐的丝不能结网，可是能……”

“住口！”蜘蛛愤怒地打断蚕的话，厉声说，“你当我真的不知道你的丝能做什么，你吐丝又是为了什么，告诉你我知道得很清楚，你吐丝是为了给自己做坟墓，你是个自私自利的家伙！”

“不对！”温和的蚕被激怒了，它高抬起头，理直气壮地说，“我吐丝作茧不是为了死，而我死正是为了吐丝做茧！”

两个正吵得不可开交，老桑树答话了，它对蜘蛛说：“你不能光从现象上论是非，更不能只讲一面理。”

蜘蛛委屈地说：“蚕吃了你的叶子，你还为它说话，可是我……”

老桑树说：“你为我服务，我很感谢。可是我的叶子正是为蚕服务的呀！”

蜘蛛问道：“那蚕又为谁服务？难道它当真不是为自己？”

老桑树说：“对，它不是为自己，是为人类服务！不光它，我们都是为人类服务的。”

……

一天天过去了，蚕开始吐丝作茧了，它日夜不停地工作，吐出很多很多又细又长的丝，慢慢地将身子缚起来……

蜘蛛见这情景，大吃一惊。它对蚕说：“蚕，你长得又白又胖，身体很好，还可以活很长时间，为什么要……”

“我的丝已经吐完了。”蚕慢吞吞地说，“我以前对你说过，我是为了吐丝作茧而死的。”

蜘蛛眼看着蚕安然地用丝将自己封闭起来，又眼看着农人将蚕茧拿走，织成绸缎，做成漂亮的衣服。

“怎么样？我的话不错吧！”老桑树对蜘蛛说，“蚕是说到做到的。”

至此，蜘蛛完全明白了，它多么后悔当初对蚕说的那些无礼的话呀！

可是向蚕道歉已经来不及了。

生命的价值

赏析／陈文苑

蜘蛛活着为桑树服务，桑树活着为蚕服务，蚕活着为人服务……在你为别人服务的同时，也接受着别人给你的服务，彼此间相互奉献，但彼此间奉献的价值又有所不同。

以蚕为例吧，蚕安然地用丝将自己封闭起来，将生命缠绕成蚕茧，它知道农人将会把蚕茧拿走，织成绸缎，做成漂亮的衣服。那便是它一生最灿烂的时刻。它来不及听到人们的赞美，来不及听到蜘蛛的忏悔。生如夏花般绚烂，死如秋叶般静雅……

桑树也应该赢得人们的尊敬，因为它献出了身体的一部分——叶子，把蚕养得白白胖胖的，无私地支持着蚕的工作。老桑树就如一个上了年纪的智者，为蜘蛛阐述着生命的意义：奉献是有很多种的，为保护生命做出努力固然值得称赞，但用自己生命谱写的献歌却显得更加动听悦耳。

蜘蛛为误会可爱的蚕而后悔了，也许它现在开始懂得：生命的长短是用时间计算的，而生命的价值要用奉献来计算。

如果长时间的主意不定,即使有充沛的体力,我们也会累死在选择的路上。

主意不定的骡子

●文/井　花

有一匹骡子,肚子饿了,到外面去找青草吃。没走多远,便找到了一块青草很多的牧场,欢喜极了,预备大吃一顿。它抬头一望,觉得左边的草好些,便跑到左边去,但是到了左边时,抬头一望,又觉得右边的草好些,便又跑回右边去。这样反反复复,左边望望,右边望望,左边跑跑,右边跑跑,最后一根青草也没有吃到,竟对着草饿死了!

不定向的选择

赏析/林秀桃

看完寓言,不禁想起了一则故事。某位亲爱的家人非常尊重民意,某日做早餐的前问道:“想吃什么?”“鸡蛋吧。”“白皮的还是红皮的?”“红皮。”“是煎蛋、白煮蛋还是水蒸蛋?”“那个,白煮蛋好了。”“蛋要全熟的还是溏心儿的?”这个时候,你可能会非常冲动,还是自己挽起袖子煮早餐算了。

过多的选择,仅比没有选择略强一点,但远远比不上适度的选择。柏杨先生评点中国皇帝的家庭生活时,有点酸葡萄地说:“三千佳丽,一人看一眼都要得白内障。”

骡子眼里的青草,是诱人的选择,可它却疲于奔命,在选择中迷失了方向——一则因为贪婪,二则因为不够坚定。可是要知道,如果长时间的主意不定,即使有充沛的体力,我们也会累死在选择的路上。

在某一个微妙的平衡点上,“选择疲劳”会打败“审美疲劳”。既然如此，那就将我们的在选择前磨蹭的时间和精力，以升华的方式释放到应该动手行动的地方去。

伏下是铺路石，露出就成绊脚石了！

石　子

●文/彭万洲

石子伏下身子躺在路上，让人们从它身上踩过。大家赞美石子的奉献精神。一颗石子听见了，觉得自己了不起，便站起来四处张望。叭的一声，一个过路的孩子摔倒了，他揉揉膝盖说：“哼，伏下是铺路石，露出就成绊脚石了！”

一个转变，两种品质

赏析／陈文苑

故事很短，只有寥寥数行。但“伏下的是铺路石，露出就成了绊脚石”这句话一针见血。一个不自制的转变，造就石子两种不同的品质。

铺路石与绊脚石可谓孪生兄弟。铺路石坚守自己的岗位，怀着一颗安于平淡的心，默默地奉献；绊脚石不能安分守己，心浮气躁，得到一点赞美，“便站起来四处张望”。大家当然都喜欢铺路石，它踏踏实实地铺在地上，由人踩踏，帮助人们通向成功的未来；而绊脚石当然会受人指责，因为它在不合适的时候跳了出来，绊倒赶路的人，阻碍了人们前进的道路。铺路石认准了自己生命的职责，所以生存得十分有意义；而绊脚石因为忘却了自己的身份，只能接受被人遗弃的命运。

我们,也应如此,做默默奉献的铺路石,帮助别人取得成功。这样做,除了会赢得人们的赞许外,在我们通往成功的路上,必定还会得到他人的帮助,因为对方会投桃报李,在你最难行的路上,甘愿成为你的“铺路石”。做“绊脚石”的人,在阻碍别人前进的同时,也会遭到大家的厌恶,最终因为失道寡助而一事无成。

时光稍纵即逝,人生的每一个阶段,生活的每一个细节都值得我们去珍惜。

最后一只麻雀

●文/凡　夫

麻雀家族非常兴旺。早些时候,在野外,在村庄,在城里,到处都可以看到它们成群结队地飞,成群结队地落,成群结队地找东西吃。麻雀和别的鸟儿不一样。别的鸟总是远远地躲着人,它们却敢在人的面前跳来跳去。因此,它们总是不愁吃的东西,也不愁住的地方。田野里,谷场上,有的是谷子、虫子、草籽,充饥的东西到处都是;房檐下,墙洞里,随便找个地方,衔来枯草垫进去,就可以安家、下蛋,孵出黄嘴丫的小麻雀来。

麻雀是这么多,这么平凡,这么容易见到,因此,谁也没把它们当成一回事。农民漫不经心地在田地里喷洒灭虫剂,林工用现代化设备往树叶上喷洒杀虫药,小孩搭着人梯在墙洞里掏小麻雀玩,还有的人把麻雀当成靶子练习射击本领……

有一天,人们突然发现,往日成群结队的麻雀,不知什么时候销声匿迹了。大家都谈论起麻雀的可爱来:

“嘀哟,那些小东西多灵巧呀,它们在地上蹦的时候,爪子上真跟安着弹簧一样!”

“它们叫得声音也很好听,叽叽喳喳,既热闹,又欢快!”

"特别是它们歪着头瞅人的样子,嘿!真逗!"

……

人们惋惜不已,决定把麻雀列入特级保护动物名单,并派出一个专门的考察组,到世界各地去寻找幸存的麻雀。经过两年零三个月的不懈努力,居然找到了一只。但是,这只麻雀已经很老了,而且好像正在生病。人们赶紧给它做了一个最柔软最舒适的窝,拿来了最好吃最有营养的食品,请来了最有水平最有经验的医生,希望能够使它康复,使它健壮。然而,这一切都晚了,这只老麻雀还是不行了。

在临死之前,老麻雀吃力地张着嘴,发出了最后一串啼鸣。据懂得鸟语的人解释,它说的是:"人们啊,你们为什么不早一点儿保护我们呢?"

最后一只麻雀的启示

赏析/施沈成

东西总是在失去之后才会觉得可贵,但是那时已经无法挽回。就如故事中的人们,当麻雀成群结队出现在人们面前,人们没把它们当一回事,待到麻雀濒临灭绝时,人们才惋惜不已。最后一只麻雀的死亡,是大自然对人们不珍惜眼前事物的惩罚。所以,我们要珍惜身边的亲人、朋友,不要等到失去才觉得痛惜;要把握时光,不要等到流失了才悔恨;要珍惜眼前的一切,因为,世界上没有"后悔药"。

春去春会来,花谢花会开。然而,拥有的东西不懂得珍惜,一旦失去,就再也无法挽回了。时光稍纵即逝,人生的每一个阶段,生活的每一个细节都值得我们去珍惜。

假如让你来选择，聪明的你会做哪一个，是做乖戾得趋向平庸的“乖乖女”，还是做执迷不悟地走进监狱的少年犯呢？

狗和狼交朋友

●文/黄瑞云

狗和狼交了朋友。尽管它们的前辈是冤家，但无论是它们的外形和彼此家族历史上的渊源都有建立友谊的基础，所以它们做了朋友。

但在学术观点上它们还是常常发生摩擦。

狗对狼说：“我看过不少文章，据学者们考证，动物中最忠诚、最勇敢的是狗。文章用大量的事实证明，我们狗，无论是服务态度、战斗精神，还是工作能力、遵守法律程度，都是别的动物所不能比的。真不知道该不该告诉你，他们对你们狼的评价可是非常低的，他们说你们凶残、暴戾，而且实际很愚蠢。”

狼问：“你们得到那么好的评价，是不是由于你们会看门、会守夜、会向他们摇尾巴，甚至还会搞侦察是吗？”

“我想是的，”狗说，“因为这是实实在在的成绩，我们因此感到荣耀。”

“我明白了，”狼说，“人的那些评价是以对他们驯服的程度作为标准的。那么，我们宁可得到恶意的评价，而不希望享受你们那些辉煌的荣耀。再见吧，朋友！”

两者都不要

赏析/罗明素

现实生活中有一种孩子，父母说一他不敢说二，对父母唯命是从。他们从不思考，心里想：按照父母为我设计好的路走就好了，他们所做的一切都是为我好。这样的小朋友万事不用愁,天塌下来有人撑着,父母就是他们的“护身符”。在他们成长的道路上,父母为他们插满了路牌:这一步该往哪里走,下一步该往何处去。他们的个性逐渐被扼杀,最终趋于平庸。

然而另一种孩子却太过不“乖”,对于父母的好意教诲他们充耳不闻,父母告诉他们该往东走才是对的,可他们却像倔强的牛一般硬要往西走。为了显示自己的与众不同,别人在学校里认真地学习,他们却在游戏室为游戏而疯狂,有的甚至自认为世界唯我独尊。他们一味地往深渊里面钻,最终误入歧路。

假如让你来选择,聪明的你会做哪一个,是做乖戾得趋向平庸的“乖乖女”,还是做执迷不悟地走进监狱的少年犯呢?假如由我来选择的话,我想做的是,既听父母的话,又拥有自己思考能力的人。

不知道你的答案是什么呢?